한국 현대문학 분석적 읽기

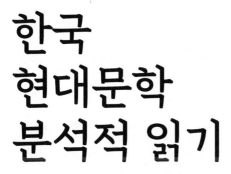

한국
현대문학
분석적 읽기

문학 분석 입문 실습서

곽윤경

역락

머리글

　문학은 독자에게 교훈을 주고 삶의 의미를 깨닫게 하며 정신적 즐거움과 미적 쾌감을 준다. 그러므로 문학을 읽는 과정 자체가 의미 있는 체험이다. 이러한 문학을 더 깊이 있게 즐기기 위해 우리는 그동안 여러 가지 이론을 배웠다. 그런데 문학은 다양하게 서술되므로 한 가지 방법으로 그 의미를 파악하거나 분석하기는 어렵다. 특히 소설은 다른 갈래에 비해 인간의 복잡한 삶과 함께 내면을 섬세하게 그려내므로 다양한 방법으로 접근해야 한다. 이에 같은 작품을 읽고도 서로 다른 분석이나 해석이 가능한 것이다.

　이 도서는 문학 이론을 배우고, 작품 분석을 처음 시도해보는 학습자에게 예시로써 유용할 것이다. 문학 분석 입문의 실습서라고 해도 무방할 듯하다. 여기서의 분석은 작품 자체를 자세하게 읽은 것을 바탕으로 하고 있다. 그것을 기반으로 작품에 따라 소재, 주제, 서술 방식, 구조, 인물 등 적합한 것을 선택해 그에 맞는 이론을 적용하여 다양하게 분석하였다. 감상이나 서평의 영역을 넘어 학술적인 연구로 나아가는 데 도움이 되기를 기대한다. 또한 여기 실린 글 중 몇 편은 문예지나 학술지에 이미 실린 내용을 정리한 것이라는 점도 밝힌다.

　문학을 문학답게 즐기며, 깊이 있는 문학 읽기에 도움이 될 수 있기를 진심으로 바라본다.

2022년 5월
곽윤경

차례

인물 읽기

- 조해진, 「사물과의 작별」

시작하며

이 글은 조해진의 「사물과의 작별」[1]을 대상으로 인물의 특질을 살펴보려는 데 목적이 있다. 소설에서 인물은 "주제를 구현하고 독자의 욕망을 대변하는 하나의 '주체'요, 소설의 핵심적 '사물'이다."[2] 소설의 대표적인 특성을 허구성과 개연성으로 들 때, 인물 역시 어떤 특질들이 강화되고 종합된 허구적 구성물이라 할 수 있다. 이러한 허구적 인물을 형상화하기 위해서 여러 조건들이 직·간접적으로 제시된다. 인물의 특질은 고정되게 타고나는 것이 아니기에, 그 특질을 드러내려면 즉 인물의 성격을 보여주기 위해서 어떠한 환경(이름, 행동, 모습, 신분, 공간 등)이나 사건 등이 제시된다.

인물의 성격은 크게 세 가지 맥락에서 해석된 세 종류의 특질들이 복

---

1 조해진의 「사물과의 작별」은 문학과지성사의 『문학과 사회』 2014년 겨울호에 실렸다. 이 글에서는 『2016 현대문학상 수상소설집』을 참고하였다. 여기서는 작품을 인용할 때 각주를 생략하고 쪽수만 적으며 서술에서 인용되는 것은 " "로만 표시하기로 한다.

2 최시한, 『소설 어떻게 읽을 것인가』, 문학과지성사, 2015, 200쪽. 여기서는 이 도서를 기반으로 하여 작품을 자세하게 읽어볼 것이다.

합된 것이다.[3] 내면적·개인적 특질, 외면적·사회적 특질 그리고 작품 구
조에서의 기능적 특질 등이다. 이것들 중에 어느 것을 중시하느냐에 따
라 인물의 특질 즉 성격을 파악할 수 있다. 여기서는 '고모', '서 군', '나'
를 중심으로 인물의 특질을 살펴보려 한다. '고모'를 중심으로는 개인 측
면, '서 군'을 중심으로는 사회 측면 그리고 '나'를 중심으로 작품 구조적
인 측면에서 인물의 성격을 드러내는 것들을 찾아보려는 것이다. 그리고
그러한 특질이 그들의 삶에 어떠한 영향을 미쳤는지도 알아보겠다.

개인적 특질 - 고모

독신으로 살아온 고모는 예순 살이던 5년 전 가벼운 두통일 거라고 생
각하고 찾아간 병원에서 알츠하이머 초기 진단을 받는다. 그녀는, 그 다
음날부터 주변을 정리하기 시작한다.

다음은 그녀의 성격을 유추해볼 수 있는 대목이다.

30년 넘게 교사로 근속한 학교에 사직서를 냈고 아파트를 정리했으
며, 예금과 각종 연금으로 죽을 때까지 요양원 비용이 해결되도록 조치
를 취해 놓았다. 가구와 가전제품, 옷과 책은 대부분 기증하거나 처분
했고 애지중지 키우던 고양이 두 마리는 동네 동물병원에 맡겼다. 부족
함이 없이 먹이되 두 놈 중 한 놈이라도 병이 들거나 먼저 가게 되면 안
락사를 시켜달라며 거금을 내놓자, (…생략…) 고모는 요양원으로 떠나
기 바로 전날에야 시내의 고급 레스토랑에 형제들과 형제들의 가족들
을 불러놓고 그 사실을 밝혔다. (…생략…) 알츠하이머는 진행만 될 뿐 근

3   앞의 책, 202쪽.

본적인 치료가 불가능한 퇴행성 질환이라고 고모는 덤덤히 설명했지만 (…생략…) 어색한 침묵 속에서 고모는 입을 꾹 다문 채 두 손으로 보듬고 있는 찻잔만 하염없이 내려다봤다.(232~233쪽)

자신에게 닥친 이런 큰 사건 앞에서 고모는 지나칠 정도로 깔끔하게 주변을 정리한다. 삶에 미련이 없는 듯이 보인다. 위의 인용문에서 알 수 있듯이 고모는 주변인들에게 피해를 주지 않으려 할 뿐만 아니라 기르던 고양이에게까지도 주인으로서의 마지막 책임을 다한다. 이러한 그녀가 그의 삶에서 유일하게 미련을 보이는 것이 있다. 바로 '서 군'과 관련된 일들에서다.

서 군은 고모의 첫사랑이다. 교복차림의 여고생이던 고모가 '태영음반사'에서 거즈로 레코드를 닦고 있던 그 봄밤 "한순간"에 서 군을 사랑하게 된다. 그 봄밤 이후 둘은 약간의 교류를 갖게 된다. 서 군은 종종 청계천을 찾았고 산책의 끝에는 태영음반사에 들러 음악을 들으며 레코드를 구경했다. 둘은 "제법 자주 마주쳤고" "서로에 대해 조금이나마 알아갈 수 있었다." 하지만 그들에게 데이트란 어느 일요일 밖에서 따로 만나 청계천을 걷다가 노천 식당에 마주 앉아 국수를 먹은 일 "단 한 번"뿐이었다. 하지만 그녀가 "늙고 병들었는데도" 아침에 눈을 뜨면 그녀가 있는 곳이 서 군을 처음 만난 그곳이게 했다.

이러한 고모에게 서 군은 방학이 끝날 때쯤 귀국하면 찾으러 온다며 "일본어 원고 뭉치"를 맡긴다. 하지만 찾으러 오지 않는다. 그러자 그녀는 "걱정이 되어 아무것도 손에 잡히지 않았다." 이 사물은 고모가 자신의 삶에서 서 군을 떨쳐내지 못하게 되는 원인을 제공한다. 그뿐만 아니라 스스로를 용서할 수 없는 "죄 덩어리"를 끌어안고 살아가게 만든다. "일본어 원고 뭉치"는 "서 군을 향한 고모의 모든 회한과 정념이 수렴되는 단 하나의 사물"이 되어 버린다.

우리의 삶은 불가항력의 여러 우연적 사건들에 의해 좌우되기도 하며, "때로는 사소해 보이는 소품 하나가 되돌릴 수 없는 비극을 불러오기도 한다." 고모의 삶이 그렇다. 그런데 그녀는 결정적인 순간에 적극적이지 못한 성격 때문에 그녀의 인생을 바꿀 몇 차례의 기회를 놓친다. 우선은 K대학에 찾아가 직접 원고를 건넸더라면 "강박증"에 시달리지 않았을 것이다. 또한 교도소에 찾아가 서 군에게 지난 일들에 대해 사실을 말하고 나름의 용서를 구할 기회가 있었다. 하지만 준비해 간 영치물도 전해주지 못하고 그냥 돌아온다. 그동안 서 군에게 용서받지 못할지도 모른다는 "불안감"에 시달리다 그곳까지 갔으면, 서 군의 정혼자 이야기를 서 군 어머니께 들었어도 더 용기를 냈어야 했다. 그랬다면 고모의 삶은 바뀌었을 수도 있다. 아니 준비해 간 영치물을 전해주기만 했어도 마음의 죄 덩이가 조금은 가벼워지지는 않았을까?

서 군은, 고모가 K대학에 찾아가기 전 이미 2월 말에 하숙집 근처에서 사복 차림의 사내들에게 납치되었다. 교도소에 찾아간 그녀가 서 군을 만나 그동안의 일을 말했더라면, 서 군의 납치나 교도소 생활이 전적으로 그녀의 잘못만은 아니라는 것을 이해시켰을 수도 있다. 또한 몇 년 후 서 군의 전화를 받은 고모가 적극적으로 지난날들을 해명했더라면 고모의 인생은 바뀌었을 수도 있다. 물론, "악역으로라도 서 군의 삶에 개입하고 싶은 고모의 마음"이 일이 그렇게 되도록 만들었을 수도 있다. 어찌 보면 고모의 성격 때문에 그녀 스스로가 그런 삶을 선택했다고 볼 수 있다.

평생을 죄책감을 안고 서 군을 그리워했던 고모는 어쩌면 서 군이 잃어버린 하나의 유실물일지도 모른다. 주인이 찾지 않는 유실물이 분실자에게 항의라도 하듯 그녀는 '나'를 향해 '마지막 조난 신호'를 보냈던 것이다. 그러나 서 군에게 "미안"해 하며 "잊어" 달라는 말로 "망각"되기를 바란다.

이러한 고모의 삶은 그녀의 성격 때문에 만들어졌다고 볼 수 있다.

사회적 특질 - 서 군

'서 군'은 고모의 첫사랑이다. 고모가 "6살이나 연상"인 그를 '서 군'이라고 부르는 것은 그에 대한 "애정의 표현"이다. 45년이 흐른 뒤 서 군을 만나러 간 병원에서 젊은 남자에게 유실물이 될 가방을 건네는 장면에서 보면, 그녀의 기억 속에서 서 군은 언제나 20대 중반의 그 모습 그대로 기억되고 싶어한다는 것을 암시한다고 볼 수도 있다.

서 군은 1971년 한국에 온 재일 조선인으로, 국적으로 인하여 일본에서 무력하게 당하기만 하는 폭력에 지친 상태였다. 고국에서는 폭력도 상처도 없을 것이라는 막연한 동경으로 대학을 졸업하자마자 서울의 K대학교에서 석사과정을 밟기 위해 온 유학생이었다. 하지만 당시 어수선한 사회적 상황으로 그 어떤 학생 조직에도 가담하지 않은 채 시위와 휴교가 반복되던 고국의 교정에서 책을 읽는다는 것은 그에게 "커다란 부채감"으로 다가왔다.

늦은 봄, 서 군은 청계천을 방문하게 된다. 그곳은 한 노동지의 지살 사건 이후 그 당시 학생들 사이에서 화제의 중심이었던 공간이다. 서 군은 그의 에세이에서 이곳은 단지 가난과 피로 물든 풍경으로 그의 발길을 끌었을 뿐이라고 한다. 고모가 추억하는 그런 의미로써의 장소가 아니라는 것이다. 오히려 서 군에게 깊은 인상을 준 것은 청계천 다리 밑 오물 위로 등을 보인 채 떠 있는 젊은 남자의 시체 사건이다. 죽음이 너무나도 하찮게 취급되는 장면을 목도한 서 군은 "불안과 공포"로 몸서리치며 충격을 받는다. 서 군은 그 젊은 남자의 시체를 통해, "설계된 기능에 문

제가 생기면 쓰레기통에 버려진 뒤 매립되거나 소각되는 하나의 사물"이
되는 자신의 모습을 보게 된다.

"지갑에서 현금을 몽땅 꺼내 리어카에 시체를 싣는 사람들에게 쥐어
주며 화장이라도 제대로 해달라고 부탁"하는 서 군과는 달리 그곳에 모
인 사람들은 젊은 남자의 시체에 대해 다른 반응을 보인다.

> 몇몇 사람들은 몰려와 다리 밑을 가리키며 쑤군대긴 했지만 비명을
> 내지르거나 울음을 터뜨리는 이는 없었다. (…생략…) 공무원으로 보이는
> 두 명의 사내가 긴 막대기로 시체를 개천에서 끄집어내더니 리어카에
> 실었다.(236)

서 군은 버려진 하나의 사물과도 같은 젊은 남자의 시체에 충격을 받
은 반면, 다른 이들은 그렇지 않다는 사실이 좀 의아하다. "시체는 모든
살아 있는 인간에게 불안과 공포를 안길 수밖에 없다." 그런데 그곳에 모
인 사람들 중 서 군 같은 태도를 보이는 이들은 없다. 그들의 행동에서,
이미 그들은 설계된 기능에 문제가 생겨 버려지거나 매립된 사물이기에
새로울 것도 충격적일 것도 없다는 의미로 읽을 수 있겠다.

재일 조선인으로 지쳐 살아가던 서 군은 "폭력도 상처도 없는 고국을
막연히 동경"했다. 하지만, 고국은 그를 "고문받고 투옥되고 수감 생활"
을 하게 했다. 그가 고국을 떠난 뒤 한국 정부를 비판하는 기고문을 일본
언론 매체에 지속적으로 발표한 건 청계천을 산책하며 이미 결심한 일이
라고 했다. 그는 정치적 공간으로써의 청계천 풍경을 통해 고국은 폭력
도 상처도 없는 곳이 아니라는 현실을 직시한 것이다.

서 군은, 고모가 서 군을 만난 그 '봄밤'을 평생 잊지 못하는 것과는 다
르다.

서 군의 에세이에는 그 시절 자신의 발길을 청계천으로 이끈 건 풍경이었다고 적혀 있었다. (…생략…) 여공들이 핏기 없는 새파란 입술과 품 안에 법전과 휘발유를 숨기고 있을 것만 같은 젊은 노동자의 잿빛 눈동자……. (…생략…) 태영음반사는 젊은 남자의 시체를 발견한 날을 기록한 페이지 외에는 더 이상 등장하지 않았다.(239-240)

"음악이 절대적인 힘을 발휘할 수 있다는 걸 체감"했다는 서 군은, 그 음악을 들은 태영음반사에 대해 한 번밖에 언급하지 않았다. 더구나 그 곳에서 첫사랑을 만나 평생을 그리워하며 미안해한 고모에 대해 그의 감정을 표현하지 않았다. 또한 고국에 돌아와서도 서 군은 고모를 찾지 않았다. 서 군은, 고모가 생각하는 것만큼 아니 고모에 대해 아무런 감정이 없는 듯하다.

그런데 '나'가 여덟 살이던 때에, 서 군은 "대사관에 의뢰까지 해서 고모 전화번호를 알아"내어 고모에게 전화를 한다. 그러고는 언젠가 한 번은 고모에게 연락하리란 걸 알고 있었으며, 그런 날이 오면 "일상적인 이야기"를 듣고 싶었다고 말한다. 서 군 나름의 "작별 인사"였다. 그동안 서 군은 고모의 존재를 잊지 않았던 것이다. 그런데 고모가 '죄 덩어리'를 안고 사는 것을 알았다면 그 내막을 알고 있었다면 더 일찍 고모에게 연락할 수는 없었을까? 서 군은 고모 때문에 고문받고 투옥되고 수감생활을 했다고 생각했던 것일까. 그렇다면 2년 6개월의 형기를 마치고 고모를 찾아왔어야 한다. 고모에게 따지든 원망을 하든 했어야 한다. 그런데 몇 년이 흐른 뒤에나 연락하고, 또 그때의 그 사건에 대해서는 언급도 하지 않는다. 이런 서 군의 의도가 궁금하다. 기왕 전화했으니 고모에게 그때의 일을 해명할 기회를 주든지 아니면 용서하겠노라 하든지 했어야 된다. 서 군은 자신만의 방법으로 고모(사물)와 작별했다. 그녀의 입장에서 마음을 헤아리지는 않았다.

　이제, 시위와 휴교가 반복되는 교정에서 책을 읽는 것에 '부채감'을 느끼고, 갈 곳이 없어 찾아온 고향 친구를 기거하도록 해 주던 서 군이 아니다. 평생을 회한하며 살아온 고모를 배려하지 않았고 이해하지도 못했다.

　1971년의 사회적 상황은, 서 군이 이런 특질을 지닌 인물로 되는 데 영향을 끼쳤다고 본다.

기능적 특질 - 나

　'나'는 환이라는 이름을 가진 "지하철 역사 귀퉁이 유실물 센터에서 일하는" 인물이다. "게으른 성격"이라고 고모에게 평가받지만, 독신으로 살다가 알츠하이머 병으로 요양원에 입원해 있는 '고모'를 종종 방문할 정도로 정이 있다. 최근 1, 2년 사이에 요양원을 찾아가는 빈도가 뜸했는데, 그 이유는 일종의 공포로 "고모의 현재가 나의 미래를 투영하는 것"만 같은 두려움을 갖고 있었기 때문이다.

　'나'는 이야기의 주요 서술자로 고모의 사라져가는 이야기를 기억하며 고모와 서 군의 만남을 주선한다. 고모와 서 군에 대해 가족 내에서 유일하게 알고 있다. 고모는 요양원 생활을 시작하고 두 달 무렵이 되었을 때, 서 군과의 이야기를 '나'에게 한다. 그 후 요양원에 방문하면서 종종 서 군에 대해 이야기를 나누었는데, 최근 들어 점점 기억을 잃는 고모를 보면서 충동적으로 고모에게 청계천의 방문과 서 군과의 만남을 약속한다. '나'는 그 일을 주선하는 표면적인 역할 이외에 한 가지를 더 한다. 그것은 이 소설의 제목인 「사물과의 작별」에서 알 수 있듯이 사물이 갖는 의미가 '나'의 시각을 통해 설명된다는 것이다.

　이 소설은 '나'가 세계를 어떻게 바라보는가로 시작된다. '나'에게 세계란 "유실물센터와 유사한 조각들로 끝없이 이어져 있는, 무한히 크지만 시시한 퀼트 같은 것"이다. 다시 말해 '나'에게 세계란 "사물들의 총합"에 지나지 않는다. 그렇게 보면 그에게 세상이란 별다른 의미가 없는, 어디를 가나 똑같은 장소일 뿐이라는 것으로 보인다.

하지만 소설의 뒷부분에서 '나'가 '사물'에 대해 갖고 있는 생각을 통해 그가 말하는 '사물들의 총합'의 의미를 유추해 볼 수 있다.

실제로 유실물에는 저마다 흔적이 있고, 그 흔적은 어떤 이야기로 들어가는 통로처럼 나를 유혹할 때가 많다. 다이어리나 카메라는 비교적 세밀하게 그 이야기가 기록된 경우이고 녹슨 반지, 굽이 닳은 구두 한 짝, 세탁소 라벨이 붙어 있는 비닐 안의 와이셔츠 같은 것은 어느 정도 상상력을 동원해야 완성되는 이야기를 갖고 있다.(240)

즉 '나'에게 '사물'이란 단순히 세상 어디를 가도 똑같이 볼 수 있는 무의미한 것들의 총합이 아니라, 그 사물의 소유자들의 이야기가 고스란히 녹아든 매개체이다. 이런 의미에서 그가 앞부분에 언급한 "유실물센터와 유사한 조각들"인 세계란 각각의 사연을 가진 사람들이 갖고 있는 기억들로 이루어진 퀼트라고 볼 수 있다.

또한 작품의 후반부로 가면서 '나'에게 '사물'이란 '인간성'을 갖고 있는 대상이기도 하며, '인간' 역시 하나의 '사물'로 인식될 때가 있다.

간혹 유실물이 빛이 날 때가 있다. 1년 6개월이라는 보관 기간을 채우고도 찾아오는 이가 없어 처리되기 직전, 홀연히 나타났다가 한순간에 사라지는 빛이었다. 그때마다 나는, 한 개인에게 귀속되지 못하고 망각 속으로 침몰해야 하는 유실물이 세상에 보내오는 마지막 조난 신호

를 본 것 같은 상념에 빠져들곤 했다.(241)

유실물 센터에서 일하는 '나'는 유실물들이 자신들의 주인을 기다리다 폐기되기 직전 한 순간 빛나는 빛을 볼 수 있다. 고모를 보면서 침몰 직전의 조난 신호를 보게 되는 것이다.

고모와 서 군을 하나의 사물로 봤을 때, '나'는 그들을 보며 선반의 유실물들을 떠올리게 되고 그들이야말로 세계로부터 분실된 존재들일지도 모른다는 생각을 하게 된다. 그렇기 때문에 '나'는 고모와 서 군을 "한 번만, 딱 한 번만 다시 만나게 해주기로 결심"하게 되는 것이다. 고모의 삶 전체가 침몰이 이미 시작된 "마지막 조난 신호 같았기 때문"이다.

'나'는 고모가 평생을 품어온 서 군과의 만남을 통해 그동안의 회한을 풀기를 바랐다. 하지만 병원에서 고모의 행동은 '나'의 예상과는 달랐다. 오랜만의 해후는 기이하고도 안타까운 장면을 연출했다. 그들은 "나란히 앉아 물끄러미 텔레비전만 올려다볼 뿐, 아무 것도 하지 않았다." 멍하니 서 군 옆에서 텔레비전을 보던 고모는 벌떡 일어나 현금인출기에서 돈을 찾던 젊은 남자에게 소중히 갖고 있던 쇼핑백을 건넸다. 그리고 힘겹게 입을 열었다.

- 나는, 미안합니다.
- …….
- 미안하고 또 미안했습니다. 다…….
- …….
- 다, 전부, 잊어주세요.(248)

고모는, 기억 속의 서 군인 젊은 남자 즉 "가짜 서 군"에게 허리를 90

도로 꺾어 몇 번이고 미안하다고 말한다. '나'가 괴로운 건 고모가 서 군을 만날 기회를 놓친 것이 아니라 사랑하는 사람에게 영원히 타자일 수밖에 없는 고모가 그 젊은 남자에게 건넨 그 몇 마디의 말 때문이다.

유실물 센터에서 일하는 '나'는, 서 군이 잃어버린 유실물을 찾아주려 한다. 유실물마다 가지고 있는 "흔적"이 '나'를 "유혹"하기 때문이다. 그러나 실패한다. 고모는 서 군이 잃어버린 하나의 유실물에 지나지 않았다. "이 세계를 구성하는 데 없어도 무방한 덧없는 조각일 뿐"이었다. 하지만 그 유실물의 주인 또한 세계로부터 분실된 존재이다.

'나'는, 세계로부터 분리된 사람들은 유실물 센터에 버려진 사물과도 같다고 생각하고 세상에서 버림받은 자들의 고통을 알아주려 한다. 고모의 머릿속 전등이 꺼질 때도 있지만, 때로는 "기억하기에 현전하는" 그들의 남은 이야기마저 무시하거나 망각해서는 안 된다고 생각한다. 그래서 기억을 잃어가고 있으며 자기 육체에 대한 절대적 통제권마저 상실한 "벌거벗겨진 상태와 다를 바 없"는 고모와 의식이 없는 상태로 누워있는 서 군과의 만남을 주선한 것이다. 비록 오해를 풀거나 진실을 밝히지는 못했지만 그렇게 한 것은 '나'의 필연적 선택이었다고 본다.

추억도 인간도 하나의 사물임을 말해주고 있는 유실물 센터 직원인 '나'는, 고모와 서 군을 이어주려는 매개자 역할을 한다.

마치며

지금까지 조해진의 「사물과의 작별」을 대상으로 인물의 특질을 알아보았다. 소설에서 인물의 성격을 드러내기 위한 장치로 쓰인 개인적인 특질, 사회적인 특질, 기능적인 특질을 고모, 서 군, '나'를 중심으로 살펴보았다.

고모가 서 군을 그리워하며 평생 부채감을 느끼며 외롭게 살고 있는 것은 그녀의 개인적인 성격 때문이다. 이러한 그녀를 서 군은 유실한다. 그것은 1971년 사회 상황의 영향이다. 또한 보관 기간이 지나도 찾는 이가 없어 처리되어야 하는 유실물이 보내는 한순간의 빛을 고모에게서도 보게 된 '나'는 고모를 유실한 주인을 찾아주려 한다.

　이 세 인물은 사물(인간)과 작별하는 방법이 다르다. 첫사랑을 그리워하며 회한으로 보낸 고모는, 그녀를 유실한 분실자에게 오히려 미안해하며 잊히기를 원한다. 그러나 서 군은 다르다. 그녀의 마음을 알면서도 모르는 척하는 것인지 아니면 정말 모르는 것인지 자신의 감정을 끝내 드러내지 않고 아무 일도 없었다는 듯한 태도를 보인다. 그는 "잔인"할 정도로 "무신경"을 보이며, "끝까지 아무런 책임을 지지 않"으려고 한다. '나'는 기억을 잃어가는 고모의 과거를 정리한다. "유실물을 꼼꼼히 살펴보"듯 그들의 "흔적"과 "과거"의 이야기를 "대체될 수 없는 고유한 공간"에 둔다. 사물과의 작별은 결국 자기 삶, 자기 세계와의 작별을 의미하는 것 같다.

　그런데, 서 군과 고모와의 관계가 조금은 넘친다는 느낌이다. '나'가 보여주는 고모에 대한 태도는 개연성이 부족하다. 독자가 충분히 공감할 수 있는 장치들이 필요하다. '나'가 고모의 삶에 연민을 느낄 수는 있으나, 하는 일을 내세워 고모와 서 군을 이어주는 역할을 한다는 것은 받아들이기 어렵다. 그러므로 '나'가 고모에 대해 그렇게 할 수밖에 없었던 어떤 스토리를 보여주었더라면 좋았을 듯싶다.

서술 방식과 기능
- 김정한, 「모래톱 이야기」

시작하며

이 글은 김정한의 「모래톱 이야기」[1]를 자세히 읽고, 서술 방식을 살펴보려는 데 그 목적이 있다. 즉 서술자(화자)가, 등장인물이나 사건 그리고 장면을 어떠한 방식으로 이야기하고 있는지를 찾아보려는 것이다. 그러고 나서 이렇게 서술된 것들은 어떤 기능을 하는지도 알아보겠다.

서술자의 서술은 시점에 영향을 받는다. 시점에 따라 서술할 수 있는 정도가 다르다. 서술자는 보이는 것들에 대한 설명과 묘사는 물론 자신의 심리도 표현할 수 있다. 또한 등장인물들의 생각이나 심리를 감추거나 직접 드러낼 수도 있다. 그뿐만 아니라 서술자의 가치관도 말할 수 있다. 한마디로 말해 서술자는 소설의 이야기와 관련된 요소들을 조정하고 통제하여 이야기를 이끌어 나가는 것이다. 이에 시점과 서술 방식과의 관계를 염두에 두고 살펴보겠다.

---

1   김정한의 「모래톱 이야기」는 1966년 『문학』을 통해 발표되었다. 이 글에서 기본 텍스트로 삼은 것은 1974년 창작과비평사가 펴낸 『김정한 소설선집』(143~167쪽)이다. 여기서는 작품을 인용할 때 각주를 생략하고 쪽수만 적으며 서술에서 인용되는 것은 " "로만 표시하기로 한다.

서술자는 주어진 권한에 따라 이야기를 진행한다. 이때 서술자의 서술 방식이 드러나게 된다. 언급했듯이 서술자의 서술 기법은 시점에 영향을 받기 때문에, 먼저 이 소설에서 시점을 드러내는 서술을 살펴보겠다. 그런 후에 사건을 말해주거나 등장인물이나 사물을 보여주는 기법을 찾아보고 이것들의 기능에 대해서도 알아보겠다.

시점 드러내기

다음은 이 작품의 첫머리이다.

> 이십 년이 넘도록 내처 붓을 꺾어 오던 내가 새삼 이런 글을 끼적거리게 된 건 별안간 무슨 기발한 생각이 떠올라서가 아니다. 오랫동안 교원 노릇을 해 오던 탓으로 우연히 알게 된 한 소년과, 그의 젊은 홀어머니, 할아버지, 그리고 그들이 살아오던 낙동강 하류의 어떤 외진 모래톱—이들에 관한 그 기막힌 사연들조차, 마치 지나가는 남의 땅 이야기나, 아득한 옛날 이야기처럼 세상에서 버려져 있는 데 대해서까지는 차마 묵묵할 도리가 없었기 때문이다.(143)

이 소설은 "내가" "그들"의 "기막힌 사연"을 "이야기"하고 있다. '1인칭 관찰자 시점'으로 서술되어 있다는 말이다. '내'가 본 일을 '내'가 이야기하고 있으므로 한 인물이 보는 것과 이야기하는 것 두 가지를 다 하고 있다. 시점과 화자(서술자)는 서로 다른 개념이다.[2] 시점은 작품의 등장

---

2   화자가 작품에 등장하느냐의 여부에 따라 1인칭과 3인칭으로, 등장인물의 내부를 볼 수 있느냐의 여부에 따라 전지과 관찰자로 나눈다. 시점(초점화)과 서술에 관해서는 S.리몬 캐넌

인물이나 사건을 누가 보느냐에 문제이고, 화자(서술자)는 작품의 등장인물이나 사건을 누가 이야기하느냐의 문제이다. 이야기하는 것과 보는 것, 서술과 초점화는 같은 동인에 귀속될 수는 있지만 반드시 그래야 하는 것은 아니다. 한 인물이 이 두 가지를 다 할 수 있고 또 동시에 할 수도 있기에 그 역할이 겹치는 것이 일반적이다. 여기서도 시점과 서술자를 동일인으로 취급하여 다루려고 한다.

이 소설은 '1인칭 관찰자 시점'이다. 위 인용문에서도 알 수 있듯이 '1인칭 관찰자 시점'은 관찰자(시점)가 작품 내부에 등장한다. 서술자가 작품 내부에 등장하는 서술을 몇 문장 더 인용해 보겠다.

> 당시 나는 K라는 소위 일류 중학에서 교편을 잡고 있었다.(143)
>
> 나는 부랴부랴 점심을 마치고서 교무실을 나섰다.(145)
>
> 건우 할아버지의 커다란 손이 연신 내 손을 덥쌌다.(153)
>
> 나는 그의 좁다란 어깨를 툭 쳐 주며 돌려 보냈다.(160)
>
> 그는 내가 권하는 술잔도 들지 않고 하던 이야기만 계속했다.(165)

작품에 등장하는 '나'는 주인공을 비롯하여 다른 등장인물들이나 사건을 관찰하고 서술할 수 있다. 그런데 등장인물의 내부에는 들어갈 수 없다. 그래서 그들의 생각이나 마음은 직접적으로 표현할 수 없다. 외적인 것들만 서술이 가능하다.

다음의 인용문은 관찰자 시점을 알 수 있는 부분이다.

의 『소설의 현대 시학』(예림기획, 1997) 5장을 참고하였는데, 리몬 캐넌은 원칙적으로 시점(초점화)과 서술을 서로 다른 행위로 보고 있다.

아들에게부터 먼저 말을 건네고 나서 내게도 수인사를 하였다. (중략) 상냥하게 웃었다.(147)

땀에 번지르르한 관자놀이 짬에 가뜩이나 굵은 맥이 한 줄 불쑥 드러나 보이기까지 하였다.(158)

한여름 동안 얼마나 물과 볕에 그을었는지, 마지막 소집날에 나타난 건우의 얼굴은, 사시장춘 바다에서 산다는 즈 할아버지 못잖게 검둥이가 되어 있었다.(159)

이렇듯 관찰자 시점은 등장인물의 표면적인 것만을 관찰하여 서술할 수 있다. 그렇지만 그것에 대한 서술자 자신의 심리는 표현할 수 있다.

다음은, 대상을 관찰한 서술자가 자신의 생각이나 감정을 드러내는 대목이다.

건우의 노르께한 얼굴에는 순간적인 그늘이 얼씬 지나가는 것 같았다.(145)

나를 쳐다보는 동그스름한 얼굴, 더구나 그린 듯이 짙은 양미간에는 미처 숨기지 못한 을씨년스런 빛이 내비쳤다. 순간 나는 그의 노르께한 얼굴에서 문득 해바라기꽃을 환각했다.(146)

손이 유달리 작아 보였다. 유달리 자그마한 손이 상일에 거칠어 있는 양이 보기에 더욱 안타까울 정도였다.(148)

이러한 집 안팎 광경들을 통해서 나는 건우 어머니가 꽤 부지런하고 친절한 여성이라는 것을 고대 짐작할 수가 있었다.(148)

그 노래를 부를 때의 갈밭새 영감의 표정에, 은근히 누군가를 사모하는 듯한 빛이 엿보였을 뿐 아니라, 그 꺽꺽한 목청에도 무엇인가를 원

망하는 듯, 혹은 하소하는 듯한 가락이 확실히 떨리고 있었기 때문이다.(158)

위에서 살펴본 바와 같이 이 소설은 '1인칭 관찰자 시점'이다. 그래서 서술자가 작품 내부에 등장한다. 그러고는 등장인물들을 관찰하여 서술한다. 관찰자 시점이기에 등장인물들의 생각이나 감정은 직접 말할 수 없다. 하지만 그것에 대한 관찰자의 견해는 서술이 가능하다.

말하기 – 반복, 대화, 입말

서술자는, 이 소설을 쓰는 목적을 작품의 첫머리에서 "이들에 관한 그 기막힌 사연들조차, 마치 지나가는 남의 땅 이야기나, 아득한 옛날 이야기처럼 세상에서 버려져 있는 데 대해서까지는 차마 묵묵할 도리가 없었기 때문"이라고 말하고 있다. 낙동강 하류의 외떨어진 모래톱 조마이 섬을 배경으로 "일제 때"부터 지금(서술자가 서술을 한 시기)에 이르기까지 부조리한 현실에 대항하는 소외된 조마이 섬사람들의 삶을 그려내려는 것이다.[3] 서술자인 '나'는 관찰자적 입장으로 그들의 삶을 보여주고 부조리한 현실을 "고발"해야 한다. 그런데 '1인칭 관찰자 시점'에서의 서술은 말하는 이와 듣는 이가 거리가 있다. 말하는 이 자신의 이야기가 아니기

---

3 이 소설을 액자소설로 분류할 수도 있겠다. 액자소설은 겉이야기와 속이야기의 구조로 되어 있다. 대부분 속이야기를 더 중요하게 다룬다. 그래서 액자소설의 경우 대부분 겉이야기보다는 속이야기가 차지하는 서술 분량이 더 많다. 그런데 이 소설은 그렇지 않다. 여기서도 관찰자가 등장하는 현재의 겉이야기보다 조마이섬의 내력인 속이야기가 더 중요하다. 그런데 이 소설의 경우 속이야기는 전체 서사에서 짧게 서술되고 있다. 그 대신 같은 내용이 여러 번 반복된다.

에 감정적인 면에서 전달력이 약하다. 그래서 듣는 이의 참여가 저조할 수밖에 없다. 이에 서술자는 하나의 사건을 여러 차례 등장시킨다. 같은 내용의 반복 서술로 서술자가 의도하는 목적을 이루려는 것이다.

다음은 등장인물들이 조마이 섬의 "내력"을 말해주는 장면들이다.

> 〈섬 얘기〉란 제목의 그의 글은 결코 미문은 아니었다. 그러나 내용은 끔찍한 것이라 생각했다. 자기가 사는 고장―복숭아꽃도, 살구꽃도, 아기 진달래도 피지 않는 조마이섬은, 몇 백년, 아니 몇 천년 갖은 풍상과 홍수를 겪어 오는 동안에 모래가 밀려서 된 나라 땅인데, 일제 때는 억울하게도 일본 사람의 소유가 되어 있다가 해방 후부터는 어떤 국회의원의 명의로 둔갑이 되었는가 하면, 그 뒤는 또 그 조마이섬 앞강의 매립 허가를 얻은 어떤 다른 유력자의 앞으로 넘어가 있다든가 하는―말하자면 선조 때부터 거기에 발을 붙이고 살아오던 사람들과는 무관하게 소유자가 도깨비처럼 뒤바뀌고 있다는, 섬의 내력을 적은 글이었다.(144, 건우의 작문)

> "할아버지는 개깃배를 타시고, 재산이랄 끼사 머 있입니꺼. 선조 때부터 물려받은 밭뙈기들은 나라 땅이라 캤다가, 국회의원 땅이라 캤다가……. 우리싸 머 압니꺼."(148, 건우 어머니의 말)

> "우리 조마이섬 사람들은 지 땅이 없는 사람들이요. 와 처음부터 없기싸 없었겠소마는 죄다 뺏기고 말았지요. 옛적부터 이 고장 사람들이 젖줄같이 믿어 오던 낙동강 물이 맨들어준 우리 조마이 섬은―."(154, 건우 할아버지의 말)

이 소설에서 중요하게 다뤄지는 사안은 조마이섬의 "소유자가 둔갑" 하게 되는 내력이다. 이것 때문에 섬사람들은 "날카롭고" "냉랭"하며 "열을 낼” 수밖에 없게 되는 것이다. 서술자인 ‘나’는 이 중요한 사건을 직접 겪은 것이 아니다. 그러나 이 사건의 전모를 밝혀 부조리한 현실을 고발해야 한다. 그래서 등장인물들이 말하는 조마이섬의 내력을 반복해서 전달하고 있는 것이다. 하나의 사건을 서로 다른 사람들이 거론하면 여러 번의 설명이 된다. 그러면 그것은 객관성이 확보된다. 그래서 듣는 이들은 이것이 허구가 아닌 사실처럼 느낀다. 이러한 방법으로 서술자는 자신이 말하고자 하는 바를 잘 드러내고 있다.

서술자인 ‘나’가 이 글을 쓰는 목적을 이루기 위해 택한 또 다른 서술 방식은 등장인물들이 직접 말하게 하는 것이다. 조마이 섬사람들의 “사연”은, ‘나’의 이야기가 아니고 “그들”의 이야기이다. 그래서 서술자는 직접 설명하지 않고 그들의 “하소”를 대화로 “고발”하는 방법을 쓰고 있다. 서술자의 말이 아닌 등장인물들의 말로 현실을 고발하는 것이다. ‘나’의 질문에 대한 ‘그들’의 대답이 곧 고발인 셈이다.

> “아버진 언제 돌아가셨지?”(146)
>
> “어머니 혼자 힘으로 공부시키기가 여간 힘들지 않으실 텐데⋯⋯”(147)
>
> “섬 얘기? 저건 무슨 책이지?”(149)
>
> “섬 사람들도 한 번 뻗대 보시지요?”(155)
>
> “어제 무슨 일이라도 있었던가요?”(162)
>
> “건우네 가족도 무사히 피난했겠지요?”(165)

이 물음에 대한 “섬뜩한” 대답은 조마이 섬사람들이 살아온 “내력”이다. 서술자는 시점을 유지하기 위해 사건에 직접 뛰어들지 않고 등장인물들을 통해 이야기를 전달하고 있다. 이렇게 하면 서술자는 사건에 대해 적당한 거리를 유지할 수 있다. 사건에 대해 지나친 편견에서 벗어나 그것을 분석하거나 상황 판단을 할 때 올바른 평가를 내릴 수 있게 되는 것이다. 반면 관조적인 태도로 보일 수도 있다. 하지만 서술자의 감정적인 면이 드러나지 않아 오히려 듣는 이에게 객관적인 사실처럼 받아들이게 하는 데 도움이 된다.

서술자가, 등장인물들의 입만 빌려 고발하는 것만은 아니다. 다음의 인용문은 '나'가 건우의 〈섬 얘기〉를 읽고, 건우에게 하는 말이다. 그 글에 대한 '나'의 생각을 말하고 있다.

> "이 땅이 이 곳 사람들의 땅이 아니랬지? 멀쩡한 남의 농토까지 함께 매립 허가를 얻은 어떤 유력자의 것이라고 하잖았어? 그러나 두고 봐. 언젠가는 너희들이 이 땅의 주인이 될 거야. 우선은 어떠한 괴로움이 있더라도, 억울하더라도 희망을 잃지 말고 꾹 참고 살아 가야 해."
>
> (…생략…)
>
> "나라땅, 남의 땅을 함부로 먹다니! 그건 땅을 먹는 게 아니라, 바로 〈시한 폭탄〉을 먹는 거나 다름 없다. 제 생전이 아니면 자손대에 가서라고 터지고 말거든! 그리고 제 아무리 떵떵거려대도 어른들은 다 가는 거다. 죽고 마는 거야. 어디 땅을 떼 짊어지고 갈 수야 있나. 결국 다음이 나라 주인인 너희들의 거란 말야. 알겠어?"(150)

'나'는 조마이 섬사람들에 대한 반복되는 권력의 횡포에 대해 "그들의 땅에 대한 원한"을 "썩어 빠진 글"이나 "잡문 나부랭이"가 아니라 "훌륭"하고 "멋"지게 서술하여 고발하고 있는 것이다.

서술자는 듣는 이들과의 거리를 좁히기 위해 구어체로도 기술하고 있다.

술자리랬자 술상 대신 쓰이는 네 발 달린 널빤지를 사이에 두고 역시 네 발 달린 널빤지 걸상에 마주 앉은 것이었지만.(153)

그렇게 악을 쓰는 문둥이들에 대해서, 몽둥이, 괭이, 쇠스랑 할 것 없이 마구 들이 대고 싸웠노라고.(156)

마치 그렇게라도 함으로써 세상의 모든 근심 걱정을 잊어버리기나 하려는 듯이.(159)

하긴 내 꼴도 그랬을 테지만.(164)

나는 이런 질문을 해 놓고 이내 후회했다. 으레 하는 빈걱정 같아서.(165)

상대방은 '아이고' 소리도 못해보고 탁류에 휘말려 가고, 지레 달아난 녀석의 고자질에 의해선지 이내 경찰이 둘이나 달려 왔더라고.(166)

그의 일기장에는 어떠한 글이 적힐는지.(167)

대화문이 아닌데도 완결된 문장의 형태가 아닌 입말 투의 문장이 나타난다. 이러한 문장을 대하면, 글을 읽는 것이 아니라 이야기를 듣는 것처럼 느낀다. 이것이 입말 투의 특징이다. 일상의 대화에서는 완결된 문장이 아닌 미완결 문장을 많이 쓴다. 대화 상대자들끼리 그 내용을 충분히 이해하고 있는 상황이라면 굳이 완결된 문장으로 말할 필요가 없기 때문이다. 입말은 정겨움이나 친밀감이 느껴져 말하는 이와 듣는 이의 거리를 좁힐 수 있다.

서술자는 관찰자 시점에서 사건을 고발해야 한다. 그래서 등장인물들을 이용한다. 그들의 입을 통해 같은 사건을 여러 번 반복해서 들려주고 있고, 등장인물들과의 대화로 그들이 직접 말하게 한다. 또 입말 투로 기술하여 듣는 이들과의 거리를 좁히고 있다.

보여주기 - 묘사, 제시, 요약

이 소설은 묘사, 제시, 요약이 적절하게 서술되어 있다. 먼저 묘사부터 살펴보겠다. 묘사는 서술되는 시간은 흐르지 않지만 서술 시간은 필요하다. 서술자는 인물이나 풍경의 묘사로 등장인물의 성격을 드러내기도 하고 이야기의 전체 흐름을 이끌기도 한다.

나를 쳐다보는 동그스름한 얼굴, 더구나 그린 듯이 짙은 양미간에는 미처 숨기지 못한 을씨년스런 빛이 내비쳤다.(146)

길가 수렁과 축축한 둑에는 빈틈없이 갈대가 우거져 있었다. 쑥쑥 보기 좋게 순과 잎을 뽑아 올리는 갈대청은, 그곳을 오가는 사람들과는 판이하게 하늘과 땅과 계절의 혜택을 흐뭇이 받고 있는 듯, 한결 싱싱해 보였다.(146)

농사집 치고는 유난히도 말끔한 마루청, 먼지를 뒤집어 쓰고 있지 않은 장독대, 울타리 너머로 보이는 길찬 장다리꽃들…… 그 어느 것 하나에도 그녀의 손이 안 간 곳이 없으리라 싶었다.(149)

얼핏 보아서는 어리무던한 여인 같기도 하지만 유난히 볼가진 듯한 이마라든가, 역시 건우처럼 짙은 눈썹 같은 데선 그녀의 심상치 않을 의지랄까, 정열 같은 것을 읽을 수가 있었다.(149)

불빛에 비친 갈밭새 영감의 얼굴은 한층 더 인상적이었다. 우악스럽게 앞으로 굽어진 두 어깨 가운데 짤막한 목줄기로 박혀 있는 듯한 텁석부리 얼굴! 얼굴 전체는 키를 닮아 길쭉했으나, 무엇이 짓눌려 억지로 우그러뜨려진 듯이 납작해진 이마에는 껍데기가 안으로 밀려들기나 한 듯한 깊은 주름이 두어 줄 뚜렷하게 그어져 이어져 있었다. 게다가 구렛나루에 둘러싸인 얼굴 전면이 검붉은 구리빛이 아닌가! 통틀어 원시인

이라도 연상케 하는 조금 무서운 면상이었다.(154)

　건우 얼굴의 "을씨년스런 빛"은 이 소설의 마지막 부분과 연결 지어 생각하게 하고, 건우네 집을 묘사하는 부분에서는 건우 어머니의 성격을 잘 드러내고 있다. 또 갈밭새 영감의 묘사에서는 지난날의 고된 삶을 보여주고 있다. 풍경을 보여주는 부분에서는 "보기 좋"은 "그곳"이 "오가는 사람들과는 판이"하다고 서술하고 있다. 그것은 지난날 조마이 섬사람들의 "황폐한" 삶을 보여주는 대목이라고 할 수 있다. 아니 앞으로의 모습을 보여주는 것일 수도 있다.

　이렇듯 묘사는 대상을 우리 감각에 직접 대면하는 것처럼 보여주고 있다. 특히 관찰자 시점에서의 묘사는 등장인물들의 심리나 앞으로의 서사도 예측할 수 있게 한다. 묘사는 기술적이고 의도적인 것이다.[4]

　다음에 살펴볼 것은 제시와 요약이다. 제시는 서술되는 시간(스토리의 시간이 흐름)과 서술 시간(화자가 이야기하는 데 걸리는 시간)이 같거나 비슷하다. 그래서 현장에 있는 듯한 느낌을 받는다.

　마침 뒤꼍 사래 긴 남새밭에 가 있던 어머니가 무슨 낌새를 차렸던지 우리가 당도하기 전에 어느새 사립께로 달려와 있었다.
　"인자 오나?"
　아들에게부터 먼저 말을 건네고 나서 내게도 수인사를 하였다.
　"우리 건우 선생인가배요?"
　상냥하게 웃었다. 가정 조사표에 적혀 있는 서른세 살의 나이보다는 훨씬 핼쑥해 보였으나, 외간 남자를 대하는 붉은빛이 연하게 감도는 볼

4　이상섭, 『문학비평 용어사전』, 민음사, 2004, 90쪽.

에는 그래도 시골 색시다운 숫기가 내비쳤다.

"수고하십니더."

하고 나는 사립을 들어섰다.

물론 집은 그저 그러했다. 체목은 과히 오래 되지 않았지만, 바깥 일손이 모자라는 탓인지, 갈대로 엮어 두른 울타리에는 몇 군데 개구멍이 나 있었다.

"좀 들어가입시더. 촌 집이 돼서 누추합니더만……"

건우 어머니는 나를 곧 안으로 인도했다. 걸레질을 안 해도 청은 말끔했다. 굳이 방으로 모시겠다는 것을 나는 굳이 사양하고 마루 끝에 걸쳤다.(147)

소설 전체에 걸쳐 이러한(서술되는 시간과 서술 시간이 비슷하거나 같은) 장면이 많으면 지루한 느낌을 줄 수 있다. 그래서 갈등이 정점에 이른 곳에서 필요하다. 그러나 여기서는 그렇지 않다. 이 소설에서 중요한 부분인 조마이섬의 내력과 홍수 때문에 벌어지는 일들을 등장인물들이 요약해서 들려준다. 이 소설에서 제시는 서술자가 등장하는 부분에서 볼 수 있는데, 전체 서사에서 갈등 부분이라고 할 수는 없다. 이러한 서술 방식은 시점과 무관하지 않다. 관찰자 시점인데다 이십년 전의 이야기를 들려줘야 하기에 택한 것이라고 생각한다.

다음은 요약이다. 요약은 서술되는 시간보다 서술 시간이 적다. 그래서 긴 시간 동안 일어난 일들을 짧게 보여줄 수 있다. 앞에서 언급한 "섬 얘기"가 바로 이 소설에서의 대표적인 요약 기법이다. 그 이야기는 이 소설에서 중요한 사건이다. 그런데도 긴장감과 구체성이 떨어지는 요약으로 서술되어 있다.

그 곳 주민들은, 잽싸게 이불이랑 세간 부스러기를 산으로 말끔 옮겨 놓았고, 부랴부랴 끌어올린 목선들이 여기저기 나둥그러져 있는 길 위에는, 볼멘소리를 내지르는 아낙네와 넋 잃은 듯한 사내들이 경황 없이 서성거릴 뿐이었다.(161)

비는 연 사흘 억수로 쏟아지지, 실하지도 않은 둑을 그대로 두었다가 물이 더 불었을 때 갑자기 터진다면 영락없이 온 섬이 떼죽음을 했을 텐데, 마침 배에서 돌아온 갈밭새 영감이 선두를 해서 미리 무너뜨렸기 때문에 다행히 인명에는 피해가 없었다는 것이다.(165)

위 인용문은 홍수 때문에 벌어지는 조마이섬의 모습을 보여주는 장면이다. 짧은 시간 동안 많은 것을 보여주고 있다. 사건의 진행을 빠르게 알 수 있어 다음 상황에 대한 궁금증은 해결할 수 있지만 듣는 이의 공감을 이끌어내기에는 부족하다. 급박한 현장감이 느껴지지 않기 때문이다. 물론 서술자가 직접 관찰한 것이 아니고 들은 이야기를 전달하기에 이렇게 기술했을 수도 있다.

이 소설은 서술자가 등장하는 부분에서는 제시와 묘사로, 그렇지 않은 곳에서는 요약으로 기술되어 있다. 그런데 중요한 사건을 요약으로 처리하고 있다. 이 부분은 다른 소설들과 다른 점이다. 이것은 시점과 관련이 있다고 본다.

마치며

지금까지 김정한의 「모래톱 이야기」의 서술 방식을 살펴보았다. 이 소설은 '1인칭 관찰자 시점'이다. 서술자(관찰자)가 소설에 등장하여 등장인물들을 관찰한다. 그러나 그들의 내부에는 들어갈 수 없어 등장인물들의

서술 방식과 기능

33

심리를 직접 말하지는 못한다. 하지만 그들에 대한 서술자의 생각이나 감정은 말하고 있다. 서술은 시점에 따라 서술할 수 있는 정도가 다르기 때문이다.

'1인칭 관찰자 시점'의 서술에서는 말하는 이와 듣는 이의 거리가 멀어 듣는 이의 참여가 저조하다. 그래서 서술자는 하나의 사건을 여러 차례 등장시켜 객관성을 확보하여 사실처럼 느껴지게 하고, 등장인물들이 직접 사건을 말하게 한다. 또 입말 투의 문장으로 친밀감을 주어 듣는 이와의 거리를 좁힌다.

서술자는 인물이나 풍경의 묘사로 등장인물의 성격을 드러내기도 하고 이야기의 전체 흐름도 이끌고 있다. 또 요약과 제시로 서사를 조절하고 있다. 관찰자가 등장하는 서술에서는 제시와 묘사로, 그렇지 않은 곳에서는 요약으로 서술한다. 그런데 중요한 사건이나 갈등을 요약으로 처리한 부분은 다른 소설들과는 다른 점이다. 이것은 시점과 관계가 있다고 본다.

배경의 기능

- 김승옥, 「서울, 1964년 겨울」

시작하며

이 글은 문학작품을 자세히 읽기 위한 하나의 시도로 쓴 것이다. 김승옥의 「서울, 1964년 겨울」[1](1966)이 그 대상이다. 여기서는 작품의 배경이 되는 소재들을 찾아 이것들이 어떻게 묘사되고 있으며, 이러한 것들은 등장인물들에게 어떠한 영향을 미치는지를 알아보려고 한다. 이 작품의 제목은 곧 소설의 배경이 된다. 즉 '1964년' '겨울', '서울'에서 일어난 이야기를 그리고 있다.

먼저, 이 소설의 줄거리를 간략하게 정리해보고자 한다.

육사 시험에 실패하고 구청 병사계에서 근무하는 '나'는 우연히 선술집에서 부잣집 장남이며 대학원생인 '안'과 만나 얘기를 나눈다. 이 둘은 스물다섯 살 동갑이다. 두 사람은 서로 이야기를 나누지만 결코 자신들의 진심은 말하지 않는다. 그들이 자리를 옮기려고 일어설 때, 삼십대 중

---

1 김승옥의 「서울, 1964년 겨울」은 1966년 『창문사』에서 출간하였으나, 이 글에서 기본 텍스트로 삼은 것은 2007년 민음사에서 펴낸 『무진기행』(「서울, 1964년 겨울」, 42~68쪽)이다. 여기서는 작품을 인용할 때 각주를 생략하고 쪽수만 적으며 서술에서 인용되는 것은 " "로만 표시하기로 한다.

반의 사내가 동참하고 싶다고 말을 건넨다. 월부 서적 외판원인 사내와 함께 그들은 중국 요릿집으로 간다. 사내는 행복한 결혼 생활을 했으나 오늘 아내가 죽었고 그 시체를 병원에 팔았다고 한다. 그러면서 오늘 밤 안으로 그 돈을 다 써 버려야겠으니 같이 있어 달라고 부탁한다. '나'와 '안'과 사내는 밖으로 나와 돈을 쓰기 위해 넥타이와 귤을 샀으나 마땅히 갈 곳이 없어 헤맨다. 그때 소방차가 지나갔고 그들은 택시를 타고 그 뒤를 따라 불구경을 한다. 사내는 불 속에서 아내가 타고 있는 듯한 환영을 보고 남은 돈 모두를 불 속으로 던진다.

통금시간이 가까워지자 '나'는 하숙집으로 '안'은 여관으로 가려고 하지만, 사내의 부탁으로 셋이 함께 여관에 든다. 사내는 한 방에 있기를 원했지만, '안'의 거절로 각기 다른 방에 들어간다. 다음 날 아침 사내는 죽어 있었고, '안'과 '나'는 서둘러 여관을 나온다. '안'은 사내가 죽을 것이라고 짐작했지만, 그를 혼자 두는 것이 살릴 수 있는 방법이라 생각했다. '안'은 스물다섯 살임을 재차 말하고는 두려움을 느낀다. '나'는 '안'과 헤어져 버스에 오른다.

소설을 구성하기 위해서는 인물, 사건, 배경이 필요하다. 배경은 인물과 사건이 살아 움직이는 영역으로, 인물의 심리와 사건의 발전에 현실성을 부여한다. 여기서는 크게 시간과 공간으로 배경을 나누어 살펴보려 한다. 시간적 배경으로는 '1964년', '겨울', '밤' 그리고 공간적 배경으로 '서울', '선술집', '여관'이다. 여기에서 이 소재들의 영역은 하나하나 따로 떼어 명확하게 설명하기 어렵다. 서로 연관성이 있기 때문이다.

시간적 배경

이 소설의 배경은 작품의 제목에서도 말해 주고 있지만, 소설의 첫머리에서도 잘 묘사되어 있다.

다음은 이 소설의 첫머리이다.

> 1964년 겨울을 서울에서 지냈던 사람이라면 누구나 알고 있겠지만, 밤이 되면 거리에 나타나는 선 술집—오뎅과 군참새와 세 가지 종류의 술 등을 팔고 있고, 얼어붙은 거리를 휩쓸며 부는 차가운 바람이 펄럭거리게 하는 포장을 들치고 안으로 들어서게 되어 있고, 그 안에 들어서면 카바이드 불의 길쭉한 불꽃이 바람에 흔들리고 있고, 염색한 군용 잠바를 입고 있는 중년 사내가 술을 따르고 안주를 구워 주고 있는 그러한 선술집에서, 그날 밤, 우리 세 사람은 우연히 만났다.(42)

〈1964년〉

1960년대 우리나라는 정치·사회적으로 매우 중요한 변화가 있었던 시기이다.[2] 특히 "우리 세 사람"이 선술집에서 우연히 만났던 1964년은 6·3 항쟁[3]이 일어났던 해이다. 물론 이 소설에서는 6·3 항쟁을 표면적으

---

2 이 소설은 1965년 『사상계』에 발표되었다. 발표되기 이전까지 변화가 될 만한 60년대 중요한 것들을 정리해 보면 다음과 같다. 3·15 부정선거(1960), 4·19혁명(1960), 이승만 대통령 하야(1960), 5·16군사쿠데타(1961), 제1차 경제개발5개년계획(1962), 박정희 대통령 취임(1963), 한국군 월남 파병 협정 체결(1964).

3 6·3항쟁(六三抗爭) 또는 6·3시위(六三示威), 한일협상 반대 운동(韓日協商反對運動)은 1964년 6월 박정희 정권의 한일협상에 반대하여 일으킨 운동이었다. 1964년 6월 3일 박정희 정부가 계엄령을 선포하여 당시 절정에 이른 한일국교정상화회담 반대 시위를 무력으로 진압하였다. 6월 3일 저녁 10시에 선포한 계엄은 7월 29일 해지되었다. 6·3항쟁 당시 서울에서 시위한 인원이 1만 2천여명 정도인데 그중 대학생이 7~8천명이었다. 2015, 10, 10. https://ko.wikipedia.org

로 드러내 놓고 거론하고 있지는 않는다. 다만, 서술자인 '나'는 그들이 만난 그날 밤의 거리를 "식민지의 거리처럼 춥고 한산"하다고 표현하고 있다. 또 '안'이 "대학원 학생"이고, '나'와 '안'이 "스물다섯 살"이며 그 당시 "서울"에 살고 있었다는 점도 간과해서는 안 된다. 그 당시 '나'는 서울에서 하숙하고 있었고, '안'은 '나'와의 대화에서 서울에서 지내고 있었음을 알 수 있다.

다음은 '나'와 '안'의 대화이다.

> "김 형, 꿈틀거리는 것을 사랑하십니까?" 하고 그가 내게 물었던 것이다.
>
> (…생략…)
>
> "난 여자의 아랫배를 가장 사랑합니다. 안 형은 어떤 꿈틀거림을 사랑합니까?"
>
> "어떤 꿈틀거림이 아닙니다. 그냥 꿈틀거리는 거죠. 그냥 말입니다. 예를 들면…… 데모도…….."
>
> "데모가? 데모를? 그러니까 데모…….."(44-46)

"꿈틀거"림은 표면적으로 드러나는 것이다. 내면적인 꿈틀거림만 있다면 우리는 그것이 있었는지조차 알 수 없다. 어떤 식으로든-말, 행동, 표정-밖으로 드러나야 알게 된다.

'안'과 '나'의 '꿈틀거'림은 그 내용적인 면에서는 다르지만 그 본질적인 면인 욕망을 의미한다는 점에서는 같다. '나'가 말하는 '꿈틀거'림은 사적인 욕망이다. 사관학교 입학에 실패한 '나'가 서울에 올라와 버틸 수 있었던 것은 "버스 칸 속에서 1센티미터도 안 되는 간격을 두고 자기 곁에 예쁜 아가씨가 서 있다는 사실"과 "때로는 아가씨들과 팔목의 살을 대고 있기도 하고 허벅다리를 비비고 서 있을 수도 있"으며, "앞에 앉아 있는 여자의 아랫배가 조용히 오르내리는 것을 볼 수 있"었기 때문이다. 이 말에 '안'은 "음탕한 얘기"라고 한다. '안'의 '꿈틀거'림은 대화에서도 나왔듯이 '데모'이다. 그것은 소설의 배경이 되는 1964년의 항쟁을 뜻한다. 불의에 맞서는 마음이다. 그러나 '안'의 '꿈틀거'림은 적극적으로 분출되지는 못 한다. 잠시 침묵이 흐른 후, "데모"가 '꿈틀거'림이라던 '안'은 "김 형의 그 오르내림도 역시 꿈틀거림의 일종"이라며 '나'와 '안'의 '꿈틀거'림은 같다는 결론을 내린다. "서로 다른 길을 걸어서 같은 지점"에 온 것이다.

〈겨울〉

이들이 우연히 만나 이런 이야기를 나누는 것은 1964년의 '겨울'이다. 일반적으로, 겨울에는 생활하기 불편하다. 추위를 견뎌 이겨내야 하기 때문이다. 특히 보금자리가 없거나 경제적으로 어려운 사람들일수록 더욱 그렇다. 이 소설의 배경이 되는 '겨울'이 여기서는 어떻게 묘사되고 있는지 살펴보겠다.

"얼어붙은 거리를 휩쓸며 부는 차가운 바람"(42)

"얼고 있는 땅바닥에서 올라오고 있는 찬 기운"(43)

"전봇대에 붙은 약 광고판 속에선 이쁜 여자가 '춥지만 할 수 있느냐'는 듯한 쓸쓸한 미소를 띠고"(53)

"이젠 완전히 얼어붙은 길 위에는 거지가 돌덩이처럼 여기저기 엎드려 있었고"(53)

"적막한 거리에는 찬 바람이 세차게 불고 있었다."(65)

물리적인 추위를 견뎌 이겨내는 것도 그렇겠지만 정신적인 면에서의 추위를 견뎌내는 것도 쉬운 일은 아니다. 등장인물들은 가난하다. '나'는 사내의 첫인상을 "가난뱅이라는 것만은 분명"하다고 표현했으며, 사내 역시 스스로 "돈은 넉넉하진 못"하다고 했다. 그렇다. 사내는 서적 월부 판매 외판원으로 정말 가난하다. 그러기에 아내의 시체를 4,000원에 병원에 팔기까지 한 것이다. '나' 역시 '안'이 추운 밤에 밤거리를 쏘다니는 이유를 묻자, "나 같은 가난뱅이는 호주머니에 돈이 좀 생겨야 밤거리를 나올 수" 있다고 답한다. 이뿐만이 아니다. '나'와 '안'이 선술집에서 나오려고 할 때 이들은 "각기 계산하기 위해서 호주머니에 손을 넣"는다. 이 부분에서 이견이 있을 수 있다. 돈이 없어서가 아니라 이들은 처음 그곳에서 만났고 또 그 당시 그네들은 그렇게 각자 계산하는 것에 익숙했을 수도 있다. 그러나 경제적으로 여유가 있었다면 애당초 그런 선술집에 가지 않았거나 둘의 술값을 한 사람이 낼 수도 있었을 것이다. 또한 사내가 함께 가도 괜찮겠냐고 말을 걸어올 때, "아저씨 술값만 있다면" 된다고 허락한다.

이들은 경제적으로만 가난한 것이 아니다. 소설에서는 등장인물들의 가족이나 고향에 대한 언급이 없다. 다만, 사내의 경우 자기 아내의 시체를 병원에 팔 수밖에 없었던 사연을 그들에게 말할 때 아내의 친정이 대구 근처라고 알고는 있다. 그러나 아내도 친정과 한 번도 내왕이 없었으며 사내 역시 그곳이 어딘지도 모른다. 그렇기에 포근함이나 정겨움, 그리움 등의 정서를 찾아볼 수 없다. '나'는 "시골 출신"이다. 그런데 그 시골이 어디인지 또 가족이 누구인지 보여주고 있지 않다. '안'도 마찬가지다. "부잣집 아들"이라는 것만 알려줄 뿐 "부동산"이 어디에 있는지 설명이 없다. 또한 아버지가 누구인지조차도 말해 주지 않는다. 사내 역시 아내를 잃은 슬픔을 가족이나 고향의 친구들과 나누는 것이 아니다. '우연히' 만난 사람들에게 자기 말을 "들어 주셨으면 고맙겠"다고 부탁한다. 이들은 마음의 추위도 견뎌내고 있는 것이다.

〈밤〉

이 소설은 하룻밤 동안의 이야기이다. '나'가 선술집에 들어갈 때 "카바이드 불의 길쭉한 불꽃이 바람에 흔들리고 있었"고, 사건이 일어난 여관에서 '나'와 '안'이 나올 때 "밤의 이른 아침에는 싸락눈이 내리고 있었다." 하룻밤 사이에 일어난 무서운 사건을 다룬 것이다. 통행금지 시간이 되어서 가겠다는 '나'와 '안'에게 사내는 "오늘 밤만 같이 지내" 달라고 부탁한다. 사내는 오늘 밤에 그에게 일어날 일을 예상하고 있었기에 혼자서 지낼 수가 없었던 것이다. 사내에게 1964년 겨울, 서울의 '밤'은 '두려움' 그 자체이다. 이런 무서운 밤을 '안'은 다음과 같이 표현한다.

> "밤거리에 나오면 뭔가 좀 풍부해지는 느낌이 들지 않습니까?"(51)
>
> "밤이 됩니다. 난 집에서 거리로 나옵니다. 난 모든 것에서 해방된 것을 느낍니다."(51)
>
> "그냥 뭔가 뿌듯해지는 느낌이 들기 때문에 밤거리로 나온다."(52)

'안'에게 밤은 풍부하고 뿌듯한 것이다. 그뿐만 아니라 '해방'감까지도 준다. 1964년 겨울, 서울의 밤거리에서 '안'이 느끼는 이러한 감정들은 어디에서 연유된 것일까. 불안한 사회적 상황을 '스물다섯 살'인 '안'은 '꿈틀거림'으로 드러내야 한다. 그런데 '안'은 "목적지를 잊"어 "두려워" 하고 있다. 꿈틀거린다는 것, 두려움을 느낀다는 것 자체가 살아있다는 증거다. 그런데 그 살아있음이 낮에는 사회적 조건으로 "늙어"버린다. 그러나 "밤"은 "자신만의 사적 소유를 가능하게 하는 시간이다."[4] 그렇기에 낮의 두려움에서 "해방"된 '안'이, 밤에는 낮과 다른 감정들을 갖게 되는 것이다.

공간적 배경

지금부터 다룰 소재는 서울, 선술집, 여관이다. 이곳들은 그 순서대로 등장인물들이 이동한 장소인데, 그들의 활동 영역 크기와 관련이 있다. 또 그곳의 실제적인 등장인물의 수가 나오진 않았어도 그 수를 예상할 수 있으며, 그에 따라 분위기까지도 짐작할 수 있다. 점점 좁혀지고 적어지고 가라앉는다.

〈서울〉

사람들은 '꿈'을 이루기 위해 '서울'로 모여든다.[5] 즉 "서울은 모든 욕망의 집결지"이다. 자신이 원하는 것을 갖기 위해 사람들은 그곳에서 많은 것들을 희생하며 노력하지만, 모든 이들이 꿈(욕망)을 이루는 것은 아니다. 이 소설의 등장인물 '안'과 '나'와 사내 역시도 그렇다.

이들은 1964년 "식민지의 거리처럼" 차가운 바람이 부는 겨울밤, '서울'의 어느 "싸구려" 선술집에서 우연히 만난다. 세 사람이 그곳에 온 목적이 직접 드러나지는 않는다. '나'는 '안'과 이야기를 주고받으며 "사실

조현일, 「자유주의자의 욕망과 우울」, 『한국 현대소설이 걸어온 길』, 문학동네, 2013, 323쪽.

많은 문학작품에서도 등장인물들이 꿈을 이루려고 상경하는 곳으로 그려지기도 한다. 박완서의 「엄마의 말뚝」, 「자전거 도둑」, 박상률의 「봄바람」, 박태원 「천변풍경」, 은희경의 「다른 모든 눈송이와 아주 비슷하게 생긴 단 하나의 눈송이」, 이옥수의 「어쩌자고 우린 열일곱」 등.

한국 현대문학 분석적 읽기

이런 술집이란, 집으로 돌아가는 길에 잠깐 한잔하고 싶은 생각이 든 사람이나 들어올 데지, 마시면서 곁에 선 사람과 무슨 얘기를 주고받을 만한 데는 되지 못하는 곳"이라고 생각한다. 하지만 그들은 나름의 이유로 서울로 오거나 또 선술집에 들렀을 것이다. 각자가 원하는 그 무엇을 찾거나 갖기 위해서일 것이다.

'나'는 사관학교를 지원했다 실패하고 지금은 구청 병사계에서 일하고 있다. '나'에게 서울은 "꿈이 깨어져서" "실의에 빠져" 또 다른 '꿈'을 꾸며 새로운 인생을 시작하기 위해 온 곳이다. 그러나 또 다른 인생 역시 그리 만족스러워 보이지는 않는다. 밤거리를 나오지 않는 날은 "하숙방에 들어앉아서 벽이나 쳐다보고 있는" 신세이고, 그렇지 않은 날은 여관에 들러 자고 간다. '나'는 그것을 "최고의 프로"라고 말하지만, 정착하지 못한 떠돌이의 모습으로 비춰진다.

'안'도 서울에서 살고 있다. 그러나 '욕망'을 이루기 위해 노력하는 태도는 찾아볼 수 없다. 기껏해야 싸구려 선술집에서 대화 상대를 기다렸다 누군가를 만나게 되면 이야기를 나누는 정도이다. 그가 품은 '꿈틀'거림은 크게 표출되지 못하고 있다. 두려움에서 "해방"되는 밤에는 거리로 나와 기분을 만끽하는 정도이다. 그 두려움은 외로움으로 이어져 혼자만의 자기 세계를 "소유"하려는 듯 의미 없는 거리의 모습들을 기억해 둔다. 작품에서 보여주는 이들의 삶은 '꿈'과는 멀어 보인다.

사내의 경우, 많은 사람들이 꿈(욕망)을 이룰 수 있다고 믿는 서울에서 모든 것을 잃는다. "우연히" 만나 '나'와 '안'에게 말하고 싶은 게 있다며 "들어 주면 고맙겠"다고 한 사내는, "아내가 죽었"다는 말을 한다. 사내 주변에는 아내의 죽음을 들어줄 사람이 아무도 없다. 그러니 '우연히' 만난 이들에게 아내의 죽음을 "슬프지 않다는 얼굴"로 말하지 않았을까? 사내에게 아내는 모든 것이었을 수 있다.

"아내와 나는 참 재미있게 살았습니다. 아내가 어린애를 낳지 못하기 때문에 시간은 몽땅 우리 두 사람의 것이었습니다. 돈은 넉넉하지 못했습니다만 그래도 돈이 생기면 우리는 어디든지 같이 다니면서 재미있게 지냈습니다. 딸기철엔 수원에도 가고, 포도철에 안양에도 가고, 여름이면 대천에도 가고, 가을엔 경주에도 가보고, 밤엔 영화 구경, 쇼 구경하러 열심히 극장에 쫓아다니기도 했습니다……."

(…생략…)

"아내의 시체를 병원에 팔았습니다. 할 수 없었습니다. (…생략…) 아내는 어떻게 될까요? 학생들이 해부 실습하느라고 톱으로 머리를 가르고 칼로 배를 째고 한다는데 정말 그러겠지요?"(55-56)

사내는 아내의 시체까지 병원에 판다. 그러고는 화재가 난 불길 속을 손가락질하며 "내 아내가 머리를 막 흔들고 있"다고 소리치며, 가지고 있던 돈을 "모두" 그곳으로 던진다. 사내에게 남은 것은 이제 그의 생명뿐이다.

다음날 아침 일찍 안이 나를 깨웠다.
"그 양반 역시 죽어 버렸습니다." 안이 내 귀에 입을 대고 그렇게 속사였다.(66)

사내는 그가 가진 단 하나, 목숨까지도 잃는다. 세 사람이 우연히 만난 "카바이드 불의 길쭉한 불꽃"이 있던 선술집에서의 사내에게는 삶에 대한 작은 희망이 있었을 수도 있다. 여관에 들었을 때 사내는 "혼자 있기가 싫"다고 말한다. 그들과 함께 있고 싶었던 것이다. 그날 밤 자신에게 생길 일을 피하고 싶었던 것이다. 이런 점을 보았을 때 사내에게는 죽으려는 의도가 없었다고 해석할 수도 있다. 하지만 화재가 난 페인트 상점의 "불길 속"에서 그의 꿈(욕망)은 '모두' 소멸되었다.

그 세 사람의 주변을 새롭게 단장시켜 줄 수 있는 "페인트"를 파는 상점과 그들의 외모를 새롭게 바꿔줄 수 있는 기술자를 길러내는 "미용 학원"까지 불타면서 그들의 꿈도 사내의 꿈도 "새까맣게 구어진"채 사라진 것이다.

⟨선술집⟩

'나'와 '안'과 사내가 만난 곳은 '선술집'이다. 거기는 "집으로 돌아가는 길에 잠깐 한잔하고 싶은 생각이 든 사람이나 들어"갈 만한 곳이다. "오뎅과 군참새와 세 가지 종류의 술 등을 팔고 있고, 얼어붙은 거리를 휩쓸며 부는 차가운 바람이 펄럭거리게 하는 포장을 들치고 안으로 들어서게 되어 있고, 그 안에 들어서면 카바이드 불의 길쭉한 불꽃이 바람에 흔들리고 있고, 염색한 군용 잠바를 입고 있는 중년 사내가 술을 따르고 안주를 구워 주고 있"다. 밤이 되면 거리에 임시로 만들어지는 공간이다. 팔고 있는 먹거리의 수도 정해져 있다. 그래서 그런지 안정스럽지 못하고 제약받는 기분이 든다. 물론 그곳을 드나드는 사람들의 여러 가지 형편을 고려했을 수도 있겠지만, 평범한 사람들에게 가해지는 억압이 느껴진다. 주머니 사정도 시간도 넉넉하지 않은 사람들이 부담 없이 들렸다가야 하는 곳이지만, 평온하고 푸근하게 느껴지지 않는다. 오히려 포장이 '펄럭이고' 불꽃까지 '흔들'려 불안하다. 포장으로 된 출입구로는 찬바람이 들어올 테고, 참새는 "새카맣게" 구워져 있으며, "땅바닥에서 올라오는 찬 기운"을 "선" 채로 "막아"내야 한다. "이런 술집"이지만 '나'의 말대로 한잔하고 싶은데 시간이나 돈이 넉넉지 않을 때 들르게 된다.

그러나 꼭 그런 것만은 아니다. "부동산만 해도 대략 3,000만 원쯤 되"

는 부자 아버지가 있는 '안'도 그곳에 들른다. 평온하고 안정된 곳이 아닌 "흔들"리는 사람들이 '꿈틀'대는 그곳에서 '안'이야말로 '꿈틀'거림에 대해 이야기를 나눌 상대자가 필요했던 것이다. 이들은 "그러한" 선술집에서 우연히 만나 하룻밤을 함께 지낸다. 슬픔이 있거나 외로운 사람들이 대화 상대를 찾기 위해 들른 것이다. '안'이 '나'에게 말을 걸어왔을 때, '나'는 그의 "기특한 질문"에 "추위 때문에 저려드는 내 발바닥에게 조금만 참으라고 부탁"까지 한다. 외로움을 달래줄 대화 상대가 필요했던 것이다. 사내 역시 매한가지다.

> 그 사내가 나나 안 중의 어느 누구에게라고 할 것 없이 그냥 우리 쪽을 향하여 말을 걸어온 것이다.
> "미안하지만 제가 함께 가도 괜찮을까요? 제게 돈은 얼마 있습니다만……."이라고 그 사내는 힘없는 음성으로 말했다.
> 그 힘없는 음성으로 봐서는 꼭 끼워 달라는 건 아니라는 것 같았지만, 한편으로는 우리와 함께 가고 싶은 생각이 간절하다는 것 같기도 했다.(52-53)

선술집은 "목적지를 잊은 사람들"이더라도 '우연히' 누군가를 만나 '꿈틀'거릴 수 있는 곳이다. 부산스러운 그곳에서 자신이 살아있음을, 희미하나마 '꿈'의 한가닥을 놓지 않았다는 것을 보여줄 수 있는 곳이다. 사내에게는 더더욱 그렇다. 자신의 '꿈틀'거림을 들어줄 그 누군가를 꼭 만나야 하는 필연적인 장소였다.[6]

---

6 '선술집'은 현진건의 「운수 좋은 날」에도 등장한다. 김 첨지는 병든 아내의 불행을 예감하고 그 예감을 늦춰 보려고 선술집에 들렀다가 친구 치삼을 만난다. 바로 집으로 들어가는 것이 어쩐지 두려웠던 것이다. 김 첨지는 그곳에서 치삼에게 운수가 좋았던 하루의 일과

〈여관〉

"우리"는 '여관'에서 하룻밤을 "같이" 지내기로 하지만, "나란히 붙은 방 세 개에 각각 한 사람씩 들어갔다." 여관은 집을 떠난 사람들이 들르기에 그곳에 온 사람들은 서로가 외롭다는 것을 잘 안다. 그러나 그들은 "벽으로 나누어진 방"에 따로따로 들어간다. 이제는 '꿈틀'거림 조차도 보여줄 수 없도록 철저하게 격리되는 것이다. 외로운 사람들이 모이는 그곳에서 더 외롭게 된다.

집을 떠난 사람들이 일정한 비용만 지불하면 된다는 전제 조건인 여관에 '나'는 가끔 간다. '나' 역시 집을 떠나 있는 상태이고, 하숙집에 가지 않을 때 여관엘 들른다.

> "자, 여기서 이럴 게 아니라 어디 따뜻한 데 가서 정식으로 한잔씩 하고 헤어집시다. 난 한 바퀴 돌고 여관으로 갑니다. 가끔 이렇게 밤거리를 쏘다니는 밤엔 꼭 여관에서 자고 갑니다. 여관엘 찾아든다는 프로가 내게는 최고죠."(52)

'나'는 고향을 떠나 있다. 시골에서 올라와 서울에서 하숙을 한다. 하숙집은, 우리가 가정을 떠올릴 때 생각하는 따뜻함과는 거리가 있다. '나'는 밤거리를 쏘다닌 날은 꼭 여관에서 잔다. 하숙집에서도 여관에서도 혼자라는 것은 같지만, 여관은 '나'와는 같은 공통점이 최소한 하나씩은 있는 사람들이 오기에 오히려 마음의 안정을 가질 수도 있다. 집을 떠난 자들이 머물렀다 간다는 점에서 그렇다. 그러나 언제까지나 안정된 쉼터의

'마누라'의 상태를 말한다. 김 첨지는 자신에게 닥칠 두려움을 유예시킬 요량으로 선술집에 들렀던 것이다. 이 소설에서의 사내 역시 자신의 두려움을 상쇄시켜 줄 사람이 필요했을 것이다.

역할을 하는 것은 아니다. 기본적으로 나그네들이 들렀다 가는 곳이라고 인식하기 때문이다.

　지금까지 이 소설의 배경인 되는 소재들에는 무엇이 있으며 그것들은 어떻게 그려지고 있는지를 살펴보았다. 많은 이들이 '꿈(욕망)'을 실현시키기 위해 찾는 '서울'이 등장인물들에게는 오히려 꿈을 잃는 곳이 된다. 그것은 6·3 항쟁이 일어났던 '1964년'이었기 때문에 더 그렇다. 사회적 분위기는 그들이 꿈을 이룰 수 없게 만들었다. 그래서 그들은 '꿈틀'거리는 마음을 표출하기 위해 '밤'거리로 나오는데, 밤은 그들에게 뿌듯함을 주기도 한다. 밤에는 자기만의 소유가 가능하기 때문이다.

　등장인물들에게 '겨울'은 경제적인 것만이 아니라 마음도 가난하기에 견뎌내기 힘들다. 그들은 고단함을 달래려고 '선술집'과 '여관'엘 들른다. 이곳은 불안과 안정이 공존한다. 여유가 없는 자들이 잠시 들렀다 가는 선술집은 안락한 곳이 아니다. 추위를 이겨내야 하는 곳이다. 그런데 외로워서 들르는 그곳에서 우연히 대화 상대라도 만나면 살아있음을 드러낼 수 있다. 여관은, 이유야 어떻든지 간에 집을 떠난 사람들이 들른다는 공통점이 있다. 이런 점에서 그곳을 이용하는 자들은 동류의식을 갖게 돼 안정감을 느낀다. 하지만, 철저하게 분리된 '방'에서 더 큰 고독을 갖게 된다.

배경의 소재가 인물들에게 미치는 영향

　앞에서 살펴본 이 소설의 배경 소재는 '1964년', '겨울', '밤', '서울', '선술집', '여관'이다. 이러한 것들은 등장인물들에게 영향을 미친다. 6·3 항쟁이 일어났던 1964년 추운 겨울 밤, 서울의 초라한 선술집에서 만난 세 사람은 거리를 헤매다 여관에 들르고 그곳에서 나와 각자의 길로 떠난다. 이러한 환경에서의 여러 상황들은 그들을 "두려워"지게 만든다. 이 두려움은 불안함을 만들어내는데 이것은 여러 현상으로 나타난다.

먼저, '안'과 '나'의 대화를 살펴보겠다.

"평화 시장 앞에서 줄지어 선 가로등 중에서 동쪽으로부터 여덟 번째 등은 불이 켜져 있지 않습니다…."

"그리고 화신 백화점 6층의 창들 중에서는 그중 세 개에서만 불빛이 나오고 있었습니다."

"서대문 버스 정류장에는 사람이 서른두 명 있는데 그중 여자가 열일곱 명이고 어린애는 다섯 명, 젊은이는 스물한 명, 노인이 여섯 명입니다."

"단성사 옆 골목의 첫 번째 쓰레기통에는 초콜릿 포장지가 두 장 있습니다."

"적십자 병원 정문 앞에 있는 호두나무의 가지 하나는 부러져 있습니다."

"을지로 삼가에 있는 간판 없는 한 술집에는 미자라는 이름을 가진 색시가 다섯 명 있는데, 그 집에 들어온 순서대로 큰 미자, 둘째 미자, 셋째 미자, 넷째 미자, 막내 미자라고 합니다."

"그렇지만 그건 다른 사람들도 알고 있겠군요. 그 술집에 들어가 본 사람은 꼭 김 형 하나뿐이 아닐 테니까요."

"아 참, 그렇군요. 난 미처 그걸 생각하지 못했는데. 난 그 중에 큰 미자와 하루저녁 같이 잤는데 그 여자는 다음날 아침 일수(日收)로 물건을 파는 여자가 왔을 때 내게 팬티 하나를 사 주었습니다. 그런데 그 여자가 저금통으로 사용하고 있는 한 되들이 빈 술병에는 돈이 110원 들어 있었습니다."

"그건 얘기가 됩니다. 그 사실은 완전히 김 형의 소유입니다."(47-49)

이들의 대화는 이상한 말놀이를 하고 있는 듯하다. 소통을 위한 대화가 아니다. 대화란 정보나 감정을 전달하고 공유할 수 있어야 한다. 그런데 이들의 대화는 그렇지 않다. 알아도 그만 몰라도 그만인 그들만의 '앎'을 자랑삼아 얘기하고 있다. 이러한 대화는 자기만의 세계에 빠져있다는 것을 드러내고 있는 것이다. "아무도 관심 두지 않는 사소한 사물을 찾아내어 온전히 자기 것으로 만드는 것이다."[7] 무의미한 대상에 자기만의 의미를 부여하여 자기만의 세계를 확보하려는 것이다.

'안'과 '나'의 대화에서 계속적으로 등장하는 숫자 역시 불안감을 드러내는 표시로 볼 수 있다. 숫자는 정확히 표현할 때나 편리한 기록을 위해 사용한다. 그들은 불안하기 때문에 정확성을 상징하는 숫자를 의도적으로 사용하는 것일 수도 있다. 이들의 이런 식의 대화는 의사소통의 단절을 가져온다.

자기소개는 끝났지만, 그러고 나서는 서로 할 얘기가 없었다.(43)

우리는 다시 침묵 속으로 떨어져서 술잔만 만지작거리고 있었다.(46)

그때 우리의 대화는 또 끊어졌다. 이번엔 침묵이 오래 계속 되었다.(46-47)

나는 그가 무슨 이야기를 하고 있는지 알 듯 하기도 했고 모를 것 같기도 했다.(47)

7   정혜경, 「딜레마의 미학」, 『작가세계』, 2005, 여름, 43쪽.

한국 현대문학 분석적 읽기

언어가 제 기능을 하지 못하자 불통 현상이 오고 그러자 이들은 불안 감에 빠지게 되는 것이다. 그리고 그것은 무관심으로 표출되기도 한다. "완전히 얼어붙은 길 위에" "거지가 돌덩이처럼 여기저기 엎드려 있"다 고 하더라도 어느 누구도 관심 갖지 않는다.

우리 세 사람이란 나와 도수 높은 안경을 쓴 '안'이라는 대학원 학생 과 정체를 알 수 없었지만 요컨대 가난뱅이라는 것만은 분명하여 그의 정체를 꼭 알고 싶다는 생각은 조금도 나지 않는 서른 대여섯 살짜리 사내를 말한다.(42)

우연히 만난 이 세 사람은 이야기가 끝나도록 이름이 등장하지 않는 다. 서로의 이름을 묻는 장면도, 궁금해 하는 서술도 찾아볼 수 없다. 또 한 이들은 자기의 사생활에 대해서도 말하지 않는다. 여관에서 숙박계를 쓸 때도 "거짓"으로 작성한다. 이러한 익명 효과는 무관심의 특성이며, 개인주의적인 성향을 드러내기도 한다. '나'와 '안'은 학력과 경제적인 차 이가 있는데도 잘 어울린다. 그것은 서로 철저한 개인주의로 무장하고 있기 때문이다. 그러나 '사내'는 다르다. 그는 자기 자신의 모든 것을 털 어놓으려 한다. 고통을 함께 나눌 공동체적인 인간관계를 원하고 있다. 그날 밤 '사내'에게 특별한 일이 일어날 수 있을 거라고 예감했었기 때문 이다. 하지만 이러한 개인주의는 사내의 죽음 앞에서 분명하게 드러난다.

"그 양반 역시 죽어 버렸습니다." 안이 내 귀에 입을 대고 그렇게 속 사였다.
"예?" 나는 잠이 깨끗이 깨어 버렸다.
"방금 그 방에 들어가 보았는데 역시 죽어 버렸습니다."

"역시……." 나는 말했다. "사람들이 알고 있습니까?"

"아직까진 아무도 모르는 것 같습니다. 우선 빨리 도망해 버리는 게 시끄럽지 않을 것 같습니다."

(…생략…)

우리는 할 수 있는 한 빠른 걸음으로 여관에서 멀어져 갔다.

"난 그가 죽으리라는 것을 알고 있었습니다." 안이 말했다.(66)

'안'은 사내의 주검을 보고도 아무런 감정을 드러내지 않는다. 다만 자신들이 난처한 일을 당하게 될까봐 "빨리 도망"가 버리려고만 한다. "혼자 있기 싫"다고 함께 있자는 사내를 뒤로 하고 자기 방으로 들어가면서 '안'은 그의 죽음을 예상했다. 그렇지만, 자기가 할 수 있는 "최선의 그리고 유일한 방법"은 사내를 "혼자 놓아"두는 것이었다고 한다.

이 소설에서 등장하는 인물들은 자신들을 둘러싸고 있는 여러 가지 환경적인 요인 즉 배경 소재로 인해 불안감을 갖게 된다. 이 불안감은 자기세계에 빠져들게 하고 이러한 것은 결국 의사소통을 막는다. 불통 현상이 오자 이 불안감은 무관심으로 드러나 개인주의적인 태도를 보이기도 한다.

마치며

이상으로 김승옥의 「서울, 1964년 겨울」을 자세히 읽어 보았다. 먼저, 이 작품의 배경이 되는 소재들이 어떻게 묘사되고 있는지 찾아보았다. 그리고 나서 그러한 소재의 묘사는 등장인물들에게 어떠한 영향을 미치고 있는지를 살펴보았다.

소설의 배경은 등장인물의 심리에 영향을 준다. 그래서 말과 행동으로 표출되어 주제를 효과적으로 드러내는 역할도 한다.

회고적 시간 구조
- 이순원, 「시간을 걷는 소년 2」

시작하며

이순원은 어느 강연회에서, 설날이면 아직도 도포와 갓을 갖추고 마을 촌장님께 세배 가는 일이 당연한 일이고, 할머니의 장례인 유월장(踰月葬: 돌아간 달 그믐을 넘겨 다음 달에 치르는 장례)을 19일장으로 치뤘으며, 그의 아버지가 1년간 직장을 쉬며 할머니의 묘를 지키는 생활을 하였다고 말하였다. 이러한 점으로 볼 때, 「시간을 걷는 소년 2」'는 그의 자전적인 내용이 많이 들어가 있는 소설이라고 볼 수 있다.

이 소설에서는 21일에 달하는 할머니의 죽음과 장례절차 과정을 꽤 자세히 서술하고 있는데 이런 점으로 미루어 볼 때, 작가의 자전적 소설이라는 것을 말해준다.

> 장례는 후일 그가 몇 번이고 물어 확인했을 만큼 길고도 긴 21일장이었다. 집안에 어른이 돌아가면 그 달에 장례를 치르지 않고 그믐을 넘겨

---

1   이순원, 「시간을 걷는 소년 2」, 『작가세계』, 2014, 겨울, 154~172쪽. 여기서는 작품을 인용할 때 각주를 생략하고 쪽수만 적으며 서술에서 인용되는 것은 " "로만 표시하기로 한다.

다음 달에 장례를 치르는 법이라고 했다.(163)

'보고 들은 것이 다 소설거리다'라는 말처럼 그 세계 안에서 형성된 이순원의 원체험은 그의 소설에 여러 형태로 반영되어 있다. 즉, 어린시절 할머니의 죽음이 그에게 강한 기억으로 남아있고, 그렇기에 이 소설은 그 기억을 재현해낸 소설이라고 볼 수 있다는 것이다.

그의 이러한 자전적인 성장 소설의 특징은 90년대 중반 이후부터 두드러지게 나타난다. 90년대 중반까지 사회현실 문제를 주로 다뤘다면, 90년대 중반 이후부터는 조심스럽게 가슴속에 담아둔 내면의 이야기를 꺼내기 시작하며 세상의 바깥으로 향했던 시선을 거두어 자신의 삶을 차분히 들여다보는 시간을 갖고 '깊이'와 '감동'을 담아내기 시작한다. 이순원의 후기 작품들은 개인적 체험을 소재로 하면서도 사적인 영역에 머무르지 않고 보편적 가치의 차원으로 확대된다. 그의 유년시절의 원체험은 소설의 자양분이 되어 작품으로 재창조된다. 「시간을 걷는 소년 2」 역시 할머니의 죽음과 장례라는 개인적인 경험을 한국의 장례문화라는 보편적인 문화 차원으로 확대하여 다루고 있다.

G. Genette의 시간 이론

「시간을 걷는 소년 2」는 오랜만에 고향을 찾은 '그'가 숙소에서 자고 일어난 뒤 마당에 핀 자두꽃을 보면서 그 꽃을 좋아하던 할머니의 죽음을 떠올리는 액자식 구성으로 되어있다. 대체적으로 과거의 장면들은 할머니의 죽음과 장례절차에 많은 부분이 할애되어 있으며, 중간중간 그 이후 가족들의 삶, 그의 변화, 주변 이야기들에 대한 서술이 부가되는 형식을 갖고 있다.

이 소설의 시간의 흐름을 살펴보면 다음과 같다.

소설의 흐름	내용	시간적 순서
현재	숙소 밖 자두꽃을 보고 할머니를 추억함	8
과거	할머니가 죽기 전, 봄 자두꽃을 보던 것을 회상	1
	할머니가 죽고 난 후 오랜 시간에 가족들의 죽음, 성인이 된 후 고향을 등짐	7
	할머니의 죽음 후 초등학교, 중학교 시절 내 방황하던 '그'의 이야기(1)	6-1
	열한 살 겨울에 맞이한 21일 간의 할머니의 장례식에 대한 회상	2
	장례 후 1년 간 어머니와 아버지의 모습	3
	둘째 고모의 딸에 대한 생각과 그리움	4
	삼박골 명어머니의 딸 영숙이의 강물 투신	5
	할머니의 죽음 후 초등학교, 중학교 시절 내 방황하던 '그'의 이야기(2)	6-2

D. L. Higdon은 문학 텍스트의 전체 맥락에 주목하여 문학 텍스트 내의 시제가 펼쳐지는 순서를 살펴보면, 그 시간의 구조는 과정적 시간, 역순적 시간, 복합적 시간으로 분류된다는 것이다. 그의 이론에 따르면 「시간을 걷는 소년 2」는 두 번째 회고적 시간 구조에 해당한다고 볼 수 있다.

회고적 시간구조란 소설 내의 시간이 현재에서 시작하여 과거로 회귀하는 구조이다. 주로 현재의 시점으로부터 과거의 특정 사건을 탐색해나가는 특징을 보인다. 사건의 발생 순서가 현재-과거, 또는 현재-과거-현재의 순으로 구성되며, 보통 한 인물의 삶을 반추해나가는 방식을 취한다. 이 소설에서는 현재의 '그'가 과거 자신이 경험한 할머니의 죽음을 반추해나가는 것이 가장 큰 부분을 차지한다.

일반적으로 이 구조에서 인물은 상당히 변모해버린 모습으로 서사의

회고적 시간 구조

첫머리에 미리 드러난다. 인물이 자신이 속한 세계를 어떻게 인식하고 행동하는지, 또는 앞으로 어떻게 인식하고 행동해 나갈지가 사전에 제시된다. 사전 제시 후에야, 인물의 예전 모습은 어떠했는지, 세계를 인식하는 것은 현재 또는 미래와 어떻게 달라졌는지가 제시된다. 인물이 특정 사건을 경험하면서 변모할 수밖에 없었고, 변모의 이유가 마땅히 있었음을 확인할 수 있다. 이는 현재의 '그'가 "돈을 주고 잠을 자는 데 말고는 머물 수 있는 숙소가 없"고, "어릴 때 틈날 때마다" 가던 그곳을 "명절에도 오지 못할 때가 많"은 것으로 '그'의 삶이 많이 변했다는 것을 보여주고 있다.

다만 D. L. Higdon의 분류는 서사의 주요 흐름에 대한 사건 나열의 순서에 대한 분석일 뿐, 각 사건이 드러나는 시간의 범주에 대한 논의는 빠져 있기에, 이를 보충하기 위해서는 G. Genette와 S.Rimmon-Kenan의 논의를 가져와야 할 필요가 있다. 왜냐하면 문학 텍스트 내 제시되는 시간은 시간의 일치와 불일치에 대한 '순서'의 문제 외에도 '지속', '빈도' 등에 대한 시간적 속성에 대해 검토할 필요가 있기 때문이다. 서사 내에 하나의 사건이 얼마나 짧게, 또는 얼마나 길게 지속되느냐, 얼마나 잦은 빈도로, 얼마나 드문 빈도로 노출되느냐에 따라, 작품이 담고 있는 담론은 달라질 수 있다.

G. Genette는 서술과 스토리 사이의 지속기간에 대해 동질성을 검증할 수는 없어도, 서술의 지속 기간과 그것이 이야기되는 스토리의 지속 기간을 비교하는 방식은 가능하다고 설명한다.[2] 즉 '지속'이라는 말은 시간적 차원과 공간적 차원 사이의 관계를 의미하는 것인 만큼, 서술의 지속 기간과 서술된 길이의 관계를 비교하는 방식을 통해 서사구조를 분석

---

2   제라르 즈네뜨, 권택영 역, 『서사담론』, 교보문고, 1992, 75~101쪽.

할 수 있다는 것이다. 비교를 위해서는 서술의 분절 단위를 구분하는 것이 중요한데, 분절을 구별하는 기준으로는 시간과 공간을 그 지표로 삼을 수 있을 것이다. 그는 서술의 지속 기간과 스토리의 지속 기간을 비교하여 다음과 같이 네 가지 형태로 구분하였다.

① 요약(summary): 행위나 대화를 자세히 나열하지 않고 며칠, 몇 달, 몇 년의 사건을 단 몇 구절 혹은 단 몇 페이지로 나타난다.

② 멈춤(pause): 인물이나 공간에 대한 묘사, 또는 대상을 명상하는 인물의 인지 행위를 설명하기 위해 서사를 정지하는 것으로 나타난다.

③ 생략(ellipsis): 스토리 시간이 지워진 것을 통해 나타난다.

④ 장면(scene): 인물이 새로운 장소나 새로운 분위기로 들어가는 표지로 사용되며, 서술과 스토리가 관례적으로 동일한 대화나 어떤 사건의 상세한 서술로 나타난다.

이를 좀 더 자세히 살펴보면서, 이 소설에 적용해보고자 한다.

요약

'요약(summary)'은 스토리의 시간은 길지만 서술의 길이는 비교적 짧게 나타나고 있는 경우이다. 요약은 그 길이가 짧기 때문에, 소설의 분량 중 일부만 차지하는 경우가 많다. 예를 들어 서두 부분에서 할머니의 죽음 이후 가족들의 죽음과 삶에 대해 다음과 같이 묘사된다.

건넛방에 일 년 동안 궤연을 모시고 매일 아침 점심 저녁 마다 새로 지은 밥과 찬으로 상식을 올리고, 매당 초하루와 보름에 별식의 삭망제를 올렸다. 살아서 할머니가 늘 역마를 걱정했던 아버지는 탈상할 때까지 거의 외출을 하지 않았다. 어쩌다 바깥에 꼭 출입할 일이 있으면 장삿날에 입었던 누더기 상복에 방갓을 쓰고 한 손엔 오동나무 상장을 들고 볼일을 보러 나갔다. 면사무소에도 읍내에도 외가에도, 또 할머니의 친정에도 그런 차림으로 다녀왔다.(168)

그러나 이듬해 그 자리에 다시 피어난 자두꽃을 보지 못하고 할머니는 세상을 떠났다. 뒤를 이어 할아버지가 떠나고, 그 자리에 마지막까지 고향을 지키던 아우도 오래전 가산을 정리해 숨어 떠나듯 마을을 떠났다.(155)

"열한 살 겨울에 맞이한 할머니의 죽음" 이후 그보다 어리던 동생이 "가산을 정리해 마을을 떠났"다는 것을 볼 때 몇 십 년간의 긴 시간을 두세 줄의 문장으로 요약했음을 추측할 수 있다.

지금이야 명절에도 오지 못할 때가 많아 어쩌다 한 번 들르는 걸음이지만 어릴 땐 틈날 때마다 그곳에 갔다. 학교 가는 날에 학교에 가지 않고 할머니 산소에 갈 때도 많았다. 초등학교 때고 그랬고, 읍내 중학교에 들어간 다음에도 그랬다.(155)

이 부분은 할머니의 죽음 이후, 초등학교 때에서 중학교에 진학한 이후의 시간까지 꽤 구체적인 시간을 제시하고 있다.

하지만 요약이라는 것이 내용의 전개상 중요하지 않아 짧게 압축한 것이라고는 볼 수 없다. 오히려 긴 시간동안 변하지 않은 상처를 짧게 서술함으로 그가 그 긴 시간 동안 고통받았다는 것을 보여줄 수도 있는 것이다.

아이는 빗속에 무엇이 영숙이를 끌어당긴 것인지는 모르지만, 영숙이가 무얼 따라갔는지는 누가 말하지 않아도 알 것 같았다. 아마 그때부터였을 것이다. 아이는 학교로 가는 길에 슬그머니 빠져 할머니 산소로 갈 때가 많았다.(171)

위의 '그'의 초등학교와 중학교로 이어지는 방황에 대한 이야기는 소설의 후반부에 변형된 형태로 다시 한 번 등장한다. 이는 아이의 방황이 단순히 할머니의 죽음뿐만 아니라, 명 어머니의 딸 영숙이의 죽음도 영향을 미쳤다는 것을 뒷부분에서 다시 한 번 밝히는 대목이다. '그'는 혹시 그의 명부를 대신해 할머니와 영숙이가 죽은 것은 아닌지 죄책감을 느끼며 오랜 기간 방황하게 되는데 이에 대한 부분을 앞과 뒤에서 요약적으로 보여주고 있다.

만일 이러한 방황이 중요하지 않은 것이라면 작가는 요약 대신 생략을 택했을 것이다. 하지만 긴 시간을 짧게 서술하면서도 그 이야기를 소설의 앞과 뒤에 배치했다는 것은 할머니와 영숙이의 죽음이 그의 유년시절에 커다란 사건이었다는 것을 재차 강조하는 효과도 있다.

멈춤

'멈춤(pause)'은 스토리의 시간은 정지했지만 서술의 시간은 지속되는 경우이다. 주로 주변적인 서술이라서 스토리 자체에 직접적인 영향을 끼치지 않는다. '멈춤(pause)'은 크게 대상의 묘사와 인물의 의식으로 나눌 수 있다. 대상의 묘사는 다시 인물에 대한 묘사와 공간에 대한 묘사로 나뉜다.

먼저 인물의 묘사를 살펴보면 다음과 같다.

할머니는 어두컴컴한 안방 아랫목에 그대로 누워 있었다. 방에 들어서는 순간 아이는 사람이 죽는다는 게 바로 이런 거구나 하는 것을 직감처럼 느꼈다. 그것은 어둑한 방에 아무 움직임도 없이 정물처럼 누워있는 할머니의 침묵이 할머니를 제외한 다른 식구들의 다급한 움직임보다 더 크고 무겁게 느껴지는 어떤 분위기의 정점과 같은 것이었다.(157-158)

이 대목은 할머니의 임종을 목격하는 소년의 충격이 고스란히 드러나는 장면이다. 정물처럼 누워 있는 할머니는 침묵과 대비되는 속도감이 느껴지는 식구들의 움직임이 오히려 죽음의 순간을 맞이하는 할머니를 더욱 부각시키는 효과가 있었다.

공간에 대한 묘사는 소설의 도입부를 예로 들어 설명할 수 있다.

아침에 일어나자 간밤엔 보지 못한 한 무더기의 자두꽃이 숙소 마당가에 그림처럼 화사하게 피어나 있었다. 이젠 고향에 와도 돈을 주고 잠을 자는 데 말고는 머물 수 있는 숙소가 없었다. 그것은 심정적으로 이미 반은 고향을 잃은 듯 쓸쓸한 일이지만, 흘러간 시간을 생각하면 또 어쩔 수 없는 일이기도 했다. 앞강과 뒷내가 Y자 모양으로 합쳐지는 어린 시절 방앗간이 있던 자리였다. 그는 창밖으로 오래 자두꽃을 바라보았다. 봄이면 할머니가 유독 좋아하던 꽃이 그의 쓸쓸한 방문을 위로하기라도 하듯 그 곳에 하얗게 피어 있었다.(155)

아침에 일어나 보게 된 자두꽃은 봄이라는 계절감을 불러오면서 죽은 할머니는 떠올리게 하는 매개체로서의 역할도 한다. 독자는 공간에 대한 정보를 습득하는 동시에, 공간에서 과거 할머니와 그가 있던 공간으로 자연스럽게 이동하게 된다.

또한 멈춤은 공간적 배경과 인물의 표면에 대한 서술뿐 아니라 인물의 내면에 대한 깊이 있는 고찰을 가능하게 한다.

아이는 청송 푸른 그늘이 아니라 마당가의 눈처럼 흰 자두꽃 그늘 아래에서 하얀 손을 잡고 그 아이의 편지를 읽은 듯했다. 그것을 읽은 다음 마음 속엔 이미 무엇이 밀물처럼 흐르는데 그것이 얼마나 더 스며 흘러야 피곤한 그리움이 될지 아닐지는 알 수 없었다. 시골 학교엔 없는, 하얀 햇빛 깔린 도서관에도 가고 싶었다.(171)

할머니의 장례식에 왔던 둘째 고모의 딸을 종종 생각하는 마음이 "지난 겨울 묻어둔 꽃씨처럼 가슴에서 자라"다가 중학교 다니는 당숙의 책에서 읽은 시를 보고 마음의 꽃망울이 '툭'하고 터지는 심리를 묘사한 장면이다. 비록 그것이 어떠한 감정인지 '소년'이 제대로 인식하고 있지는 못하지만, 그의 심리를 묘사함으로 독자에게 그것이 소년의 첫사랑이었다는 것을 느끼게 해준다.

이와 같이 멈춤은 인물의 입장을 독자에게 전달하는 방식으로 사용된다. 멈춤은 스토리를 일시적으로 정지시키고, 스토리의 전개에 필요한 필수 정보를 독자에게 알리는 역할을 수행한다.

생략

'생략(ellipsis)'은 다음과 같이 세 가지로 구분할 수 있다. 명시적 생략, 암시적 생략, 가설적 생략이다.

먼저, 명시적 생략이다. 이것은 지워진 지속 기간을 숫자로 명시하든 그렇지 않든 표시가 되는 생략이다.

> 그러나 이듬해 그 자리에 다시 피어난 자두꽃을 보지 못하고(155)
>
> 며칠 배를 쓸며(156)
>
> 그게 날수로도 스무하루나 되는 아주 길고 긴(159)

다음은, 암시적 생략이다. 비록 텍스트에선 언급하지 않았어도 독자가 서술을 읽어나가며 그 틈새를 추론할 수 있는 경우의 생략이다.

> 그 집의 세 번째 둘째 연이로 태어나 한 번도 자기만의 이름을 가져 보지 못하고 예순다섯 해 동안 이 세상을 사고 떠난 것이었다.(159)

그의 죽은 할머니는 자신의 이름을 갖지 못한 채 한평생을 살다 죽는다. 이 두 줄의 내용으로 독자들은 자신의 이름조차 갖지 못했던 한 여성의 기구한 삶을 유추해 볼 수 있게 된다.

마지막으로, 가설적 생략이다. 이는 생략의 가장 암시적 형태로, 어떤 곳에 자리잡게 해야 할지조차 가늠하기 어려운 경우의 생략이다.[3] 그의 아버지의 방랑벽을 설명하면서 "오래 집을 비운", "이 집 나그네는 해를 넘겨"라는 구절을 사용하는 것은 그 방랑벽이 시작되는 시점이나 방랑에 소요된 절대적인 시간이나 기간은 명시하지 않은 채, 막연하게 '기나 긴' 방랑으로 '아버지'가 할머니의 죽음 이전의 시간을 생략하여 제시하고 있다.

---

3   제라르 즈네뜨, 권택영 역, 『서사담론』, 교보문고, 1992, 95~98쪽.

장면

'장면(scene)'은 스토리의 지속 시간과 서술의 지속 시간이 동일하게 드러나는 경우이다. 장면은 보통의 소설에서 빈번히 사용되는 서술기법이다. 이는 인물 사이의 대화, 사건의 상세한 서술들이 장면으로 간주된다.[4] 장면의 특징 중 하나는 서사적 묘사와 서술자의 견해가 소멸되는 것이다. 다음은 할머니의 산소 옆에 둘 상석과 망주석을 만드는 석공과 '소년'의 대화 내용이다.

"어느 걸 어느 쪽에 세워요?"

"아직은 할머니 혼자지만 어느 묘든 남자를 왼쪽에, 여자가 오른쪽에 모신단다. 남자가 있는 왼쪽 망주석의 세호가 올라가고 여자가 있는 오른쪽의 것이 내려가지."

"왜 달라요?"

"말이야 여럿 있지. 음양의 이치가 그렇다고도 하고, 다람쥐가 짐승 중에서도 부지런하고 영리하니까 땅속에 있는 사람의 말을 하늘에 전하고, 하늘의 말을 받아 땅 속으로 전한다고도 하고."

"혼령이 땅속에 있어도 밖으로 나올 수 있다면서요? 사람이 처음 죽었을 때 모든 혼령이 다 불려가는 명부도 있고요."

"네가 명부도 알어?"

"허허 어르신이 모르시는 모양이구만요. 쟤가 여기 매일 점심 나르는 명엄니까지 어머니가 둘인 아이여요. 명부의 귀신들 알아채지 못하게 동짓날이면 눈을 피해 명엄니 집에 가서 잠을 자고 오는 아인걸요."

"느 할머니 얘기도 들었다만, 그러니 우리 말이 있다는 거지. 다 보지

---

4   리먼 캐넌, 최상규 역, 『소설의 시학』, 문학과지성사, 2003, 98~99쪽.

않고 겪지 않은 일을 누가 알겠누. 우리 같은 돌쟁이야 예전부터 그렇다 하니 이렇게 올라가는 세호, 내려가는 세로를 새기는 거지."(167)

이 부분에서 서술자의 개입은 따로 진행되지 않는다. 다만 석공과 아이의 대화를 통해 망주석 세호의 의미를 밝힐 뿐이다.

위와 같이 '대화'를 서술한 장면은 주로 인물의 발화만을 나열하는 경향이 있다. 그래서 '대화'를 서술한 장면은 서사물이 아니라 마치 연극의 대본처럼 느껴지기도 한다.

다음은 '사건'을 서술한 '장면(scene)'의 일부를 발췌한 것이다.

> 할아버지의 분별에 따라 어머니가 장롱에서 할머니의 저고리를 꺼내 아버지에게 건네주었다. 그 사이 마루로 나온 할아버지의 지시로 일꾼 아저씨가 헛간 뒤에 매달아 놓은 사다리를 떼어와 안마당 지붕에 걸쳤다. 아버지는 마당으로 나와 한칸 한칸 사다리를 타고 올라가 위태로운 자세로 비스듬히 지붕의 기왓장을 밟고 두 손으로 할머니의 저고리를 깃발처럼 흔들며 서리 땅거미가 내려오는 북쪽 하늘을 향해 "강하 우계댁 연일정씨 보-옥!"하고 큰 소리로 세 번 외쳤다. 그래야 할머니의 혼이 죽었어도 그 소리를 듣고 소리의 길을 따라 다시 온다고 했다.(159)

사건의 경우, 특정 사건이 어떻게 벌어지고 있는가에 대해 열거하여 사건을 재연하는 뉴스처럼 보인다. 그래서 장면으로 서술되는 순간만큼은 시간의 불일치라는 간섭에서 벗어날 수 있다. 장면이라는 기법을 통해 작가는 극적인 서술에, 독자는 극적인 스토리에 집중할 수 있다.

서술의 시간과 스토리의 시간이 처음부터 끝까지 완전히 일치하는 소설은 거의 없다. 그래서 '요약', '멈춤', '생략', '장면'과 같은 지속의 기법은 대부분의 소설에서 찾아볼 수 있다. 하지만 서술과 스토리의 지속을 어떻게 활용하느냐는 작가의 몫이다. 이를 활용하는 문제는 독자에게 무엇을 어떻게 보여주느냐의 문제이기 때문이다. 어떤 부분을 중요하게 드러내어, 독자에게 무엇을 제시하느냐의 문제도 지속의 활용에 의해 결정된다.

마치며

이순원의 진면목이 드러나는 것은 그의 눈길이 사회문제나 분단현실 같은 거대 역사에서 기억이나 회상으로 돌아가 가족사의 비밀스런 내력을 들추어 보일 때다. 이순원은 그 내력 속에 새겨져 있는 사람살이의 무늬를 서사구조의 내면에 정교하게 복원[5]했다는 평가를 받고 있다.

이순원의 후기 작품세계는 '그래 그때가 좋았지'라고 회상하며 단순히 농경사회나 전근대적인 사회로 회귀하자는 것이 아니라 현대과학의 폭력이나 탐욕이 우리의 삶을 지배하지 않길 바라는 마음이 작품세계에 반영되어 있는 것이다. 문학이 꼭 특별한 것을 깊게 다뤄야만 문학이 되는 것은 아니다. 그렇기 때문에 이순원 작품의 특징은 자전적인 성격을 작품에 반영함으로써 소박하지만 문학의 영역을 확대시킨 점을 의의로 들 수 있다.

---

5   장석주, 「어머니-고향, 그 항상성의 상실과 무늬」, 『첫사랑』(작품해설), 세계사, 2000, 169~170쪽.

여성수난담적 성격과 의미
– 박화성, 「비탈」

시작하며

박화성 문학을 논할 때 많은 연구자들은 '프롤레타리아 문학'이라는 틀에 넣고 분석한다. 그래서 동반자적 성격이나 경향성에 대한 연구 등을 중심으로 지식인 여성들이 지식인 남성들의 지도를 통해 계급의식을 전수받고 당대 현실을 인식하는 내용이 주를 이루고 있다는 평가가 주도적이다. 이에 당대 현실의 모순을 반영하고 계급의식을 고취했다는 것으로 의의를 찾는 반면 문학의 심미성이 그만큼 약화되었다는 비판도 있다. 그러나 작가가 의도하지 않더라도 작품이 생산되고 유통되는 당대의 현실은 작품의 곳곳에 반영되는 것을 넘어 작품 전체의 의미 구성에 적극적으로 개입한다. 박화성의 작품에는 1930년대 여성으로서의 당대의 문화적 일상이 녹아 있다.

「비탈」[1]은 계급의식의 고취와 신여성 비판이라는 반복적인 주제 외에도 풍부한 당대 의식의 흔적을 발견할 수 있다. 작가는 이 작품을 통해 신

---

1 박화성, 서정자 편, 『박화성 문학 전집 16』, 푸른사상, 2004, 98~147쪽. 여기서는 작품을 인용할 때 각주를 생략하고 쪽수만 적으며 서술에서 인용되는 것은 " "로만 표시하기로 한다.

여성으로 불리는 여성들이 남성 중심 사회에서 어떻게 인정받거나 몰락해가는지 그 과정을 자세히 묘사함으로써 모더니스트이며 사회주의자이지만 동시에 여성으로서의 삶을 살아가야 했던 당시 여성들의 삶을 조명한다. 여기서는 거대 담론에 의해 배제된 1930년대 남도의 한 소작인 가정의 여성을 둘러싼 '삶'의 일상을 축으로 삼아 작품을 분석하려고 한다. 이러한 분석은 사람들이 거대담론과 이데올로기에서 드러낼 수 없는 구비문학적 요소와 더불어 어떻게 살아왔고, 살고 있으며 또 살아갈 것인가에 대한 고찰이기도 하다.

이 소설은 여성수난담적 요소를 가진 작품이다. '여성수난'이란 '여성 인물이 타인에 의해 육체적이나 정신적으로 받는 고통'을 의미한다. 여성수난담에서 여성수난은 통과제의의 의미보다는 수난을 있는 그대로 형상화함으로써 여성 삶의 지난함을 보여주고자 했다는 점을 특징으로 한다. 여성수난은 기본적으로 가부장제의 질곡을 드러내고 있으며, 작품에서 내내 견지되고 있는 이원적 세계관의 형성에 일정하게 기여하고 있다. 또한 소설에서 중요한 모티프로 기능한다. 여성수난을 둘러싸고 다양한 인물의 이해관계와 서술자의 의식이 얽혀있기 때문이다. 따라서 여성수난의 발생, 과정, 해결의 양태를 탐구하는 것은 소설의 서술자의식을 파악하는 데 긴요하다.

여성수난담은 1930년대 독자에게 익숙했던 서사의 방식이다. 「비탈」은 여성수난담의 구조를 적극 차용하여 여성인물을 생동감 있게 형상화하는 한편, 남성들의 시선에서 각기 다른 평가를 받는 두 여성을 대조적으로 그려내는 과정에서 당시의 신여성 인물이 가지는 다층적 성격과 의미에 접근하고 있다. 특히 여성 인물의 비극적 결말과 남성 인물의 성장이 맞물리는 결말 구조를 통해 작가의 여성 인식과 현실 인식을 살펴볼 수 있다. 이러한 여성수난담적 성격에 대해 분석하는 과정에서 박화성

문학에 대해 프롤레타리아 문학이라는 틀을 벗어나 다양한 관점으로 해석하는 계기로 삼고자 한다.

민담적 내러티브의 차용과 생명력의 희구

1930년대 독자에게 익숙했을 여성수난담의 구조는 민담의 내러티브를 기반으로 한다. 이 과정에서 작품의 곳곳에서는 당시 농촌의 일상이 드러나 있다.

> 오늘이 보리 타작 하는 날이라 하여 어머니는 반찬 준비하기에 앞터 전과 뒤 밭으로 왔다 갔다 하고 수옥의 동생 수진이는 생선과 마른반찬을 사오려고 첫차로 목포로 갔다.
> 아버지는 도리깨의 열을 조사한 다음에 사람 수효대로의 도리깨발을 장대에 끼면서 머슴더러 어서 마당을 쓸지 않는다고 호령을 한다.
> "용쇠야, 구석구석이 있는 것 좀 다 잘 치고 깨끗하니 딱 쓸어 놔라. 너 이놈 왜 몽그작 하기만 하냐."(99)

수옥이 새벽산보를 가는 장면에 등장하는 보리타작의 준비 과정은 당시의 일상성을 드러내는 한편 고소설에 등장하는 시제의 현재성을 연상하게 한다. 서술자는 "도리깨의 열을 조사한 다음에 사람 수효대로의 도리깨발을 장대에 끼면서 머슴더러 어서 마당을 쓸지 않는다고 호령"하는 아버지 유생원의 모습을 통해 비극적 서사의 중간 중간에 장황한 사설조의 대사와 희극적 요소를 끼워 넣는다. 이러한 서술 방식은 소설에서 일본에서의 생활 묘사가 추상적이고 단발적으로 서술되는 반면, 조선에서의 생활 묘사는 생생한 활기를 띠며 현장감과 실재감을 갖게 하는 데 기여한다.

> 주희의 얼굴에는 홍조가 올랐고 탐스러운 손길에는 힘줄이 보였다.
> 속적삼은 땀에 흠신 젖어서 겉옷에까지 땀이 스몄다. 주희의 언어와 체
> 격과 행동에는 힘이 차고 열정이 흘렀다. 싱싱한 원기 그대로가 주희의
> 전신에서 뚝뚝 돋는 듯하게 보였다.(113)

보리타작 장면은 이후에 등장하는 '주희'의 "익숙한 방아질" 장면과
병렬 구조를 이룬다. 이 작품을 여성수난담의 내러티브를 바탕으로 이해
할 때 주희의 방아질 장면은 그녀가 유한계급이라는 신분적 한계를 극복
하고 노동자의 삶에 가까이 가기 위한 실천적 노력의 장면 이상의 의미
를 가진다. 민담에서 "방아질"이 가지는 성애적 의미와 더불어 방아질은
"홍조"와 "힘줄", "땀"과 "원기"가 솟아나게 만드는 행위로 주희가 가진
생명력을 극대화시키는 역할을 한다. 이를 뒷받침하기 위해 작품에서 주
희와 수옥에 대한 외양 묘사와 그녀들을 상징하는 소설의 어휘를 정리해
보면 다음과 같다.

주희	수옥
어려서 어머니를 잃음	어머니의 지원으로 학교를 다님
김부자의 정실 딸	유생원의 딸
뚱뚱함	가냘픔
모시적삼, 모시치마	비단
달덩이	빼빼함
살비슴이 좋음	살끼가 없음
건강미	신경쇠약
익숙한 방아질	밥버러지

주희	수옥
현실이 요구하는 여성	아무 자격도 없는 쓸데없는 여자
싱싱한 원기	약한 호흡기
핏빛 같은 붉은 정열	하얀 얼굴
궁궐 같은 별택	전락의 비탈

"신경쇠약"자이며 '가냘프고 빼빼 마른 하얀 얼굴'의 수옥에 견주어 주희는 "달덩이 같은 살집이 좋은 똥똥한 체형과 싱싱한 원기", "핏빛 같은 붉은 정열"을 가진 건강미를 지닌다. 더구나 생명력을 상징하는 "방아질" 장면은 고소설에서 익숙하게 등장하는 여성 노동 화소이다.

　　간단히 말하자면 수옥 씨는 현재의 '당신의 그 환경이 눈을 꽉 가리고 있어 당신의 좌우에 있는 실사회라든가 현실이 눈에 보이지도 들리지도 않고 집에서 보내는 학비 이십오 원의 쓸 곳 밖에 보이지 않거든요.' 그믐에 돈이 오면 식비와 월사금 내고 날마다 학교에 갔다 와서는 영어단자만 외고 그럭저럭 밤이 지나면 또 학교에 가고 또 돈 오기를 기다리고 그러는 동안 한 달이 지나거든요. 부수적으로 예배도 보고 빨래도 하고 운동도 하고 또 기숙사 책임 마치는 것만 계속하면서 삼 년을 지나왔으니 말이지요.(101)

수옥이 기숙사 생활 3년 동안 소비적 생활이 중심이 되어 생산적인 활동을 하지 않았다고 비난당하는 정찬과의 일방적 독백에 가까운 대화는 여성수난담의 인물들이 3년간 가사노동에 매진하고 출산과 양육을 반복하는 것과 대조된다. "밥버러지"로 불리는 수옥이 결국 "전락의 비탈"로 향하는 데 반해 "정실" 자식이면서도 "모시 적삼"을 고집하는 주희가 결국 돌아가는 곳이 아버지의 "궁궐 같은 별택"이라는 점은 소설의 서사가 여성수난담의 여성인물이 가진 성격을 작품 안에 차용하고 있음을 보여준다. 이러한 결말은 이 소설이 단순히 계급 갈등만을 교훈적 주제로 삼지 않았다는 점을 반증한다. 독자들과 작가에게 이미 친숙했던 여성수난담 속 생명력을 가진 여성의 이미지를 활용하여 실상은 유산 계급을 한번도 벗어난 적이 없으며 친구의 애인을 욕망하는 주희에게 고난 극복형 소설의 주인공의 이미지를 덧씌운다. 이때 주희는 계급적 한계를 극복하고 독자에게 거부감 없이 긍정적 인물의 성격을 부여받는 것이다.

야곱의 "환도뼈" 은유와 연결되어 수옥이 죽기 전에 다친 곳이 "허리뼈"였다는 사실은 수옥의 생산성을 절멸시키는 데 크게 기여한다. "뾰족한 바위에 허리를 찌르고 굴러 떨어졌"던 수옥이 "안면에는 작은 상처만 몇 개" 있었을 뿐인데도 "오른편 허리를 손에 대이고 고민하는 표정을" 하고 죽어간다. 이 장면은 작품의 초반부 새벽잠을 깬 수옥이 기지개를 켜는 장면과 대조되며 그녀가 가진 생명력을 소거시킨다.

> 수옥이는 여러 번 물을 찾았다. 그러나 물은 절대로 주지 말라는 의사의 명령으로 수옥의 입은 자꾸 말라가면서 갈증으로 인하여 몹시 괴로워하였다.(145)

새벽산보에서 수옥이 보여준 생명력은 '물'과 깊은 관련을 가진다. 수옥이 가졌던 계몽되지 않은 분방한 자유로움과 천진함은 그녀의 신체에 맺혀있던 "이슬방울"처럼 갇혀 있지 않은 유동성을 보인다. 철주와의 만남에서 보인 "눈물" 역시 마찬가지이다. 자신의 욕망을 숨기고 있는 주희에 반해 수옥은 있는 그대로의 감정을 눈물로 표출한다. 이때의 눈물은 살아있는 감정의 출로라는 점에서 생명을 상징하지만, 수옥의 비극적인 결말로 연결되는 욕망의 분출이라는 점에서는 죽음을 상징하기도 한다.

신화적인 해석에서 '물'은 생명과 죽음, 폭력과 평화라는 양면적인 속성을 가진다. 물 자체의 속성이 유연하고 가변적인 유동성을 의미하는 것이다. 특히 가스통 바슐라르는 "대지의 참다운 눈은 물이다. 그리하여 물은 대지의 시선이 되고 시간을 바라보는 계기가 되는 것"이라고 말한다. 물이 증발하고 다시 비가 되어 내리는 과정에서 인간은 시간의 흐름에 따라 변화하는 물의 성질이 생명의 생성과 소멸에 긴밀한 영향을 미치는 과정을 확인한다.

'눈물'과 '이슬'의 이미지로 유한한 생명력의 비극적 아름다움을 지녔던 수옥은 사고 이후 생명력의 상징이라고 할 수 있는 '물'과 단절되어 죽어간다. 수옥이 보여주는 물의 이미지 변화는 수옥의 성장이 사회적으로 장려하는 방식으로 이루어지고 있지 않는다는 흐름을 보여준다. 작고 연약한 투명한 물의 이미지를 가졌던 수옥은 점차 바다의 폭풍과 같은 감정의 편폭을 겪으며 자기 파괴적인 속성으로 나아간다. 수옥의 서사에서 시간의 흐름은 작은 물방울이 폭풍을 거쳐 결국 가뭄 속에 말라가는 과정이다. 이 과정에서 계절은 초여름에서 늦여름으로, 청춘의 시간은 성숙과 반성장의 시간으로 갈리게 된다. 수옥의 죽음으로 세 남성은 사회적 성장을 동반하는 성숙으로 나아간다. 그러나 수옥은 이러한 성장에 실패하거나 혹은 사회적 성장 자체를 거부하고 소멸의 길로 나아간다. 이 과정은 단순한 실패담이라기보다는 반성장으로 파악할 수 있다. 죽음 이전에는 남성 인물들의 영향에 휘둘리며 민감하게 반응하는 성향을 보였던 수옥이 죽음 이후에는 나머지 인물 전체에게 영향을 미쳐 강력한 상징적 이미지를 획득하고 추모의 대상으로 승격되기 때문이다. 소설의 서사를 수옥의 서사로 파악할 때 그녀는 실패한 여성수난담의 인물로 해석될 여지를 가지게 되는 것이다.

비극적 현실 인식의 전략적 형상화와 여성의식의 표출

작품의 서사에서 투명하고 하얀 이미지로 등장했던 수옥은 "묘비의 후면 붉은 글자"로 남음으로써 비로소 영원한 추모의 대상으로 살아남는다. 서사 구조의 전체 장면에서 그녀의 죽음은 반복되는 복선에도 작위적으로 느껴질 수 있는 극적 전환인 것이 사실이다. 그러나 수옥의 죽음 앞에 나타난 장면을 살펴보면 그녀의 죽음과 금기 의식이 무관하지 않다는 점을 찾아볼 수 있다.

> "미친 것 누가 논밭 매 역고 살겠다나. 그리고 살려면 차라리 진작 죽어버리지."(137)

위의 발언은 수옥이 유생원의 마당쇠인 용쇠에게 하는 말이다. 용쇠는 수옥과 관련해 세 번 등장하는데, 수옥이라는 인물의 성격 형성에 직접적인 역할을 한다. 새벽산보를 나가는 수옥과는 대조적으로 보리타작을 준비하는 장면에 이어 아래의 장면에서는 그녀에게 말을 건넨다.

> "아따 네 갈쳐 드릴거라우?" 하고 용쇠가 수옥의 곁으로 붙어 걸어가며
> "밭은 첫 벌 파고, 구벌 매고 군불 넣고 맘두리 한다고 한디우. 알었소? 어서 잘 배야만 시집가시면 하시지라우."
> 하고 히히 웃으며 수옥이를 힐끗 돌아본다.(137)

이에 대한 대답으로 수옥은 "그리고 살려면 차라리 진작 죽어버리"겠다고 말함으로써 자기 예언적 무의식을 드러낸다. 이어서 "소쩍새 울음 비슷한 새 소리가 청승맞게 울려"오며 '수옥'의 죽음을 예고한다. 이러한 반복적 복선은 수옥의 거짓말로 연결되어 그녀의 죽음이라는 결말에 독

자들이 심정적으로 연결고리를 찾을 수 있게 만든다. 수옥이 죽는 사고가 있던 날 역시 수옥은 "큰아버지 대상날"인데도 가족들에게 거짓말을 하고 집을 빠져나와 철주를 만난다.

인간의 삶의 과정에서 가장 충격적인 의식은 장례식이라고 할 수 있다. 삶의 끝을 매듭짓는 이 의식은 다른 어떤 의식보다도 엄숙하게 진행되고 비장하게 치러진다. 이에 따라 이 의식에서 지켜야 할 금기 사항도 많고 그러한 금기를 어길 경우에 예상되는 불행한 사태에 대한 믿음도 강하게 생겨났을 것이다. 문학작품의 한 요소로 선택된 민속적 사실은 이미 종교적 속성을 잃고 문학적 위상을 얻을 만큼 일반화된 관습 상징으로 작용하는 경우가 많다.[2] 죽음에 대한 금기를 반복적으로 건드린 수옥은 결국 서사의 도입부에 등장한 "손목시계 유리 위에 깨어진 이슬방울"과 같은 죽음을 맞는다.

「비탈」의 서사와 소설적 분위기를 형성하는 상징과 이미지는 기독교 신화의 모티프와 민담의 내러티브적 요소를 두루 포함한다. 여기서 주목해야 할 요소는 바로 용쇠의 '밭 매기'에 대한 설명의 삽입이다.

> "밭은 첫 벌 파고, 구벌 매고 군불 넣고 맘두리 한다고 한다우. 알었소? 어서 잘 배야만 시집가시면 하시지라우."(137)

위의 인용문에 나타난 밭매기의 과정은 전북 일부 지역과 전남 지역, 곧 '만드리권'에서 전승되는 '산야'노래에서 나타난다. 전라북도 순창 지역에서는 횟수에 따라 초벌매기·두벌매기·세벌매기로 나누는데, 마지막

---

2 서종문, 「금기민속의 문학적 형상화:시신 및 장의설화를 중심으로」, 『인문과학』 3, 경북대학교 인문과학연구소, 1987, 72쪽.

논매기를 만두레라 불렀는데 보통 음력 7월 마지막 김매기 때 부르는 소리이다. 임실 지역에서는 백중날의 세시 풍속의 명칭을 '만두레'로 칭한다. 같은 전북 김제지역 '외에밋들'의 논매는소리는 긴소리, 자진소리, 마무리소리, 산야/만두리소리 등으로 나누어져 있다. 전라남도 광주 지역에서 현재 전승중인 백중 축제의 이름이 바로 만드리 축제이다. 한국구비문학대계에서 찾을 수 있는 관련 민요는 '만두레', '만드레', '만드리', '만들이' 등으로 표기되어 고창, 함평, 장성, 무안, 광주, 나주 등에 분포되어 있다. 남도 지역 전반에서 '만드리'는 지역색을 바탕으로 하는 지역 민요의 대표적인 양식이라고 할 수 있다. 목포에서 나고 성장한 박화성의 경우 만드리를 바탕으로 하는 밭매기 노래가 익숙할 수밖에 없었을 것이고, 이러한 작가의 지역색은 그의 작품에 깊숙하게 자리하고 있는 것이다.

문제는 작가가 왜 작품의 서사에 직접적인 관련이 없는 밭매는 소리에 대한 내용을 반복적으로 제시하고 있는가 하는 점이다. 우선 밭을 맨다는 노동의 문제는 앞서 분석한 여성수난담의 내러티브에서 긍정적 여성 인물이 가진 생명력과 성실한 노동력의 상징이라는 점에서 이미 살펴보았다. 그러나 반복적인 밭매는 소리에 대한 용쇠의 언급은 희생양 모티브의 이미지와 더불어 작품 전체에 비극적인 정서를 부여한다. '네벌매는소리'인 '산야/만두리소리'와 '등짐소리'는 서글픈 음조의 메나리토리가 깊게 차지하는 경향을 보인다. 일반적인 노동요가 선후창 방식의 가창방식을 통해 중중모리 이상의 빠르기를 유지하는 데 비해 산야 혹은 만두리 소리는 남편의 죽음 혹은 상실과 같은 비극적 내용을 바탕으로 하는 가사와 느리고 처연한 정서와 해학적인 요소를 양 축으로 하고 있다.[3] 진양조의 발전 과정을 산야/산유화 민요에서 찾아보는 관점이 있을

---

3 논매기는 대체로 네 번하는 경우가 많다. '논매는소리'는 초벌매기와 두벌매기 때에는 일

정도로 만두리는 느리고 슬픈 비극적 정서를 내포한다.

수옥의 상황이 연인인 정찬을 잃고 결국 자신이 죽음에 이르게 될 것이라는 점에서 용쇠의 입을 통한 만드리의 출현은 작품의 후반부에 있을 비극을 예고하는 분위기를 조성하고 있는 것이다. 특히 용쇠의 말에서도 나타나 있듯, 만드리는 마지막 논매기 단계로서 "군불 넣고" 난 이후에 부르는 노래이다.[4]

용쇠가 수옥에게 메뚜기를 잡아서 건네는 장면이나 밭 매는 방법을 가르치려 드는 장면 등에서 알 수 있듯, 용쇠는 정찬과의 이항대립적 구조 속에서 남성들이 욕망하는 당시 여성의 거울의 양면과도 같은 두 가지 모습을 투사하여 보여준다. 수옥은 현대사회가 요구하는 여성이 되기를 계몽하는 정찬의 가르침을 통해서 자신의 정체성을 구축하고자 하지 않는다. 그렇다고 용쇠의 밭매기를 배워 시집가서 밭 매고 사는 삶으로 정체성을 구성하고 싶지도 않다. 수옥은 새벽산보 장면에 등장하는 자연

이 너무 힘들어 불려지지 않고, 세벌매기 때와 네벌매기 때에 불려진다. 김제농요 중 논일노래의 종류는 논꾸미는소리, 모심는소리, 논매는소리, 장원질소리, 벼베는소리/나락비는소리, 등짐소리 등으로 이루어진다. 그 가창방식은 선후창이 지배하고는 있으나, 산야/만두리소리'만큼은 독창 혹은 2인 교환창의 가창방식을 보이고 있다. 음색 - 창법 면은 전체적으로 육자배기토리와 메나리토리가 혼용 - 융합되는 경향을 보이고는 있으나. 곡조는 대체로 느리게 부르는 노래들로 중모리 12박 정도의 빠르기를 보이며, 중간소리는 중중모리 6박 정도의 빠르기로 부른다. 빠르게 부르는 '마무리소리'의 경우는 '자진모리~휘모리' 장단 구성을 보인다. 반주음악에서는 두레노동 조직과의 연계 속에서 '두레풍장'을 반주음악으로 사용하고 있다. -허정주, 「전북 김제농요 '외에밋들노래'의 지역적 위상과 가치」, 『한국민요학』 47, 한국민요학회, 2016, 269~296쪽.

4   "이 노래는 처서(處暑) 전에는 부를 수 없는 노래였다. 이 노래를 무심코 불렀다가는 어른들로부터 모진 야단을 맞았다고 한다. 이 노래를 부르면 산천초목이 추워서 벌벌 떨기 때문에 봄이나 여름에 부르면 곡식이 잘 자라지 않는다는 것이 이유다. 말하자면 이 노래는 여름을 보내고 가을을 부르는 노래인 셈이다. 옛 사람들은 노래 한 곡을 부르더라도 이렇게 깊은 뜻을 가지고 불렀다." -우리소리연구소, '잔치판으로 이어지는 늦여름 들판의 노래', 「작은 것이 아름답다」, 『녹색연합』, 2002년 8월호.

속에서 이제 용쇠/정찬으로 구별되는 어른의 세계로 성장해 나가야 한다. 그러나 이 두 가지가 결국은 남성의 욕망을 통한 정체성 획득이라는 동일한 구조 안에 존재한다는 깨달음은 수옥이 성장하기를 포기하고 죽음으로 나아가게 만드는 비극적 결말로 연결된다.

실천 없는 계몽주의자에 불과했던 정찬과 아버지의 그늘에 가려 정체성을 찾지 못했던 철주는 주희와 수옥을 통해 자신의 자아를 형성해나간다. 작품의 서사 전반에서 정찬은 실체 없이 목소리만 살아 움직이는 추상적인 인물로 등장한다. 이 과정에서 필연적으로 나타날 수밖에 없는 것이 바로 '희생양 모티프'이다. 수옥이라는 희생양을 통해 철주, 정찬, 수진이라는 세 남성은 비로소 자신의 정체성을 획득해나간다. 정찬은 유산 계급의 딸이자 자신에게 호감이 있는 주희를 통해 사회주의자로서의 실천적 실험을 설계하는 한편, 지적이고 도덕적인 우월감을 느끼도록 해주는 대상인 수옥을 계몽함으로써 계급적 한계를 극복하고 지식인으로서의 지위도 확보한다. 누나인 수옥의 뒷바라지에 가려 욕망을 발현시키지 못했던 수진은 누나의 죽음으로 자신이 동경하던 주희와 정찬의 세계에 편입되어 주희의 오빠인 철주라는 자본 계급의 최상위자와 연대하기에 이른다. 이때 자본 계급의 남성 가부장에 해당하는 철주는 수옥의 죽음으로 가장 극적으로 변모한 인물이다.

"정군! 용서하여주게. 나는 모든 것을 다 이해하고 극히 자네를 존경하네. 만일 내 누이 주희에게 큰 결점이 없으면 군은 끝까지 주희의 지도자가 되어주는 동시에 또한 나같이 약한 자를 이끌어 주게. 허락하겠다고 대답하여 주겠는가? (…생략…) 앞으로 나의 실천이 그것을 증명하여 주겠지. 나는 억만금의 재산보다도 한사람의 프롤레타리아의 용사에게 머리를 굽혀 나의 양심을 맹세하네. 수옥 씨가 굴러 떨어진 전락의

비탈을 나는 한걸음에 뛰어 올라갈 용기와 힘을 기르고 있겠네. 자! 정
군! 유군! 나의 손을 잡아주게."(147)

정찬, 수진, 철주 등의 이름으로 불리던 남성 인물들이 수옥의 죽음 이
후 각각 정군과 유군, 그리고 김철주 등의 격식 있는 명칭으로 호명되는
장면은 수옥의 죽음이 가지는 상징성을 분명히 드러낸다. 아내를 두고
동생의 친구에게 구애하던 철주는 수옥의 죽음으로 "전락의 비탈을" "한
걸음에 뛰어 올라갈 용기와 힘을 기르"는 "용사"의 "양심"마저 획득한
김철주로 변모한다. 무덤 앞에서 "손을 잡아 흔들며" "빙긋 웃어 보"이
는 "희망에 빛나는" "세 청년의 얼굴을" "동천에 솟는 붉은 햇발이" "정
면으로 비춰주고 있"는 장면은 수옥의 죽음을 통해 이들이 연대하고 성
장했음을 상징적으로 보여준다. 수옥의 죽음으로 세 남성들은 서로에 대
한 증오와 폭력의 가능성을 소거하고 동맹적 관계를 맺을 수 있었던 것
이다. 이렇듯 수옥의 죽음이 가지는 희생양의 이미지는 작품의 초반부에
이미 등장한다.

타작할 보리이삭을 잔뜩 한짐씩 지고 들어오는 일꾼들은 다섯 사람
이었다. 그들이 밭에서 손수 비어가지고 지고 온 것이다.
그들은 마당 목판에 타작할 보리마당을 만들었다. 열댓줄이나 되게
사각으로 놓여진 보리이삭들은 장차 당할 고난을 기다리는 듯이 가만
히 누워있다.(103)

작품의 전반부에서 수옥은 보리타작하는 마당을 가로질러 새벽산보
를 나간다. 일꾼들에게 타작 당할 운명에 놓인 "보리 이삭"들에 대한 화
자의 서술은 마치 고난을 당하는 예수의 이미지를 연상하게 만든다. "장

차 당할 고난을 기다리는 듯이 가만히 누"워 있는 보리 이삭들은 수옥의 운명을 예고하는 한편 그녀의 죽음이 단순한 권선징악적 죽음이 아닌 '희생양'으로서의 제의적 성격을 가진다는 사실을 암시한다. 이 작품의 해석적 다양성은 수옥의 죽음이 가진 의미에서도 나타나는데, '희생양'과 '희생 전략'의 중층적 의미이다.

> "수옥씨! 이번에야말로 수옥 씨는 수옥 씨의 사는 곳을 잘 알어 가지고 오셔야 합니다. 이렇게 말하면 좀 막연하지마는 대체로 수옥 씨는 수옥 씨의 부모라든가 고향이라든가와 거리가 퍽 먼 곳에 서있다는 것을 알어야 합니다. (…생략…) 수옥 씨는 평생 학생으로 기숙생활만 계속할 사람처럼 학창에 사로잡혀버리고 기숙 생활에 도취되어 있단 말입니다. … 나머지 일 년에서 수옥 씨가 자신을 발견치 못하면 수옥 씨는 벌써 현대여성이 아니란 말입니다."(101)

서사의 발단 단계에서 수옥과 "용산역"에서 만난 정찬은 위와 같은 이야기로 '현대여성'으로서의 그녀의 자아를 부정한다. 수옥은 "내가 현대여성이 아니고 무엇일까?"라는 자기 성찰과 "아니 그럼 나는 아무 자격도 없는 쓸데없는 여자란 말이에요?"라고 반문하며 적극적으로 자신의 정체성을 탐구한다. 브라이도티에 의하면, "그야말로 똑같은 위치인데도 당신은 볼 수도 있고 보지 못하기도 한다." 브라이도티에게 체현된 존재란 물질적인 존재와 추상적인 존재로 이분되는 것이 아니다. 여기서 존재란 '사유하는 과정으로서의 주체'이다. 자신의 의식과는 다른, 복잡하고 복수적인 정체성 속에서 인간의 욕망과 의지, 주체성과 무의식이 역동적으로 상호작용하는 지점으로 사유되는 것을 말한다.

작품의 서사에서 인물들은 기차를 타고 이동하는데 수옥의 회상 속에

서 정찬과의 심리적 결별이 이루어진 '용산역'은 상징적이다. 이동 공간
으로서의 길을 경계 영역으로 나타낸 것이 바로 '역'이다.[5] 여행이 출발
지로 되돌아오기 위한 여정이라는 것을 전제로 한다면 새로운 공간으로
의 이동은 인물들이 인식의 폭을 넓혀가는 데 중요한 역할을 한다. 그러
나 수옥은 결국 '용산역'에서 다시 기차를 타지 않는다. 작품에서 그녀가
공간의 이동을 경험하는 실질적인 묘사는 오로지 새벽산보에서만 존재
한다. 결국 기숙사에 돌아가지 않은/못한 것은 기숙사와 학교의 존재가
그녀에게 자신의 정체성을 알아가는 데 도움이 될 수 없다는 사실을 깨
달았기 때문이다. 수옥의 비극적인 결말을 중심에 두고 볼 때 작품의 서
사는 '나는 누구인가'에 대한 그녀의 실패한 여정에 대한 은유이다.

「비탈」의 작가 박화성의 경우도 사회주의사상을 지녔던 친오빠 박제
민과 유학 기간 중 만나 그의 작품 속 지식인 여성들과 마찬가지로 동지
애적인 관계에서 결혼한 첫남편 김국진의 영향을 받았던 것으로 알려져
있다. 특히 일본여자대학교 영문학부에 입학하여 공부하게 된 유학자금
이 오빠의 친구인 P씨에게서 비롯되었다는 점 역시 박화성의 사상뿐 아
니라 '나는 누구인가'로 대표되는 치열한 자기 탐구 의식의 계기를 제공
해주었을 것이다. 박화성은 당대 지식인 여성들 사이에서 유행하던 사상
인 사회주의 여성해방론을 적극적으로 받아들였다.[6] 박화성의 여성의식
은 남성과 대등해지려는 주체적인 여성의 추구로 드러난다. 만약, 주희에

---

5   이어령, 『공간의 기호학』, 민음사, 2000, 412~427쪽.

6   "제발 여류 문인은 여자다운 작품을 써라. 여자로만 쓸 수 있는 작품을 써라. 이따위 소리
를 말어주셨으면 합니다. 글을 쓰는데 그다지 엄격하게 성별을 해서 말하게 무엇입니까?
아니, 그럼 왜 꼭 남자라야만 쓸 수 있는 것을 쓰지 않고, … 이해 있을 듯 싶은 소위 문인들
이 이런 말을 자주 할 때는 정신이 아찔합니다. … 그리고 또 여류문인의 작품이라고 미리
입부터 삐죽이다 한 겹 접어놓고 읽으려 드는 데는 더 질색이에요." -박화성, 「여류 작가가
되기까지의 고심담」, 『신가정』, 1935, 12, 36쪽.

게서 여성인물의 지도자의식이 드러난다면, 남성의 지도를 받고자 하지도 않았을 뿐만 아니라 지도자가 되고자 하지도 않는 여성 인물은 스스로를 어떻게 정체화할 수 있을 것인가의 문제가 남게 된다.

이 소설의 다른 이의 분석에서는 작가가 "수옥이라는 부정적인 신여성을 주인공으로 하여 당대 신여성의 허위의식을 비판하고 있으며, 반면 사회주의운동을 적극 실천하는 긍정적 신여성인 주희의 삶을 이에 대비하여 보여줌으로 당대 식민지 조선의 현실 요구라는 참된 신여성상을 직접적으로 제시하고 있다. 수옥은 물질주의적인 욕심으로 가득 찬 부정적인 신여성으로 봉건가부장제 하 내방 교육의 연장에 불과했던 당시 식민지 여성교육으로 인해 허위의식만을 지닌 인물"[7]이라는 평가로 수옥과 주희를 반면교사의 이미지로 대등하게 연결한다. 그러나 수옥은 자신을 지도해줄 남성과 사제 관계를 맺음으로써 스스로의 정체성을 획득하고자 하는 인물이 아니다. 그렇기에 수옥은 남성주체가 재현하는 여성에 부합하지 않는 자신에 대해 스스로 사유하는 여성인물이다.

소설의 진행은 "문제적 개인이 자신을 찾아가는 여행"[8]이라는 말에 따른다면, 이 작품의 서사는 수옥의 여정에 주목한다고 할 수 있다. 서사를 이끄는 초점화자는 소설의 도입부터 수옥의 입장에서 세계를 바라본다. 작가가 의도하든 그렇지 않든 「비탈」의 서사는 수옥의 서사이며, 제목 역시 수옥의 결말을 상징하고 있다.

몇 번씩이나 물에 잠겼던 벼들은 태풍이라는 시련을 겪고야 말았다.

7　김장미, 「강경애·박화성 소설의 동반자적 성격에 대한 비교 연구」, 서울대학교 석사논문, 2004, 52쪽.

8　게오르그 루카치, 변성완 역, 『소설 이론』, 심성당, 1985, 103쪽.

가엾게 쓸어졌다가도 부스스 일어나고야 마는 벼들에게는 극한 형벌 중에서라도 기어코 살아나 결실을 해야만 되겠다는 굳은 헌신적 정신이 있는 듯이 보였다.(126)

작품의 서사에서 수옥이 자연의 이미지로 은유되어 나타나는 것은 수옥이 가진 원시성과 전근대성을 상징하는 요소라고도 할 수 있다. 그러나 위에 나타난 '벼들'은 앞서 고난을 기다리는 듯한 '보리들'의 희생적 이미지와 대조된다. '벼들'은 "극한 형벌 중에서라도 기어코 살아나 결실을 해야만 되겠다는 굳은" 속성을 가졌다. 수옥은 이 소설에 나타난 인간의 유형 가운데 가장 종교적이며 성찰적인 인간이다. 끊임없이 자신이 원하는 바와 스스로의 정체성에 대해 회의하는 거의 유일한 인물이기 때문이다.

영원히 늙지 않는 봄을 기다리며 젊음을 맹세한다고 나의 별에게 속삭이던 한송이 붉은 빛 코스모스! 내 별은 밤마다 반짝이는데 오! 너는 가고 말았구나

1933년 8월 11일 K, C, C 생(146)

수옥은 죽음 이후에 "묘비 후면의 붉은 글자"로 소환된다. 서사의 전반에 걸쳐 연두빛 초록과 흰 빛으로 존재하던 그녀는 남성 자아들에 의해 "붉은" 이미지를 획득한다. 그러나 "미풍에 한들거리며 햇빛을 가득히 받고 있"는 "묘비 앞에 꽂아놓은 몇 송이의 코스모스"는 뿌리가 없이 그저 "꽂아놓은" 대상이다. "미풍에 한들거리며 햇빛을 가득히 받고 있"다가 "코스모스"는 물을 못 마시고 죽어갔던 수옥처럼 말라갈 것이다. 그러나 남성 자아가 부여한 가짜 생명이자 정체성이라 할지라도 그녀는 남

성 중심의 세계에 마침내 편입한 듯 보인다. 서사의 결말 부분에서 그녀의 죽음 앞에 주희를 제외한 남성 3인만이 등장한다는 사실은 이러한 해석을 가능하게 해준다. 수옥의 죽음은 이들에게 평생 벗어날 수 없는 기억으로 자리잡을 것이며, 이들의 동맹을 위해 '희생양'으로써의 그녀는 남성 중심의 질서 안으로 편입될 수밖에 없는 것이다.

마치며

이 소설은 1930년대 독자들에게 익숙한 고전적 서사 양식을 차용하여 한 여성이 겪는 고통의 과정과 원인을 자세히 묘사하고, 죽음으로 마무리되는 극단적 결말이 가지는 비극적 정서에 기대어 소설의 의미를 확장시켰다. 수난의 대상이 되는 여성의 몸이 겪는 실체적 고통과 여성 인물을 둘러싼 남성중심의 세계에서 기인하는 심리적이며 문화적인 갈등의 구조는 당시 조선의 현실을 그대로 반영한다.

여기서의 여성 인물들은 구시대의 가치에 머무르고자 하지 않는다. '딸년'을 가르치느라 허리가 휜다는 아버지의 불만에도 어머니는 딸에게 신학문을 가르치고 여성들은 남성들과 함께 섞여 계몽에 앞장선다. 그러나 이른바 '신여성'들이 돌아와야 할 조선 사회는 이 여성들이 자신의 정체성을 찾으려 하면 할수록 수난의 과정에 들어설 수밖에 없는 모순적 현실이다. 자신의 가치와 지식을 공유할 수 있는 상대는 제한적이며 상대가 가족이든, 남이든 혹은 어느 계급에 속해 있는가에 관계없이 끊임없이 외부의 시선에 의해 외양부터 내면까지 두루 평가받아야 하는 존재이기 때문이다.

작가는 여성수난담의 구조를 차용하여 인물의 여성이미지를 구축하는 한편, 특히 신여성에게 부과되는 이중의 잣대에 대한 비판 의식을 전달한다. 계급의식도 투쟁 의지도 남성 못지않아야 하지만 가사노동과 재생산 노동을 포함하는 생산능력과 신여성으로서의 외모와 매너 역시 갖추어야 하는 여성 이미지는 소설의 여성 인물에게 반복적으로 요구되는 역할이다.

조선의 전통적인 가치에서 벗어나고자 하지만 계급투쟁이라는 새로운 가치 속에서도 온전히 스스로의 가치를 존중받을 수 없는 박화성 소설의 여성인물들은 소설의 서사가 결말로 다가갈수록 끝내 사라지거나 죽을 수밖에 없다. 변화하는 시대적 가치 안에서조차 당대의 현실은 스스로가 누구인지 고난을 극복하고서라도 알아내고자 하는 여성들에게 어떠한 미래도 보장해 줄 수 없기 때문이다.

따라서 여성수난담이 여성 인물의 성장이 아닌 남성 인물의 성장으로 마무리되는 것은 필연적인 결말이다. 전래의 여성수난담이 여성의 성장으로 마무리되는 데 반해, 소설의 서사가 여성의 수난에서 시작하여 남성들의 성장과 연대로 연결되는 결말은 남성중심의 공고한 세계를 향한 작가의 비판적 현실인식을 반영한다. 또한 여성수난담의 구조에 익숙한 독자들에게 죽음이라는 극단적 결말로 이어지는 소설의 서사는 이질감을 전달할 수 있다. 이 낯선 경험은 여성인물들이 겪었던 고난이 과연 타당한 것이었는지, 이들의 희생을 바탕으로 성장하는 세계의 질서는 온당한 것인지에 대한 작가의 질문에 닿아 있을 것이다.

원형적 이미지의 활용과 비극적 영웅서사 플롯의 변용
– 박화성, 「비탈」

시작하며

현상이란 무엇이 드러난 것이다. 그러므로 그것은 '드러남'을 전제로 한다. 그런데 '드러남'은 하나의 과정이다. 그러므로 드러나게 하는 무엇과 드러난 무엇이 그 과정의 앞뒤에 마련되지 않으면 드러남은 있을 수 없다. 겉으로 드러난 이념적 주제의 이면에서 살펴보는 「비탈」[1]의 서사는 실패한 여성수난담의 요소를 차용한다. 이에 원형적 이미지를 활용하고 비극적 영웅서사 플롯을 변용한다.

새벽에서 시작하여 아침으로 끝나는 순환적 시간의식을 바탕으로 형성된 시공간적 배경에서 인물들은 언덕을 오르고 바위를 오르며 돌계단을 오르는 행위를 통해 끊임없이 자신의 정체성을 찾아 수직적으로 상승하여 세계와 통합되고자 하는 인간의 욕망을 드러낸다. 이 과정에서 바위, 언덕, 돌계단 등은 의지와 맹세의 공간이자 밀회와 염탐의 공간으로

---

1 박화성, 서정자 편, 『박화성 문학 전집 16』, 푸른사상, 2004, 98~147쪽. 여기서는 작품을 인용할 때 각주를 생략하고 쪽수만 적으며 서술에서 인용되는 것은 " "로만 표시하기로 한다.

중첩되어 나타난다. 인물들의 상향 의지가 발현되는 공간이자 추락과 몰락의 공간이기도 하다. 성과 속이 공존하는 공간 속에서 남성 인물들은 수옥이라는 여성인물의 희생을 통해 정체성 찾기에 성공하고 연합하며 연대한다.

이 과정에서 수옥은 남성 중심적 욕망의 대상으로 자리매김한 스스로의 위치에 끊임없이 회의하며 고통받는 인물이다. 작품의 서사가 진행될수록 생명력을 잃어가는 수옥의 이미지는 생명력의 상징이라고 할 수 있는 주희의 이미지와 대조된다. 주희는 생산성과 생명력을 가진 여성 인물의 외양 묘사를 그대로 따라가는 인물이지만, 정찬의 지도와 계몽으로 자신의 정체성을 구성하고 정찬의 대리만족적 대상으로 움직이는 수동적이고 단선적인 인물이다. 그러나 수옥은 남성 중심 욕망의 구조에서 자신의 위치를 이동시켜감으로써 비록 그것의 결말이 파국이라 할지라도 스스로의 욕망에 따라 적극적으로 움직여가는 인물이라고 할 수 있다. 작가의 의도가 무엇이든 독자에게 보다 생동감 있는 성격 유형으로 다가오는 인물은 바로 수옥이다.

여기서는 그동안 이데올로기적 성향이 강한 작품으로 그 의의가 평가되어 온 「비탈」을 여성주의적 시각으로 다시 읽어보고자 한다.[2]

---

2 여성주의적 시각의 대두는 '여류문학'의 명칭 수정과 '여성문학'의 새로운 개념 규정으로
연결되었다. '여성문학'에 대한 논의는 '여성이 창작과 수용의 주체인 문학'이나 '남성과
는 다른 여성의 고유한 특질을 문학적으로 형상화하는 것'이라는 정의를 거쳐 "여성에 의
해 쓰이며, 현실 비판적 성격을 띠면서 여성의 문제를 다루고 있는 문학, 여성 실존의 문제
를 제시하고 그 해결책을 찾는 문학"이라고 정리되는 한편, "여성에 의해 창작되었으며, 여
성의 삶에 대한 인식을 바탕으로 여성의 정체성을 찾아가고자 하는 소설을 진정한 여성소
설이라고 지칭할 수 있을 것"이라는 주장이 전개되었다. 여성주의적 시각으로 작품을 읽는
다는 것은 단지 작품 속에서 여성의 고난과 성적 억압의 징후들을 발견한다는 의미만은 아
니다. 그것은 작품을 전과는 다른 시각으로 읽는다는 의미이며 현재에까지 영향을 미치는
주류 담론에 대해 비판적인 관점으로 작품을 읽어보고자 하는 시도이다. -곽윤경, 「박화성

'새벽'의 시간성과 경계적 이미지의 형상화

「비탈」에서 시간은 초여름의 새벽에서 시작하여 늦여름의 새벽으로 끝난다. 시간의 수미상관인 셈이다. 그러나 이 두 가지 새벽은 서로 다른 의미를 가진다. 소설의 초입에 나타나는 새벽은 소설의 시간적 배경이면서 동시에 수옥이라는 인물이 가지는 성격을 암시하는 역할을 한다.

> 수옥이가 눈을 떴을 때는 머리맡의 들창이 희미한 새벽빛에 젖어있고 모기장 바른 방문으로 서성거리는 사람들의 그림자가 어렴풋이 보이는 아주 이른 첫새벽이었다.(98)

작품은, 주인공 수옥이 "모기장 바른 방문으로 서성거리는 사람들의 그림자가 어렴풋이 보이는 아주 이른 첫새벽"에 눈을 뜨는 장면으로 시작한다. 노스럽 프라이는 『비평의 해부』에서 신화적 시간의 구조를 소개한다. 그는 시간을 사분면의 순환적 구조 안에 나누어놓음으로써 각각의 상징이 가지는 의미를 통합시키는데, '새벽'은 밤과 아침의 경계이자 삶과 죽음의 경계로서의 상징성을 가진다.

> 수옥이는 반듯이 누운 채로 두 다리를 쭉 뻗고 두 팔을 베개 위로 올려 기지개를 한번 힘대로 켰다. 뼈마디에서 오독오독 소리가 나는 듯 싶게 그리고 줄어들었던 근육이 마음껏 펴지는 것 같게 그 기지개 켜는 맛이 유쾌하고 시원하였다.(98)

소설에 나타난 여성수난담적 성격과 의미 고찰」, 『국제어문』 제82집, 국제어문학회, 2019, 251~252쪽 인용.

"뼈마디에서 오독오독 소리가 나는 듯싶게 그리고 줄어들었던 근육이 마음껏 펴지는 것 같게 그 기지개 켜는 맛이 유쾌하고 시원하"게 느끼는 것은 수옥만이 아니다. 새벽의 시간성과 더불어 수옥이 기지개를 켜는 이 장면은 죽음에서 생명으로 전환하는 수옥의 이미지를 대표한다.

'새벽'은 새로운 생명의 시작을 나타내는 시간이자 어린 아이의 시간 이기도 하다. 이후에 묘사되는 수옥의 이미지는 "안계를 넓히지 못하"고 철없이 어리광을 부리는 어린아이의 이미지로, "밥"도 "바느질"도 할 줄 모르는 미성숙하고 의존적인 유아적 성격이 부각된 인물이다. 새벽의 시 간적 상징은 초여름의 시각적 이미지와 더불어 수옥이라는 인물의 성격 형성에 기여한다.

> 수옥이는 말소리만 뒤로 보내고 앞을 향하여 걸었다. 밭두렁 길은 좁 았다. 무성한 풀잎에 엉긴 이슬방울들은 수옥의 비단 양말을 아롱지게 하였다.
> 목화밭에는 목화싹이 제법 자랐다. 목화나무 사이사이로는 배춧잎이 파랗게 있고 고추나무는 벌써 꽃 맺은 것도 있었다. 그리고 고추밭 가로 둘러가며 옥수수나무가 어린 아기만큼 커있다. 언덕 밑에는 호박잎들 이 넓은 잎새들을 너풀거리며 순들을 언덕 위로 보내어 성장할 길을 찾 고있다.(100)

좁은 밭두렁 길을 따라 비단 양말이 젖는 것을 개의치 않고 이슬방울 을 헤치며 걸어가는 수옥의 행동은 순수함과 무지함을 동시에 가지는 천 진난만한 이미지를 드러낸다. "목화싹"과 "배춧잎이 파랗게 있고" "꽃을 맺은" "고추나무"와 "넓은 잎새를 너풀거리"는 "호박잎"의 "순들"은 옥 수수나무를 비유한 "어린 아기"의 이미지에 직접 대입된다. 서술자는 수옥의 이미지를 은유하는 어린 식물들이 "언덕 위로 보내어"져 "성장할 길을 찾고 있다"고 말함으로써 수옥의 새벽산보로 시작되는 작품의 서사가 수옥의 성장담과 연결될 수 있다는 가능성을 제시한다.

새벽의 시간성 외에도 새벽산보라는 행위는 수옥이라는 인물의 경계적 이미지에 기여한다. 프라이에 의하면 새벽이라는 경계적 시간에서 수옥은 '산보'라는 행위를 통해 누워서 잠을 자는 죽음의 단계에서 일어나 역동적인 움직임으로 나아감으로써 생명의 단계로 진입한다. 수옥이 잠에서 깨어나 맨 처음 하는 일은 새벽산보이다. 새벽산보는 수옥의 신경쇠약에 대한 의사의 처방이자 "하늘 아래 나같이 딸년 밑으로 논밭 없애는 놈은 둘도 없을 것이"라고 원망하는 아버지로부터 벗어나 잠시나마 집을 떠나 있을 수 있는 근거가 된다. "아무 자격도 없는 쓸데없는 여자"라는 정의 충고 이후 신경쇠약에 걸려 고향으로 돌아온 수옥이 첫새벽에 눈을 뜨는 것이 이 소설의 시작인 것이다.

유학지인 일본에서도 고향인 조선에서도 수옥은 스스로에게 던진 "내가 현대여성이 아니고 무엇일까?"라는 질문에 대한 답을 찾고자 한다. 일본에서 수옥은 정에게 "실사회라던가 현실이 눈에 보이지도 들리지도 않고 집에서 보내는 학비 이십오 원의 쓸 곳 밖에 보이지 않"는 "현대여성이 아니"라는 질책을 듣는다. 수옥은 어머니의 도움으로 학업을 위해 일본에 가지만 애인에게도 아버지에게도 "자격"과 "쓸 데"를 인정받지 못한다. 수옥은 일본에서는 애인에게 "좁게 말하면" "가정과 고향"에, "넓게 말하면 조선의 현실"에 "융화"되지 못한다는 비난을 받고 신경쇠약에 걸린다. 그러나 "영구한 것이 못 되"는 "학창"과 "기숙사 생활"을 떠나 조선의 고향으로 돌아오지만 이번에는 다시 아버지에게 "밥"도 "바느질"도 할 줄 모르는 무능한 존재로 "원망"을 듣게 되는 것이다.

한곳에 뿌리 내리지 못하는 인물들은 자의든 타의든 내부/공간 속에서만 머물 수는 없으며 밖으로 나가야만 한다. 외부 공간은 인물들에게 새로운 경험의 기회를 준다. 경험을 통해 자신의 문제와 현실의 문제를 자각한 인물들이 새로운 변화를 맞이하게 되는 것이다. 결국 내적 공간은 제한적으로 경험될 수 있는 반면, 외적 공간은 자유, 그리고 결국에는 안전함을 재현한다.[3] 수옥에게 일본과 조선은 어느 공간도 안전하거나 자유롭지 못하다. 수옥의 새벽산보는 조선과 일본 어느 공간에서도 "융화"될 수 없을 뿐더러 아버지와 애인이라는 두 남성 권력에게 역시 인정받지 못하는 모호한 자신의 정체성으로부터 탈출하고자 하는 여정의 시작으로 보인다.

> 메뚜기 한 마리가 팔딱팔딱 수옥의 앞을 질러 뛰어간다. 수옥이는 메뚜기를 잡으려다 두어 번 허탕만 쳤다. 손목시계 유리 위에 깨어진 이슬방울이 어렸다. 수옥이는 손수건을 찾다가 얻지 못하고 검은 보이루 치마를 걷히고 인조견 속치마 자락으로 손등과 시계유리를 씻었다. 시계는 다섯 시 오 분이었다.(100)

서술자는 수옥이 언덕 위에 올라간 시각이 "다섯 시 오 분"이었다고 정확히 밝힌다. 다섯 시 오 분 이후는 새벽이라고 하기에는 애매한 아침의 영역이다. 새벽은 밤과 아침의 사이이며 죽음과 삶의 경계이다. 엘리아데에 의하면 순진성은 종교적 상징성을 함축한다. 순진성은 세상의 죄악을 비추는 거울 역할을 하기 때문이다. 어린애 같은 유치함은 죽음과 삶의 경계에서 나타나는 신선한 생명력이자 '수옥'이 메뚜기나 잠자리를

---

3   이승아, 「1930년대 여성작가의 공간의식 연구-강경애, 박화성, 백신애를 중심으로」, 이화여자대학교 석사논문, 2001, 64쪽.

잡으려고 시도하는 장면이 반복되어 나타나는 것처럼 아무런 악의 없이 다른 생명을 앗아갈 수 있는 순진성과 악의 경계이기도 하다. "손수건을 찾다가 얻지 못하고 검은 보이루 치마를 걷히고 인조견 속치마 자락으로 손등과 시계유리를 씻"는 장면은 허탕을 치면서도 메뚜기를 잡는 모습과 함께 수옥의 순진무구함을 강조하면서 동시에 성애적 이미지도 드러낸 다. 특히 소설 초입에서 식물들이 성장의 길을 찾는 공간으로 등장한 "언 덕" 위는 수옥과 그녀의 연인인 정찬의 밀회 장소이다.

> 수옥이 제일 좋아하는 자리-수옥의 집 뒤 울타리가 내려다보이는 언 덕인데 그 앞으로 망망한 넓은 들이 보이는 곳이다-이 자리에서 그의 애인을 처음 만났고 또 그가 올 때마다 이 자리에서만 서로 사랑을 속 삭일 수 있는 유일한 사랑의 깃이었기 때문에 그는 이곳을 가장 사랑하 였다.
> 수옥이는 멀리 들판을 바라보았다. 못자리와 이름 모를 심은 곳이 연 두색 빛으로 끝없이 이어있다. 사람의 움직이는 하얀 몸뚱이들이 아물 아물하게 보인다. 그는 정말식(丁抹式) 체조의 대강을 한 다음에 심호흡 을 하였다. 밭과 논에 나가는 사람들 중에는 수옥이를 힐끗 보고 지나가 는 사람도 있었다. 어디선지 소 방울 소리가 들려온다.
> 여름의 새벽이란 극히 보드랍게 감촉되는 것이매 수옥의 가슴은 몹 시 허전함을 느꼈다.(100)

수옥이 애인인 정찬과 만날 수 있는 "유일한 사랑의 깃"은 "수옥의 집 뒤 울타리가 내려다보이는 언덕"이다. 이 언덕은 수옥의 집 뒤 울타리뿐 만 아니라 "멀리 들판"이 바라다 보이는 공간이다. 가까운 집 뒤 울타리 와 먼 들판 사이의 공간에서 수옥은 연인을 만나야 한다. 언덕은 집 뒤도 아니며 들판도 아닌 이들 사이의 어딘가에 존재하는 공간이다. 이는 마치 조선과 일본 어디에서도 진심으로 소통하기 어려운 두 사람의 모습을 연상시키는 공간적 구성이라고 할 수 있다. 집 뒤 울타리와 연두색 빛의 시각적 이미지가 나타내는 유아적 상징과 끝없이 이어진 망망한 넓은 들판을 바라보는 수옥의 모습은 '수옥'이 아직 어린아이와 성인의 사이에 있는 존재임을 나타낸다. 사이에 존재하는 공간으로서 언덕의 이미지는 이후 전개되는 작품의 서사에서 등장하는 수옥의 내적 갈등이 반영되는 공간으로 등장한다. 수옥이 가장 사랑했던 수직 공간이 수옥의 몰락을 예고하는 공간으로 변용되어 나타나는 것이다.

수직적 공간과 성/속의 이미지

엘리아데에 의하면 '성'과 '속'은 각각 '종교적 행위를 하는 장소'와 '성전 경내 앞'을 뜻하는 어원을 가짐으로써 장소를 나타내는 말과 관련되어 있다. 공간은 항상 균질적인 것이 아니며, 접근하기 어려운 성스러운 공간과 그렇지 않은 공간이 가진 분리성에서 성과 속의 개념이 출발하는 것이다. 순수와 불순, 곧 성과 속은 분명하지만 영원불변하는 것은 아니며 가역적이기도 하다.

> 달성사 뒷산 깎은 듯한 절벽에 하늘로 연한 사다리나 같이 놓아진 좁은 돌층계를 올라가려면 아무든지 몇 번이나 쉬지 않을 수는 없거니와 그 여자는 쇠난간을 붙잡고 올라가면서도 숨이 차서 못 견딜 듯이 쌔근쌔근 가쁜 숨소리를 내었다.(138)

수옥이 철주와의 밀회를 위해 올라가는 공간은 "달성사 뒷산 깎은 듯한 절벽에 하늘로 연한 사다리나 같이 놓아진 좁은 돌층계"이다. 친구인 주희와 연인인 정찬 사이에 대한 질투와 철주의 경제적 계급을 동경하는 수옥의 모습은 구약성경의 '야곱'의 이미지를 연상시킨다. '야곱'은 뱃속에서부터 형인 '에서'를 질투하여 쌍둥이 형의 발목을 잡고 태어난 후, 물질적 상속을 포함하는 장자의 권리를 탐내 형으로 변장하여 장자의 축복을 훔쳐냈다는 구약성서의 인물이다. 그는 형의 살의를 피해 광야로 도망쳐 방랑하다가 '하늘로 연한 사다리'를 오르락내리락하는 천사와 씨름하다 환도뼈[4]가 부러지는 경험을 통해 새로운 인간으로 거듭난다. 서사의 마지막에 수옥이 허리를 부딪혀 다치게 되는 설정과 그녀의 유학 기간이 "칠 년"이 되었다는 사실을 유생원이 강조하는 장면은 작가가 의도했건 그렇지 않았건 간에 상관없이 이 작품의 화소와 기독교 신화의 모티프가 무관하지 않다는 사실을 뒷받침한다.

　한국의 민속적 종교 역시 다른 종교들과의 혼합 현상을 빚으며 변화 발전되어 왔다[5]는 점에서 종교적 상징은 융통성과 적응력이 강하다고 할 수 있다. 삶의 전체성, 삶의 정령적 기초, 신화적 표현의 삶의 양식, 삶의 융통성 및 율동적 표현은 서로 영향을 미치며 융합해 나가는 것이다. 종교로 일컬어지는 인간의 삶은 언제 어디서나 동일하고 동질적이며 불변하는 보편적 현상으로 나타나지 않는다. 그럼에도 종교성은 자신의 세

4　허리의 아랫부분, 다리의 윗부분, 즉 넓적다리. 혹은 엉덩이에서 허리를 받쳐주는 골반뼈. 성경에서는 특별히 남자의 생식 기관이나 생식력 등을 나타낸다. 족장 시대 때에는 환도뼈 부위에 손을 얹고 맹세하는 관습이 있었다. 즉, 할례가 행해졌던 남성의 생식기는 히브리 사회에서 하나님의 언약 백성임을 상징하는 부위였다. 따라서 넓적다리에 손을 넣고 맹세하는 행위는 세 가지 상징성이 있었다. -가스펠 서브, 『라이프 성경사전』, 생명의 말씀사, 2007.

5　유동식, 『한국 무교의 역사와 구조』, 연세대학교출판부, 1975, 345쪽.

계 안에서 이해 가능한 방식으로 '관성'을 유지해왔다.[6]

새로운 질서와 혁명을 갈망하던 모더니스트이며 사회주의자였던 박화성이 기독교에 대해 비판적인 입장이었던 것이 사실이라고 할지라도 유아시절부터 기독교적 배경에서 성장해 세례를 받고, 기독교 학교에서 교육을 받았으며, 신앙심이 깊은 어머니로부터 지속적인 신앙의 권면을 받았던 것을 고려할 때, 작품 안에서 기독교적 이미지가 드러나는 것은 자연스러운 일일 수 있기 때문이다.

엘리아데에 의하면, 사다리는 세계의 축으로 작동하는 기둥이며 하늘과의 교류를 가능하게 해주는 신성한 상징성을 가진다고 한다. 이에 '사다리'는 오를 수 있는 수단인 동시에 떨어져 추락할 수 있는 계기를 제공하는 상징물이다. '돌층계'는 '쇠난간'을 붙잡아야 올라갈 수 있는 구조물로 앞서 살펴본 '언덕'이 가지는 식물성 즉 생명의 이미지와는 상반된다. 돌과 금속의 이미지는 수옥이 가진 물의 이미지를 단절시키고 흘러가지 못하도록 가두는 역할을 한다. 수옥과 철주의 첫 번째 만남을 방해한 것은 수옥의 동생 수진이 공중에 던진 '돌멩이'이다. 욕망에 따라 움직이는 수옥의 행보는 '돌멩이'로 인해 무산된다.

> 두 번째 이 자리에서 정찬을 만나게 되는 주희의 가슴은 정각의 삼분 전을 남기자 그윽이 설레임을 느꼈다. 마음을 진정하기 위하여 깊은 호흡을 계속하고 있을 때 뒤로부터 풀숲을 헤치고 걸어오는 발소리가 들렸다. (…생략…) 심호흡은 원망스럽게도 주희의 뜻을 저버리고 가쁜 숨결로 변하여 버렸다.(126)

---

6   정진홍, 『M.엘리아데 종교와 신화』, 살림, 2015, 4쪽.

수옥은 자신의 애인과 친구가 연인관계로 발전하는 과정에 있다는 것을 예민하게 알아차린다. 이 소설의 선행 분석에서, 위의 죽음을 친구 주희와 애인인 정찬의 관계를 오해한 수옥의 비극으로 해석하는 관점도 있는데 여기에는 한계가 있다. 주희는 자신의 친구인 수옥과 그 연인인 정찬을 바라보며 "적막한 기분"과 "쓸쓸한 그림자"를 느낀다. 정찬에게서 "능금처럼 싱싱한 붉은 빛"을 느끼는 주희는 자신의 감정이 "황혼의 검회색 빛"을 띤다는 사실을 인지한다. 물론 연정을 느끼는 것은 주희만이 아니다.

> 이따금 시원한 바람이 지나갈 때마다 주희에게서 풍기는 땀내 비슷한 처녀의 향기가 정의 코에 스칠 때 정의 가슴에서는 이상한 감정이 움직이고 있는 것을 느꼈다.(128)

작품을 꼼꼼하게 읽어나간 독자라면 수옥이 정찬을 배신했다는 인물들의 서술과는 달리 정찬과 주희의 감정 역시 연인의 감정과 크게 다르지 않았다는 점을 알아챌 수 있을 것이다. 전반부에서 연인을 만나기 위한 욕망으로 언덕을 오르던 수옥은 후반부에는 보다 복합적인 욕망으로 '사다리'를 오른다. 자신의 연인과 친구의 밀회 장면을 직접 확인하겠다는 욕망과 철주라는 또 다른 욕망의 대상과의 밀회를 위한 욕망이 그것이다. 부유한 가정의 장남인 철주는 주희의 오빠이다. 철주와의 관계로 수옥은 자신이 동경하던 유산 계급으로의 진입을 실현시킬 수 있을지도 모른다. 이것은 또한 정찬과의 관계를 비롯하여 여러 가지 면에서 경쟁심리와 열등의식을 가지고 있던 주희를 향한 도전이며 동등해지고자 하는 욕망의 발로에서 출발한 것일 수도 있다. 그러나 이러한 욕망은 철주가 이미 결혼한 유부남이라는 사실에서 수옥에게 경제계급적 상승과 윤리도덕적 타락을 동시에 가져오는 결과를 낳을 수 있다는 양면적 성격을 가진다.

따라서 수옥에게 철주라는 '사다리'는 단순히 물질적 욕구나 질투의 감정을 기반으로 하는 신분 상승의 수단이라고만 할 수 없는 보다 복합적인 욕망의 대상이다. 정체성 찾기에 실패한 수옥에게 철주는 또 다른 세계로의 이행을 가능하게 해줄 수 있는 출구로서의 '문'으로 인식될 수 있다. 처음부터 수옥에게 던져진 질문은 "내가 현대여성이 아니면 무엇인가"이다. 일본에서 유학을 하는 것으로도, 현대여성의 외형을 꾸미고 애인을 사귀는 것으로도 수옥은 정찬이 요구하는 현대여성의 정체성을 찾을 수 없었다. 수옥에게 자신이 떠나온 조선의 삶으로 돌아가 농사를 짓고 아이들을 양육하는 삶은 스스로의 정체성으로 통합되기 어렵다. 수옥은 결국 비난의 대상이 될지도 모르는 선택으로 스스로를 추락시킴으로써 현대여성이라는 외부의 규정에 도전하여 스스로의 정체성을 시험해보고자 하는 것이다.

신화·원형적인 관점에서 분석했을 때 역시 수옥의 수직 공간에 대한 욕망을 물질적이고 과시적인 욕망을 만족시키는 데만 관심이 있는 허영심 있는 인물의 욕망으로만 파악하기에는 한계가 있다. 원형적 상징의 관점에서 높은 장소란 신전의 의미를 가지고 있다. 신전은 하계와 지상의 교차와 교통을 목적으로 하는 건축공희의 형식을 가진다. 두 우주적 지평 사이의 존재론적 지위의 차이는 필연적으로 인간에게 가능한 한 세계의 중심에서 가까이 살고자 하는 염원을 가져다준다. 이러한 관점에서 모든 건설 혹은 제작은 우주 창조를 전형적인 모델로 하고 있다. 잠재적인 것에서 형태적인 것으로, 죽음에서 생으로, 동시에 죽음인 무형태로의 환원과 존재의 유배적 형태로 귀환하고자 하는 욕망의 반영이기 때문이다. 따라서 수직 공간을 향해 나아가는 수옥의 모습은 시련과 수난을 극복하고 정체성을 찾아 세계와 통합되고자 하는 인물의 욕망을 반영한다.

몽몽한 구름같이 보이는 바다 가운데 거무스름하게 서있는 섬들 사이로 등대 불이 번쩍하고 빛났다. 바다 밖에 산은 애수 끼인 듯이 희미하게 보였다.
이쪽으로는 불바다를 이룬 시가의 눈들이 깜박깜박 삶을 동경하고 있는 듯이 보였다.(139)

"몽몽한 구름같이 보이는 바다 가운데 거무스름하게 서있는 섬들 사이로" "번쩍하고 빛"나는 "등대 불"과 "불바다를 이룬 시가의 눈들"은 서로 마주보며 "삶을 동경하고 있"다. "등대 불"과 "불바다를 이룬 시가의 눈들"은 서로를 비추는 거울이다. 작품 안에서 반대의 성향으로 묘사되는 수옥과 주희는 마치 거울처럼 서로의 모습을 비추는 상대방의 존재로 인해 자신의 정체성이 부재한다는 사실을 확인한다.[7]

작품의 절정에서 수옥과 철주의 밀회 공간인 산꼭대기는 주희와 정찬의 "기쁨과 감격의 맹세"의 공간으로 반전된다. 수옥은 자신의 연인과 친구의 밀회 장소에서조차 '바위' 위로 올라가 숨는 shadow로 변모해나간다. '바위'는 '사다리'와 마찬가지로 욕망의 발판이자 추락의 근거가 된다. 수옥이 정찬과 주희의 대화를 엿듣기 위해 몸을 기울이다가 아래로 떨어져 추락사하는 결말 역시 원형적 상징을 중심으로 해석할 때 다의성을 가질 수 있다. 하나는, 중심으로 나아가고자 하는 자아가 결국 실패함

---

7   우리는 어떤 대상을 자발적으로 욕망한다고 믿지만, 그것은 낭만적 거짓에 불과하다. 사실은 우리가 욕망의 주체와 대상, 그리고 중개자를 꼭짓점으로 하는 욕망의 삼각형 구조에 편입되어 있으며 이것이 소설의 주인공들을 통해 드러나는 '소설적 진실'이다. -르네 지라르, 김치수 역, 『낭만적 거짓과 소설적 진실』, 한길사, 2001, 3~21쪽.

으로써 바위가 전설과 같은 비극적 영웅 서사의 증거물로 남게 된다는 해석이다. 다른 하나는, 수옥이 죽음을 통해 묘비로 남아 남성들의 연대를 가능하게 하는 신화적 상징물이자 매개물로 작용하여 비로소 남성중심사회에 편입할 수 있었다는 해석이다.

마치며

기독교적 가정에서 자라나 사회주의 사상을 실천했던 작가의 작품에서 계급의식과 현실 비판이라는 담론적 주제를 도출해내는 것은 문학적 분석이라는 틀 안에서 보면 어쩌면 동어의 반복일 수 있다. 미셸 푸코에 의하면, 담론은 한 시대를 구성하는 발화의 집합이며, 주체의 삶은 개인의 완벽히 자유로운 의사와 자발적인 욕망으로 구성되는 것이 아니라는 점에서 담론은 권력이 행하는 배치의 질서이다. 지배 권력이 담론을 구성하는 두 축은 어떠한 것에 대해 말하는 것을 가능하게 하는 '허용'과 말하지 못하게 하는 '배척'이다. 이 허용과 배제의 테두리 속에서 주체의 욕망과 욕구가 서로 혼종하며 존재하고 있다는 것이다.

수옥은 남성/모던의 담론에 밀려나 배제되어 가는 정서를 대변한다. 일본에서도 조선에서도 자신의 공간을 정체화할 수 없는 수옥에게 수평적 이동은 더 이상 무의미한 시도일 수 있다. 수옥이 시도할 수 있는 것은 수평적 공간 이동이 아닌 수직적 공간 이동이며 이마저 실패한 수옥에게 정체성 찾기에 성공할 수 있는 출구는 죽음 이외에는 없다. 조선적 가치나 일본 유학이나 자본계급과 함께 도달하는 근대문명적 가치를 통해서도 수옥은 자신의 정체성을 찾는 데 실패한 것으로 보인다. 이 둘 사이의 혼란과 갈등에서 수옥이 결국 죽음을 맞는 결말로 수옥이 꿈꾸던 '언덕'이 '비탈'이 되어가는 과정이 바로 이 소설의 서사인 것이다. 그러나 작가는 수옥이 추락하는 과정에서 남성중심 사회의 규범과 가치가 절대 면죄부를 얻을 수는 없다고 암시하는 듯하다.

소설의 서사는 실패한 여성수난담의 구조와 희생양 모티프의 차용을 통해 수옥의 죽음이 일차원적인 패배만은 아니라는 점을 환기시킨다. 수옥의 죽음은 남아있는 남성들의 상처이며 그렇기 때문에 그녀의 희생을 딛고 연대할 수 있는 상징적 대상이다. 끊임없이 귀환하는 전설과 같이 수옥의 죽음은 살아있는 자들의 남은 평생에 영향을 미칠 것을 예고한다. 작가는 한 여성 인물이 정체성 찾기에 실패하고 죽음이라는 출구를 향해 가는 과정에서 남성 인물들의 모습을 통해 가부장제 사회의 폭력성을 노출시킨다.

엘리아데에 의하면 성스러운 시간은 무한히 회복할 수 있고 반복가능하다. 종교적 인간은 주기적으로 신화의 시간, 성스러운 시간으로 들어가는 길을 찾아내어 '흘러가 버린 것이 아닌' 기원의 시간으로 다시 들어간다. 왜냐하면 그것은 속된 시간[8] 지속에 참여하지 않고 무한히 회복 가능한 영원한 현재로 구성되어 있기 때문이다. 이러한 의미에서 수옥은 소설의 도입부분으로 다시 돌아가 "반듯이 누운 채로 두 다리를 쭉 뻗고 두 팔을 베개 위로 올려" "뼈마디에서 오독오독 소리가 나는 듯싶게 그리고 줄어들었던 근육이 마음껏 펴지는 것 같게" 기지개를 켜며 다시 일어나 새벽산보를 할 것 같은 상상적 독서를 가능하게 한다. 이때 비로소 「비탈」의 시간은 신화적이며 제의적인 성격을 완성하여 하나의 환상 소설로 독자에게 수용될 수 있을 것이다.

---

8 이에 반해 그리스도교의 시간은 일직선적 시간으로 불가역적이다. 그리스도가 육화된 신성성은 일회적인 역사이기에 사건을 반복할 수는 있을지언정 시간의 기원을 되돌릴 수는 없다. -M.엘리아데, 이은봉 옮김, 『성과 속』, 한길사, 2005, 43~44쪽.

이혼을 통한 성장

- 김숨, 「이혼」

시작하며

'이혼', 어느덧 우리 사회에서 낯설지 않은 것이 되어버렸는데 개인적으로나 사회적으로 문제를 안고 있는 것이 사실이다. 김숨의 「이혼」[1]에서는 '이혼'이라는 과정을 통해 한 인물의 과거와 현재를 보여준다. 이 과정에서 주인공은 자신의 상처를 되새기는 한편 이혼을 결단함으로 생기는 앞으로의 삶을 예고해 주고 있다. 그것은 사회적으로 감당해야 할 어려움과 함께 새로운 모험으로 시작하는 삶으로 한발짝 성장해 나갈 수 있다는 가능성을 말해주는 것이다. 제목이 「이혼」이니 만큼 낭만적인 이야기가 펼쳐질 거라고 생각하지는 않지만, 이 소설에서는 남자와 여자가 가족을 이루어 살아가기가 결코 쉽지 않다는 것을 보여준다. 더구나 이 소설에 등장하는 남편들은 폭력적이고 이기적이며 아내들에게 가해자이다. 이에 서술자 '그녀'로 대변되는 여성들은 그들에게 상처 입은 피해자들이다. 이 작품은 가족이라는 집단을 부정적으로 그리며 적의를 드러낸다.

---

1 김숨, 「이혼」, 『제 11회 김유정문학상 수상작품집』, 은행나무, 2017, 105~146쪽. 여기서는 작품을 인용할 때 각주를 생략하고 쪽수만 적으며 서술에서 인용되는 것은 " "로만 표시하기로 한다.

여기서는 「이혼」의 주제 의식을 드러내기 위한 서사 구조를 살피면서 이 소설이 보여주는 세계의 모순과 그것에 대응하는 인물에 대해 알아보려고 한다. 가부장제와 자본주의 사회에서 주인공이 느끼는 모순은 몇 가지 이미지와 상징, 혹은 매개물로 드러난다. 세계의 폭력에 대응하는 과정에서 주인공은 비로소 과거의 상처를 마주하고, 주위의 비슷한 상처를 지닌 인물들과 공감하며 연대하고자 한다.

아버지/교사/신과 이혼하기

"오래 전 그녀는 이혼하는 꿈을 꾸었다." 소설의 첫 문장이다. 주인공이 "단발머리 회색 교복 차림이었던 고등학생" 시절에 책상에 엎드려 이혼하는 꿈을 꾸었던 장면에서 「이혼」은 출발한다. 주인공의 이혼은, 회상의 장치로 이야기의 줄거리 사이에 고명처럼 얹히고는 한다. 이혼의 상대는 "남색 줄무늬 넥타이를 맨 중년 남자", 바로 그녀의 아버지이다. 그녀의 꿈은 특별히 왜곡되어 나타나거나 해석이 필요할 만큼 복잡하지 않다.

주인공은 자신의 꿈을 훗날에 이르러 직장 동료들에게 고백하는데, 당시 프로이트의 정신분석 강의를 들으러 다니던 동료가 기분이 어땠는지를 묻자 "그냥 덤덤"했던 것 같다고 대답힌다. 프로이드 징신분식에서는, '꿈'은 무의식의 발화에 관한 활동으로 익히 설명되어져 왔다. 그녀는 새삼 이 장면을 통하여, 꿈에서 나타난 날것의 내용을 어떤 방식으로든 검열자의 눈을 통과시켜 보려던 계산된 안배의 순간으로 보였다. 억압된 욕망, 즉 자신이 처해있는 사회가 썩 허용하지 않는 대목 하나를 의식의 행동이 멈추는 잠든 밤을 통하여 꿈으로 대치하여 나타내 보이려던 것이다. 하지만 주인공의 꿈은 굳이 다른 의미로 대치될 필요까지는 없어 보인다. 그것은 이미 그녀의 아버지가 "쥐약 먹은 개처럼 눈에 파란 불을 켜고 발광"하며 아내에게 "욕하고 때리고 노예처럼 부리며 산" 전형성이 강한 인물이기 때문이다. 현실에서처럼 꿈에서도, 그 꿈과 같은 내밀한 의식의 궁륭에는 그녀가 대신 어머니가 되어서, 아버지 혹은 "남색 줄무늬 넥타이"라는 남근성[2]과 결별하고자 하는 의지가 대변되어 있었던 것이다.

그녀는, 등단하면서 아버지가 지어준 이름을 버린다. 등단 작품 앞에 필명을 적어 넣으며 그녀는 생각한다. 아버지가 지어준 이름을 버리기 위해 그토록 애를 써서 시를 쓰고 등단이라는 관문을 통과하고 싶었던 가. 그녀가 '아버지와 이별하는 것'으로 불러들인 방식의 하나는, "아버지가 지어준 이름을 버리"는 것이다. 아버지란 단어가 포함하는 가부장제의 질서와 규범에 대한 강요로부터, 스스로의 이름을 자신의 의지에 기대어 지어 넣음으로써 결별의 수순을 밟아 보고자 했던 셈이다.

주인공의 의식에는 아버지의 폭력에 대한 기억이 골 깊게 새겨져 있다. 삶의 순간순간마다 그녀는 어머니의 고통을 목격한 어린 시절을 반추하게 된다. 아버지의 폭력에 대한 그녀의 기억은 "초등학교 삼 학년 때" "꼭 닫힌 방문 너머에서" "잘못했다고 빌"던 어머니의 모습을 목격한 장면으로 거슬러 올라간다. 폭력과 상처로 얼룩진 시·공간 너머에는 그녀가 존재한다. 아버지가 주인공에게 폭력을 행사한 적도 있다. "파자마 차림으로 거실 소파에 파묻혀 아홉 시 뉴스를 보고 있는 아버지에게" 어머니와의 "이혼 서류를 내밀었"을 때이다. "예순 살인 어머니를 예순다섯 살인 아버지가 주먹으로 때려 고막이 터진" 날, "핏자국이 선명한 귀를 손으로 감싸고 부엌 바닥에 엎드려 있던 어머니가 흐느껴 울며"

---

2   프로이트의 정신분석에서 넥타이는 나무 막대기, 뱀, 지팡이, 펜 등과 마찬가지로 남근의 상징으로 해석된다. 지그문트 프로이드, 이환 역, 『꿈의 해석』, 돌을새김, 2014, 194쪽.

"그만 살고 싶다"고 말한 뒤이기도 하다.

주인공은, 아버지로부터 받은 상처와 더불어 어머니의 상처를 끌어안은 채 어른이 되어서도 여전히 과거의 기억에 붙들린 듯 보인다. 그것은 단순한 회상을 뛰어넘어 몸에 새겨진 '트라우마'로 자리잡고 있었다. 주인공은 자신의 상황에 따라 어머니에 대한 기억을 불러옴으로써 본격적으로 자신의 상처와 마주보기를 시도한다.

> 한때 그녀는 세상 곳곳에서 일어나는 크고 작은 폭력이 자신의 아버지에게서 비롯된 것 같은 망상에 시달렸다. 세상 모든 폭력의 근원이 아버지 같았다. 심지어 이슬람 극단주의자들에 의해 자행되는 폭탄 테러도 아버지에게서 비롯된 것만 같았다.(132)

그녀는 "세상 모든 폭력의 근원이" "아버지"로부터 출발되었다고 생각한다. "남색 줄무늬 넥타이"는 어린 시절 그녀에게 물리적 폭력과 고통의 기억으로 체화되어 있었다. 그런데 더욱 비극적인 사실은, 성인이 된 이후에도 나타나는 완강한 사회 규범이나 관습이었다. 그녀에게 "세상 모든 폭력의 근원", "심지어 이슬람 극단주의자들에 의해 자행되는 폭탄 테러" 역시 가부장제를 바탕으로 한 자본주의에 혐의를 두는 바라봄이다.

독자이자 '그녀'일 수도 있는 우리들은 과연 이 소설의 맥락을 어떻게 짚어볼 수 있을까. '이혼'은 그렇게 세계의 도처에서 상존하는 크고 작은 폭력의 또 다른 얼굴로 비쳐지고 있었던 것이다. 가부장으로서의 물리적 힘뿐만 아니라 경제적 지위와 지식 계급 등이 혼재된 꼭지점에, 김숨의 「이혼」은 소설적 방식의 한 토로를 결행하며 있었던 것이다.

아버지의 직업이 교사라는 점도 눈여겨볼 대목이다. 자본주의 사회에서 시민 양성의 통로였던 학교와 교사의 역할을 생각할 때 이는 꽤나 흥미로운 설정이다. 여기에서 김숨의 학교는, 사회적 감시와 처벌의 체계를 효율적으로 전달하는 조직이다. 아버지가 어머니에게 가하는 폭력은 "고등학교 국어 교사이던 아버지"가 "중학교 졸업이 최종 학력인 아내가 자신보다 모든 면에서 부족하다고 생각"하는 것에서부터 기인된다. "국어 교사"라는 직업을 가진 아버지는 소시민적 교양을 가르치는 인물이다. 국가 공동체의 발전을 위해 학교에서 노동 기술과는 별개로 "국어"라는 중차대한 과목을 담당하여 이를 전승하는 위치였던 것이다. 따라서 어머니에게 아버지는 '학교' 혹은 '학력'이라는 꼬리표를 부착한 버거운 존재의 위치에 있었다. 중졸인 어머니가 억압을 당하면서도 커다란 문제의식을 느끼지 못하는 데는 그런 의미가 끼어들어 있었던 것이다. 그녀의 아버지 또한 '배운 것 없는' 아내를 가르치고 훈육한다는 의식이 자리잡고 있었을 것이다. 아버지에게 어머니는 고등학교 국어 시간에 자신이 가르쳐온 '명작'과 '고전'을 제대로 따라오지 못하는, 하위적인 존재의 대상이나 마찬가지였던 것이다. 자신과 계급적 일치를 이룰 수 없기에 차별과 배제의 대상이 될 수 있다는 믿음은 지금도 실재하는 우리 사회의 면면이기도 하다. 따라서 김숨이 착안한 소설 속의 아버지는 '자본'과 '폭력'의 또 다른 이름이다.

아버지는 어머니의 남편이지만 사실은 절대적으로 군림해 왔던 권력의 먹이 사슬로써 이 땅에 존재하는 '아내'를 무화시켜 왔던 증거의 기록은 아니었을까. "이슬람 극단주의자들에 의해 자행되는" 아내와 딸에 대한 살인 행위가, 잘못으로 인해 가족의 명예를 더럽힌 대상을 단죄한다는 '명예 살인'이라는 개념을 차용할 때 "이슬람 극단주의자들"과 '아버지'는 훈육의 주체라는 공통점을 지니고 있다.

사회를 지탱하는 주된 가치를 전승하는 교사가 가정에서 아내에게 건네주는 가치의 내용이 "내 덕에 사십 년 동안 세상 무서운 거 모르고 호

의호식하며 산 줄 알아야" 한다는 '이빨'로 드러내는 때를 대면하게 되면, 가부장제와 자본주의는 일부 세계의 전 근대적인 독재체제와도 일맥상통하는 면모를 지닌 것으로 느껴지기도 한다. 소설의 내용과는 다소 거리가 있을 수도 있겠으나, 남성 중심의 이데올로기에는 아무래도 아전인수의 혐의를 배제할 수는 없을 것 같다.

세계대전이 끝나가면서 남편이나 남자들을 대신하여 경제 활동에 가담하였던 아내들과 여자들은 급하게 집으로 되돌려 보내지고 말았다. 이는 전쟁에서 돌아온 남성들에게 일자리를 제공하기 위해서이기도 하지만, 한편으로 노동의 생산성을 제고한 방편이기도 하였다. 아내와 여자들이 가사에 충실함으로 인하여 발생된 가정에서의 에너지는 한편으로 노동 생산성의 한 측면으로 파악되는 게 마땅하였다. 하지만 이렇게 얻어진 경제력으로 남편들은 손쉽게 집안의 가장 위치를 획득하였다. 또한 아내의 역할에서는 남편이나 자식에 대한 보살핌이나 보조가 매사에서의 우위에 놓이고는 하였다. 여성과 아내들이 가지는 자신의 욕구, 심지어 스스로의 안전과 보호를 쟁취하는 일에도 그들은 불리하였던 것이다. 모성의 신화화는 모성의 헌신과 피흘림 속에서 쌓아 올려진 불안해 보이기도 하는 피사의 사탑이었을지도 모른다.

일단의 우여곡절 끝에서 김숨의 「이혼」은 ㄱ 기저에 불안한 모성의 탑이 붕괴되는 지점을 안내하고 있어 보인다. 더 이상의 사회적인 좌절감이거나 죄책감을 멀리하면서, 불합리하게 왜곡되어진 우리 시대 절규의 한 장면일 수도 있다.

어머니 되기와 어머니 넘어서기

소설에서는 세 사람의 이혼 과정이 다뤄지고 있다. 그중 첫 번째는 어머니의 '이혼'이다. 하지만 어머니의 이혼은 끝내 이루어지지 않았다. 어머니는 폭력적인 아버지와 헤어지기를 갈망하여 왔다. 그러나 막상 딸이 내미는 이혼서류 앞에서는 그것을 거부하고 만다. 어머니의 거절 이유는, 딸의 결혼에 걸림돌이 될 것을 염려해서라는 것이다. 그 거절의 이유가 사회적 규범을 의식한 것이었는지, 아버지와 헤어지는 것이 두려워서였는지는 모른다. 그러나 주인공의 예상에서는 완전히 빗나가고 말았다. 이에 그녀는 "더 이상 엄마를 도울 수 없"다고 선언하고 마침내 부모의 집을 나서고 만다.

다른 하나는 영미 선배의 이혼이다. 직장에서 만난 영미 선배는 이혼으로 인해 사회·경제적 지위가 몹시 허약해진 인물로 그려진다. 사내 상사인 "고 부장"과 내연의 관계라는 소문에 휩싸인 뒤에는 그것이 회사에서 나가야 하는 빌미가 된다. 삼 년 간의 해외 파견업무를 마치고 돌아와 승진까지 하게 된 고 부장은, "소문이 과장되었을" 거라고 말할 뿐이다. 예의 소문 속의 남자는 복지관 관장이 되지만, 여자는 이혼의 순서를 거친 뒤에 학습지 교사로 살아간다. 어딘가에 상존해 있는 우리 사회의 한 자화상이 영미 선배의 이혼이었던 것이다.

그리고 남은 하나는 '그녀' 자신의 이혼이다. 이혼하지 않은 어머니와 이혼한 영미 선배를 연결하는 "하나의 실루엣"으로 자신의 이혼이 자리한다. 폭력이 실재하는 사회에서, 이혼한 영미 선배와 그러지 못한 어머니의 모습은 동전의 양면과 같이 자신의 의식에 깊이 상관되어 있다.

> 그녀는 아버지에게서 마침내 벗어났다는 해방감에 연신 탄성을 토했다. 그러나 어머니를 버리고 왔다는 죄책감에 기쁨은 오래가지 못했다. 그 말을 하지 말았어야 했다고 그녀는 뒤늦게 후회한다. 나도 더는 엄마를 도울 수 없다던 그 말을.(128)

주인공은, 어머니가 "스스로가 이혼을 원하는지 원하지 않는지조차 판단할 수 없는 지경까지 가버렸다는 걸" 확인한다. 이혼을 해야 마땅할 것 같은 상황에서 이혼하지 않는 어머니에게 "그렇게 나오면 나도 더는 엄마를 도울 수 없"다고 말한다. 언제부턴가 어머니의 일은 자신이 "도울 수 없는" 일이 되었다. 과거의 주인공에게 아버지의 폭력은 결국 어머니가 당면한 문제였으며 이혼 또한 마찬가지였다.

아버지와 이혼하지 않는 어머니를 이해하지 못하며 자라왔던 과거를 기억하는 주인공은 자신의 이혼을 선뜻 실천하지는 못하는 아이러니를 범하고 있다. 어느새 자신이 어머니의 위치가 되어버린 것이다.

그녀는 남편과의 이혼을 앞둔 상황에서 현재의 이혼을 위해 자꾸만 과거로 돌아간다. "그 말을 하지 말았어야 했다"는 후회는, 이 소설 전체를 관류하는 강력한 원동력이다. 따라서 주인공의 현재에 대한 서술이나 정서는 현재의 사건에만 온전히 머무를 수 없었다. 초입부에 인용되어진 에밀리 디킨슨의 묘비명 "돌아오라는 부름을 받다(Called Back)"에는, 그녀가 왜 과거로 돌아가고자 하는지에 관한 은유적 암시를 제시하고 있다. 그것을 알아내기 위해서 이 소설의 서술 구조를 살펴볼 필요가 있어 보인다.

주인공의 내면을 구성하는 강력한 동기와 동력은 과거에서 기인한다. 매번 주인공의 현재를 설명하기 위해 동원되는 과거는, 주인공이 마주한 현실에서의 입장이 끊임없이 과거로부터 자유로울 수 없었기 때문이었다. 끝내 이혼하지 못하는 어머니를 이해하지 못했던 자책과 후회, 마찬가지로 이혼을 망설이고 있는 자신에 대한 환멸 등은, 주인공의 현재이자 과거에 관한 극복의 대상이고는 하였던 것이다.

"204호 대기실"은 주인공 부부의 이혼 심사장이다. 이 작품에서 현재를 구성하는 유일할지도 모르는 공간이었던 그곳에는 창문이 없다. 창문이 없다는 사실은 어떤 정황으로 읽힌다. 그 속에 존재하지만 외부와 연결된 소통이 차단되었다는 의미이다. 주인공의 결혼 생활을 비롯한 어머니의 결혼 생활뿐 아니라 영미 선배의 결혼 생활 역시 창문 없는 날들이었던 셈이다. 그녀들은 미로 위의 생을 지탱했던 것이다. 이에 주인공에게는 유일한 해결 방식으로 '이혼'이 제시되었다. 하지만 그 '문'을 열고 나가기 전에, 누구든 저 창문 없는 대기실 안을 거쳐야만 한다. 주인공은 자신을 가늠하여 본다. 영미 선배처럼 사회적 차별을 감수하고서라도 '문'을 열고 결혼이라는 제도 밖으로 나갈 수 있겠는가 아니면 자신도 어머니처럼 남편에 대한 측은함을 가진 채 '문' 안에 남을 것인가. 이 선택의 기로가 주인공을 괴롭히는 갈등의 양식이다. 소위 세간에 흘러다니는 '이혼'이라는 호명은 이 작품의 제목이자 구성을 관류하는 처절한 모티프였다. 주인공은 남편과의 이혼을 위해 204호 대기실에 앉아, 과거의 어머니와 자신 사이에서 일어난 몇 개의 기억을 소환한다.

한편으로 불합리하게 여겨졌던 세상과의 결별은 아버지가 준 이름을 버리는 시도만으로는 온전히 이루어내기 어려웠다. '두 번째 아버지'였던 남편과의 이혼이 그녀를 기다리고 있었기 때문이다. 그녀는 창문 없는 대기실에서 이제 문을 열고 나가는 결심을 불러들이고 있다.

부재중인 기호와 결별하기

주인공의 남편인 철식은, 조선소 비정규직 노동자들의 사진을 찍는 사진작가이다. 그는 그녀가 한파 경보가 내려진 날 열쇠를 잃어버려 스무 통이 넘는 전화를 걸었을 때도, 아이를 유산했을 때도, 이사를 다니고 불임 상담을 받을 때도, 그리고 유방암 진단을 받았을 때도 늘 부재중인 존재였다.

철식은 그녀의 아버지와는 다르게 아내를 때리지도 않으며 더구나 "사회적 약자들과 소통"하는 일을 하였다. 하지만 "자신과 가장 가까운 존재의 고통에는" 함께하지 않는다는 점에서, 그녀에게는 최악이었던 아버지와 하등 다를 바가 없었다. "사회적 약자들과 소통하며 그들의 고통을 사진으로 낱낱이 기록"하는 그는 과연 타인에 대한 탁월한 공감 능력을 갖춘 사람이었을까. 그녀는 자주 궁금해 한다. 자신과 먼 사람들의 고통에 공감하는 건 차라리 어려운 일이 아닐지도 모른다. 오히려 가까운 사람의 고통을 인정하고 공감하는 일이 그보다 더 어려운 것일 수도 있다. 사실 가까운 사람들의 고통에는 자신이 직·간접적으로 연루되어야 하는 지점이 도사리고 있다. 특히 철식처럼, 상처받거나 고통받는 사람들의 편에 서 있다고 믿는 사람들의 경우에는 '나'는 사회적 약자들과 소통하며 그들의 아픔에 공감하는 사람이라는 것을 내세워 자칫 자신의 잘못을 인정하기 싫은 함정에 빠질 수 있다. 크고 작은 비난 앞에서 오히려 반발심을 작동할 수도 있는 것이다. 공적인 자리에서는 사회적 약자의 입장에 서서 투쟁하는 사람들이, 자신에게 가장 가까운 가족에게는 씻을 수 없는 상처를 줄 수도 있었던 예가 바로 그들 부부에게서 나타나고 있었다.

철식은 "자신과 상의 없이 현관 열쇠를 자동키로 바꾼 것에 대해 불평"을 날리지만, "홀연히 날아든 새처럼 식탁 앞에 앉아" 먹을 것을 기다린다. 아내가 자신에게 보다 헌신적이기를 바라며 "형수님을 좀" 보라고 "불만스럽게 중얼거리고", 아내와의 이혼을 "고아가 되는" 것으로 받아들이는 이기적인 남자의 모습 또한 간직하고 있다.

작품의 처음부터 끝까지 '남편'이자 '아들'인 철식은, 단 한 번도 그녀의 이야기에 마음을 열고 귀를 기울이지 않는다. 남편이 자신의 입장에서 아내에게 위로받기를 원하며 좌절하고 분노하는 동안 주인공인 그녀는 말줄임표 속에서 자신의 속마음을 봉합하기에 이른다. 철식에게는 누구의 목소리는 들리고 누구의 목소리는 들리지 않는다. 이런 표현의 상태는 두 사람의 권력구도를 보여주는 기성 체계의 한 면이기도 하다. 이야기할 수 없는 것, 혹은 다른 방식으로 이야기하지만 들리지 않는 것, 나아가 아무도 들어주려 하지 않는 것은 사회적 주변부의 목소리를 나타내어 준다.

주인공이 자신의 생각을 이야기하지 못하는 장면이 반복해서 나오는 것은, 이 작품에서 유난히 차용되는 말줄임표와 함께 이 부부의 소통에 관련된 불능 상태를 보여주는 것이다. 아버지에게 변변한 대항조차 하지 못하는 어머니를 평생 답답하게 여겨왔지만, 이제 그녀 역시 선뜻 자신의 생각을 털어놓는 일이 그렇게 쉽지만은 않다. 그녀의 침묵은 자신만의 세계를 이루며 끊임없이 되돌아가는 기억의 회상과 말줄임표 방식으로 표현되고 있었던 것이다.

여성에 대한 폭력은 종종 여성의 목소리와 말에 대한 폭력일 수 있다. 여기에서 목소리의 의미는 자주적으로 결정하여 동의하거나 반대하며, 어떤 일에 대해 해석하고 반응할 권리를 말하는 것이다. 하지만 자신의 이야기를 말할 수 없다는 것은 살아 있어도 죽은 것이나 마찬가지 상태이다. 살아 있는 죽음이다. 도와달라고 말하는데 아무도 들어주지 않을 때에도, 도와달라는 말조차 감히 꺼낼 수 없을 때에도, 혹시 도와달라는 말로 남들을 귀찮게 하면 안 된다는 교육의 관습이 끼어들었던 것은 아니었을까. 상대방의 욕구와 감정에 철저히 무관심하다는 점에서 남편이자 아들인 철식과, 남편이자 아버지인 아버지는 똑같은 존재였다.

관점에 따라서는 어떤 사람에게 한 짓보다 그 사람이 무언가를 하지 못하도록 막는 짓이 더 나쁠 수 있다. 철식은 이혼하자는 주인공의 요구를 "번번이 묵살했다." 그러고는 이혼은 그녀가 철식을 버리는 것이며

"한 영혼을 버리는 것이나 마찬가지"라고 말한다. 그러면서 앞으로 그녀가 쓰는 시는 "거짓이고, 쓰레기"라고 응수한다. 자신을 필요로 했던 삶의 모든 순간에 부재했던 것에 대해서도 철식은 결코 사과하지 않는다. 자신의 행동이 사회적 약자를 위한 것이고, 가정의 경제를 위한 일이기도 했으므로 온당하다는 것이다. 아니 아내가 감내해야 한다고 믿는 것이다. 이것을 참지 못한 그녀는 "하와"이기를 거부한 "릴리트"가 되어야 하였다.[3]

자신의 삶에 부재했던 남편의 사진을 두고, 주인공은 "다행이야. 당신이 찍은 사진이 있어서…… 당신이 찍은 사진이 그의 영정 사진이 되어주어서"라고 말한다. 아내가 자신의 인생에서 부재할 예정이라는 사실을 깨달은 남자는, 아내의 시를 "거짓이고, 쓰레기"로 여긴다. 자신의 감정을 분노로 폭발시킬 수밖에 없는 철식 역시 가부장제 사회가 낳은 다른 의미의 피해자로 보인다. 여성성과 마찬가지로 남성성 역시 거대한 포기와 굴레의 상징일 수 있다. 마치 남자들은 그렇게 해도 된다는 식으로.

둘의 대화는 긴 터널을 연상시킨다. 터널의 끝에는 창문 없는 방인 204호 대기실이 있을 것이다. 계속 닫힌 채로 있었던 것은 "수억 광년 떨어진 행성처럼 서로 겉도는" 것이나 다름없었다.

그녀는 영미 선배가 나타났던 꿈에서 "팔이 없는 남자가 모는" "표지

---

3 릴리트는 유대 민담에 등장하는 인물로, 최초의 여자이자 아담의 첫 아내였다. 민담에 따르면, 하느님은 릴리트를 아담의 갈비뼈가 아니라 아담과 똑같이 흙으로 빚은 뒤 코에 생기를 불어넣어 만들었다. 그러니까 최초의 남자 아담과 최초의 여자 릴리트는 같은 모습이었던 것이다. 첫날밤, 아담이 동침하려 했지만 릴리트는 그의 밑에 깔리고 싶어하지 않았다. 자신과 같은 흙으로 만들어진 아담을 주인이자 남편으로 섬기기를 거부한 릴리트는 하느님의 노여움을 샀고 에덴동산에서 쫓겨나 사탄이 되었다. 얼마 뒤 하느님은 흙이 아니라 아담의 갈비뼈로 여자를 만들었고, 그렇게 해서 최초의 여자이자 아담의 아내는 릴리트가 아닌 하와가 되었다.(113-114쪽)

판도 없는 곳에" 선 버스를 탄다. 이들의 결혼 생활은 목적지를 잃고 방황하고 있었던 것이다. 주인공뿐만 아니라 남편인 철식 역시 '팔 없이 버스를 몰아야 하는' 불능의 상태에 있다. 또한 여기에서의 불능 상태란, 이들이 단지 불임 상태였다는 것만을 의미하는 것은 아니다. 이들의 대화에서는 공통의 지향을 찾기 어렵다는 데로까지 그 소설의 기호는 제시를 멈추지 않는다.

아버지와의 결별을 통해 정체성을 찾고자 하는 주인공의 시도와는 다르게, 철식은 끝내 주인공으로부터 독립하지 못한다. 그에게 주인공은 자신의 방황 끝에 언제나 부동자세로 존재하는 밥이며 집이다. 곧 그의 어머니이다. 사회적 주변부를 위한다는 철식은 자신이 소외시킨 존재인 주인공으로부터 구원받기를 바라지만, 정작 주인공에게는 아버지이며 아들인 항상 부재중임을 의미하는 존재의 대상이다.

> "나는 당신의 신이 아니야. 당신의 영혼을 구원하기 위해 찾아온 신이 아니지. 당신의 신이 되기 위해 당신과 결혼한 게 아니야."(145)

그녀가 철식에게 처음으로 마음속이 아닌 겉으로 내뱉은 말은 "나는 당신의 신이 아니"라는 외침이었다. 남편이자 아버지이며 아들인 남성에게로, 아내이자 어머니이며 딸이었던 여성은 주인공의 절규를 빌어 신의 영역을 거부하는 것으로 들리게 하여 준다. 하지만 그녀의 목소리는 철식의 말이 안겨준 죄책감까지 상쇄하지는 못한다. 그날 이후 주인공은 단 한 줄의 시도 쓰지 못한다. 주인공인 그녀는 다만 "문을 열고 나가기"로 결심한다.

고통의 이름으로 연대하기

그녀에게 이혼은 "통과의례"[4]이다. 이혼하지 못하는 어머니를 이해해 나가는 과정이며, 이혼한 뒤 부당하게 해고당한 영미 선배를 외면했던 과오를 뉘우쳐가는 '걷기'이다.

아버지가 돌아가시고 어머니는 "아버지의 영정 앞으로 가더니 그 앞에 무너지듯 주저앉았다. 명주실 같은 울음소리를 내며 서럽게 울기 시작했다." 어머니는 아버지로부터 도망 나와 "광주의 은미식당으로 숨어든 자신을 아버지가 찾아낸 것이 수수께끼였겠지만, 그녀에게는 아버지가 죽었을 때 당신이 서럽게 울던 게 수수께끼였다." 어머니가 불쌍하게 여기던 것은 자기 자신일 수도, 아버지일 수도, 그들 모두였을 수도 있었다. 이혼을 원하지만 철식에게 여전히 만두를 쪄주고 그의 이야기를 들어주는 주인공 역시 그녀의 어머니와 다를 바 없다.

도입부에 인용된 에밀리 디킨슨의 편지 글귀에 등장하는 '복숭아'는 에밀리 디킨슨과 어머니, 그리고 영미 선배를 연결시키는 매개물이다. 복숭아는 "어머니가 세상에서 가장 좋아하는 과일이었다." "그러나 그녀는 어머니의 손에 복숭아가 들려 있는 걸 보지 못했다." "늦은 철 작고 수줍은 에밀리의 손에 들려있었을 복숭아"는 어머니가 가장 좋아하는 과일이지만 가지지 못한다. '복숭아'는 "십 년 동안 연락이 두절되었던 영미 선배를" 다시 만나기 위해 영동으로 향한 재작년 여름에 다시 등장한다. 그

---

4   인간에게 이 통과 제의라는 것은 신성한 힘을 매개로 하여 신분을 바꾸는 것, 즉 지금까지와는 다른 사람으로 태어나는 것을 의미한다. 시련을 겪은 후 신참자는 통과 제의 이전과는 전혀 다른 존재를 향유하게 된다. 그는 '다른 사람'이 된 것이다. 통과 제의는 신참자를 지역사회 속으로 진입시킬 뿐만 아니라, 정신적 가치의 세계로 안내한다. -엘리아데, 시몬느 비에른느, 이재실 옮김, 『통과 제의와 문학』, 문학동네, 1996, 12~13쪽.

해 여름 폭염이 유난히 기승을 부려 과일 가게마다 복숭아 짓무르는 냄새가 진동한다.

복숭아는 성적 이미지를 연상시키는 과일이다. 주인공은 유산 후 임신이 되지 않아 산부인과에서 불임 상담을 받았다. 영미 선배 남편의 결혼 조건은 "아이를 갖지 않는 거였"다. 그런데 그녀가 "아이를 갖고 싶다는 말을 처음으로 꺼"내자 점심시간에 사무실 근처 비뇨기과를 찾아가 불임 수술을 받았다고 말한다. 이들은 이유가 무엇이든 잠정적 불임 상태라는 공통점을 가졌다. 그러나 "평생 독신으로 산" 에밀리의 손에 들려있었을 복숭아가 아이를 셋이나 낳은 주인공의 "어머니의 손에" "들려 있는 걸 보지 못했다"는 것을 떠올리면, 복숭아는 단지 성적 이미지에 국한되기보다는 삶의 욕망과 만족을 상징한다고도 볼 수 있다. 또한 복숭아는 주인공의 통과의례를 예고하는 의미였다. 전통적 의미에서도 복숭아는 금기, 치병 등의 이미지와 함께 통과의례의 상징을 지니고 있다.

주인공이 영미 선배를 다시 만난 것은 이혼을 생각하기 시작한 이후이다. 이혼하고 싶은데 너무 두렵다는 말을 끝내 입 밖에 내지 못한 채 주인공은 영미 선배에게 지난날을 사과하고 용서를 구한다. 통과의례로서의 이혼은 주인공이 이전과는 다른 존재가 되게 한다는 설정이 들어 있다. 이혼이 자신의 일로 닥치지 않았을 때 주인공은 어머니를 이해하지 못했다. 또한 영미 선배를 외면했다. 결국 이혼이, 자신의 일로 다가왔을 때에야 그녀는 자신이 비난하고 배제했던 사람들과 새롭게 만나는 경험을 한다. 그녀에게 이혼은 "자신의 영혼조차 어쩌지 못해 고통스러워하는 한 인간일 뿐"인 자기 스스로에 대한 탐구이며, 이혼을 했든지 그렇지 않든지 간에 비슷한 현실 속에서 고통받는 사람들에 대한 이해의 과정으로 존재한다.

주인공은 자신의 성장을 위해 이혼이라는 고통스러운 통과의례를 견디기로 결심한다. 하지만 남편인 철식은 아내와의 이혼을 거부하며 통과 의례를 거치는 고통을 감당하기 어려워하는 듯 보인다. 이는 앞에서 살펴본 가부장제 안에서 자신의 욕망을 마주하기 두려워하는 대상이 여성만이 아니라는 사실을 다시 한 번 상기시킨다. 자신의 감정과 직면하고 상대방의 감정에 공감하는 법을 배우지 못한 철식은 그들의 결혼생활이 그랬던 것처럼 이혼의 순간에도 역시 스스로 문을 열고 나가기를 주저하는 것이다.

작품의 마지막에 나오는 "남녀의 이름을 호명하는 여자 목소리"는 작품의 앞부분에 등장하는 에밀리 디킨슨의 묘비명(Called Back)을 연상시킨다. 주인공의 이름인 '민정'이, 오직 영미 선배와의 통화에서만 나타난다는 점은 주인공이 자신의 이름을 찾아가는 두 번의 과정이 완성되는 지점을 향한 희망과 같은 것이다. 같은 상처를 가진 여성 간의 연대 속에서 주인공은 자신의 이름으로 상징되는 정체성을 회복해나갈 용기를 얻게 된다. 영미 선배와의 통화가 아니라면 철식의 아내로서 그녀의 이름은 괄호 속에서만 존재하고 말았을 것이다. 그녀는 하와일 수도 있고 어머니일 수도 있다. 또 남편을 아들이라 여긴다는 다큐멘터리 작가의 아내일 수도 있고 기억을 잃어가면서도 남편을 찾아가는 아내일 수도, 팔로 기어서 남편의 시신을 수습했다는 이야기 속의 여자일 수도 있다. 작품에서 유일하게 처음부터 끝까지 자신의 이름을 가진 여성 인물이 영미 선배였다는 점과 대기실에서 자신의 이름이 불리기를 기다리는 사람들에게로, 이혼의 순간에 이르러 완성된 이름이 불린다는 사실은 흥미로운 대목이다. 대기실에 있던 사람들의 이름이 호명되는 순간은 그들이 이혼의 마지막 절차를 위해 문을 나서는 순간이다. 이혼이 통과의례라고 했던 주인공의 말은 여기에서 그 의미를 찾아볼 수 있다.

소설의 대미를 장식하는 부분 역시 이채롭다. 작품에서, 내내 자신의 의견만을 주장했던 철식이 조금 긴장한 목소리로 "묻고" 입 속이 메말라 침을 모으던 그녀가 "대답"한다. 끊임없는 회상과 과거로의 회귀, 이야기의 삽입과 말줄임표 속에서 기억을 떠올리는 것으로, 자신의 이야기를 대체했던 주인공이 입을 열기 시작하고 그녀의 대답으로 작품이 끝나게 되는 것이다.

> "우리가 마지막인가?"
> "아니, 저쪽에 한 쌍이 더 있어."(146)

이렇게 '그녀' 부부의 이혼은 완결되지 않는다. 이 작품에서 이혼이라는 사건은 계속해서 미완의 사건이거나 숙제로 남아 있는 듯한 인상을 준다. 자신들 앞에 남겨진 마지막 "한 쌍"을 바라보며 이혼 직전의 유예 상태에 처한 주인공 부부를 버려두고 소설은 완성된다.

마치며

주인공의 이혼은 아버지가 부여한 이름을 버리는 것으로부터 시작하여, 부재중인 남편에 대한 죄책감을 버리고 이혼을 위해 대기실에 있는 현재까지 여전히 '시도 중인' 이혼으로 남아 있다. 말줄임표 속에서 자신의 언어를 삼키고 과거의 상처를 들여다보던 주인공이 자신의 목소리로 이야기하고 관계 인식을 넓혀가는 모습은, 이혼이 어떤 완결된 종착점이 아닌 통과의례라는 과정을 의미한다는 것을 보여주는 것이다. 주인공은 이제 회상이나 기억, 혹은 이야기 속이 아닌 현재진행형의 사건 속에 존재한다. 그녀는 이야기를 깨뜨리고 자신의 이름을 되찾을 것이며 자유로

운 사람이 되어 자신의 이야기를 스스로 말할 것이다.[5]

언제나 부재중이었던 남편과 세상이 그녀의 호출에 응답하지 않을지라도 그녀는 계속해서 벨을 울릴 용기를 이제 막 얻은 듯이 보인다. 다른 '한 쌍'과 함께 주인공 부부를 대기실에 남겨놓으며, 당신은 이 문을 열고 나갈 수 있는지, 소설은 다시 독자들에게 요긴한 질문 한마디를 남겨 놓았다.

---

5 이야기는 삶을 구한다. 그리고 이야기가 곧 삶이다. 우리는 곧 우리의 이야기다. 감옥이 될 수도 있고, 그 감옥 문을 어그러뜨려 여는 쇠지레가 될 수도 있는 이야기이다. 우리는 자신을 구하기 위해서, 혹은 자신이나 타인을 가두기 위해서 이야기를 짓는다. 이야기는 우리를 고무시키고, 때로는 자신의 한계와 두려움이라는 돌벽에 우리를 내던진다. 해방은 늘 부분적으로나마 이야기를 짓는 과정이다. 이야기를 깨뜨리고, 침묵을 깨뜨리고, 새 이야기를 짓는 과정이다. 자유로운 사람은 자신의 이야기를 스스로 말한다. -리베카 솔닛, 김명남 옮김, 『여자들은 자꾸 같은 질문을 받는다』, 창비, 2017, 36~37쪽.

상속(常俗)과 상속(相續) 사이의 소설

- 김성중, 「상속」

시작하며

소설이란 무엇인가. 우리는 왜 소설을 읽고 쓰는가. 소설을 읽는 사람과 소설을 쓰는 사람 그리고 소설을 공부하는 사람에게 이 질문에 대한 답은 각각 같을 것인가. 또한 소설의 가치는 어디서 오는가. 게오르그 루카치가 말했듯 하늘의 별을 보고 길을 찾던 시대의 아름다움을 지난 것인가, 아니면 토니오 크뢰거가 눈물 나도록 부러워했던 금발의 잉게가 가진 통속적 아름다움 자체인 것인가, 그러한 아름다움을 가지지 못한 채 세상의 불행을 목격하는 자의 성찰인가. 이러한 질문들의 답은 소설에 대한 소설 혹은 소설가에 대한 소설 즉 소설과 문학 그리고 소설가 자신의 문제에 대한 고민의 과정이 될 것이다.

2018 현대문학상 본상 수상작인 김성중의 「상속」[1]은 메타소설, 곧 소설가소설이라는 구조로 소설이 가지는 본질적 역할에 대해 탐구하고 있다. 소설가에게 소설은 무엇이며 나아가 인간과 인간 사이에서, 혹은 한

---

1 김성중, 「상속」, 『2018 제63회 현대문학상 수상소설집』, 현대문학, 2017, 11~35쪽. 여기서는 작품을 인용할 때 각주를 생략하고 쪽수만 적으며 서술에서 인용되는 것은 " "로만 표시하기로 한다.

세대와 다른 세대 사이에서 소설은 어떠한 역할을 하고 있는가에 대해 진지하게 성찰하고 있다. 이에 여기서는 「상속」이 보여주는 소설론으로서의 소설에 대해 분석하려고 한다. 다중 시점과 '역할 바꾸기'의 서술 전략이 소설의 다성성을 어떻게 형상화하고 있는지, 나아가 죽음을 앞둔 인물들에게 소설은 어떤 의미로 '세 소설가'[2] 서로에게 어떻게 영향을 미치게 되는지를 살펴볼 것이다.

일상의 상속(常俗)과 대화적 읽기

문학 아카데미의 "앳된 20대" 강사는, 마치 책이 "절판이라는 위엄"을 가지는 것처럼 죽음 이후 권위를 가진 소설가로 거듭난다. 어수선하던 강의 첫날, 작가가 되어가는 "중요한 건 속도가 아니라 작품"이라며 등단 시기보다 더 중요한 소설의 가치에 대한 "열정적인 연설"로 기주에게 "뜨거움에 데는" 일을 시도하도록 한다. 또한 "소설은 일종의 번역"이며 특히 "나의 인식이 더해진 세계에 대한 번역"이라는 말로 진영이 '선생님'과 '기주 언니'의 삶을 독자에게 번역하게 한다. 기주도 서술자이긴 하지만, 결국 이 소설은 소설가에 대한 소설이고 끝까지 살아남아 최종 상속자가 되며 결국 소실을 쓰고자 하는 의지를 보이는 실질적인 주인공은 진영이다. 또한 소설의 결말이 진영의 '꿈'으로 구성되어 있는 것 역시 기주와 선생님의 삶에 진영의 인식이 더해지는 것이라 할 수 있다.

---

2   마흔아홉의 나이에 문학 아카데미 수업을 들었던 지금은 췌장암이 재발한 60대 기주, 등단을 위해 문학 수업을 들었고 지금은 등단 후 소설가 활동과 함께 대학에서 학생들의 습작을 봐주고 사는 진영, 그리고 이들을 가르쳤던 젊은 소설가이자 아카데미 강사로 지금은 죽은 선생. 필자가 등단하지 않은 기주를 소설가로 인정한 이유는 앞으로 전개될 내용에 들어 있다.

그러나 소설가의 인식은 차가운 지성으로 이루어지는 것이 아닌 "완전히 압도당하고 사로잡혀 포로가 되는, 그런 경험"이며, "이미 그 세계에 속한 자와 접촉함으로써 문학의 가장자리라도 만져보고 싶은" 사람의 몸부림이다.

선생님이 강의 첫 시간에 전달한 슈테판 츠바이크의 글은 문학이 가지는 다성성의 전략과 카니발적인 축제의 의미를 보여준다.[3]

> "그 힘의 난무 속에는 하나하나의 목소리라든가 한 사람의 인물이 느껴지지 않았습니다. (…생략…) 모두가 시민답지 않은 존재였으며 깡패, 뚜쟁이, 어릿광대, 사기꾼이었지만 동시에 시인이었습니다. 시인, 시인, 모두가 시인이었지요. (…생략…) 젊은 사람들을 진실로 젊게 만드는 (…생략…) 우선 감격하고, 그 다음에 공부하는 것.(21)

슈테판 츠바이크의 원문과 그것을 인용한 선생님, 그것을 듣는 기주와 그 시절을 기억하는 진영의 목소리, 그리고 이 모든 것을 읽는 독자는 이들의 감정을 "한꺼번에 통과"하며 감정의 소용돌이를 느끼게 된다. 바흐찐이 지적하는 "시와 극과는 구별되는 소설 담론 특유의 언어사용이 지니는 특징"은 바로 "다양한 사회·이념적 언어 간의 대화적 공존"이다. 여

---

3 미하일 바흐찐은 『장편소설과 민중언어』에서, 모든 발언은 단일언어(그 구심적인 힘과 경향)에 참여하며, 동시에 사회·역사적인 언어적 다양성(그 원심적이고 분리적인 힘)을 공유한다고 한다. '언어들'이 '가면'을 쓰는 것과 같다는 것이다. 스테판 츠바이크의 인용문에 나타났듯이, 주변의 목소리 그것도 가면을 쓴 목소리를 들려주는 것이 소설이라는 것이다. 심지어 스테판 츠바이크는 인용문에서 그들이 '시인'이라고 한다. 카니발적인 축제는 과거 식인풍습에 기원을 두고 있다고 하지만 여기서는 역할 바꾸기를 의미한다. 왕이 거지가 되고 거지가 왕이 되는 역할 바꾸기를 통해 민중들은 자신의 불만과 욕구를 표출할 수 있는 기회를 얻게 된다. 이러한 에너지가 긴장을 완화시키는 한편 주변부의 가면 쓴 목소리를 공식적으로 드러나게 해준다는 점에서 역할 바꾸기와 다성성을 하나의 연결고리로 정해보았다.

기서 대화는 단순한 상호작용을 의미하지 않는다. "다양한 사회 계층들의 역학관계를 반영하는 갈등과 투쟁이 이루어내는 구체적 관계의 체계"를 의미하는 것이다. 진영과 기주가 소설을 매개로 나누는 대화와 이로써 맺는 관계의 근본은 서로의 상황에 대한 인정과 이해이다. 진영과 기주는 소설을 읽으며 자신과 상대방의 삶을 인정하고 공존하는 법을 배워나간다. 독자는 이러한 주인공들의 대화를 들음으로써 이들의 삶과 생각을 발견해나간다. 이러한 겹겹의 대화 과정이 빚어내는 "화음"이 바로 이 소설의 성취라고 할 수 있을 것이다.

이 소설의 서술 구조는 〈기주 – 진영 – 기주(기주의 꿈-회상) – 진영 – 기주 – 진영(진영의 꿈)〉의 순서로 진행된다. 문예 창작 수업을 함께 들었던 우연으로 세상에 둘도 없는 동학(同學)의 인연을 맺게 된 두 사람이 교차로 소설의 서사를 진행해 나가는 것이다. 소설 수업이라는 공통항이 없었다면 이들은 동학(同學)은커녕 지인도 되기 어려운 사이였을지도 모른다. 그러나 소설과 소설 수업을 매개로 이들은 삶의 마지막을 함께할 만큼 가까운 사이가 되는 한편 소설이라는 공통의 주제에 대해 깊고 진실한 대화를 나눈다.

> 대학원까지 줄곧 학교에만 적을 둔 나에게 기주 언니는 '삶' 혹은 '인생'이라는 제목의 두꺼운 책 같은 사람이었다. 맵고 짠 장아찌나 눅눅해진 호박전, 멸치볶음과 콩자반과 포기김치 그리고 '마트'라는 무대와 드센 상인들이 단번에 떠올랐고 그 배경 속에 기주 언니를 세워보니 과연 잘 어울렸다.
>
> 언니는 디킨즈풍 작가군을 연상케 했다. 바닥에서 삶을 관찰하고 거리에서 언어를 주워오는, 증언하고 싶은 경험 때문에 글쓰기를 시작하게 되는 작가들 말이다.(26)

진영은 전형적인 문학소녀였다. 청소년 때부터 글을 썼으며 문예창작과로 진학했다. 반면 기주는 고등학교도 검정고시로 마쳤고 10대 후반부터 줄곧 여러 일을 해왔다. 문학을 책으로 배우고 소설을 직업으로 선택한 진영에게, 기주는 그녀의 삶 자체가 하나의 '책'으로 여겨질 만큼 강력한 생활인의 이미지를 지닌다. 기주의 남편이 자신의 실패와 대면하는 대신 아내에게 폭언을 일삼는 사람인 데 반해 기주는 "자기 생계를 스스로 해결해온 사람 특유의 자부심과 찌든 느낌이 동시에 나는 기품"을 가진 사람이다. 이런 기주에게, "불안정한 사람"인 진영은 "들러붙"을 수밖에 없다. 생활의 불신에서 오는 비관이 "흔들림이 없는" 줏대를 세워주기 때문이다.

다중 시점의 서술 구조에서 독자는 기주와 진영의 내면과 일상을 각자의 목소리로 들어 볼 수 있다. 기주가 기억하는 진영과 선생님, 진영이 기억하는 기주와 선생님, 그리고 이들이 주고받는 책에 적힌 글들을 통해 구성된다. 이 과정에서 독자는 진영이 바라보는 재능 있는 소설가로서의 기주의 모습과 기주가 바라보는 "자신에게서 몰두하는 일에서 벗어날 수 없는" "빌어먹게도 작가"인 진영, 그리고 이 둘이 기억하는 소설가인 선생님을 짐작해 볼 수 있다. 소설을 매개로 만났기에, 진영에게 기주는 '반찬가게 아줌마'가 아닌 "바닥에서 삶을 관찰하고 거리에서 언어를 주워오는, 증언하고 싶은 경험 때문에 글쓰기를 시작하게 되는 작가"이며 "내가 들어보지 못한 인정을 받"은 "부러워서 죽을 지경"인 작가이다. 기주는 "진영이 떠들고 내가 듣는" "오래된 대화법"을 받아들이고, 진영은 기주에게 낀 팔짱을 "내내 풀지 않는다." 무엇보다 진영은 기주에게 왜 남편과 이혼하지 않았는지 묻지 않으며 기주는 진영에게 왜 이혼했는지 묻지 않는다. 그것이 "얼마나 많은 인간들이 부조리를 안고 사는지, 쓸쓸하고 고통스러운 삶에 붙들린 채 살아가는지" 알고 있었기 때문이다.

기주에게 "원치 않는 모순에 붙들린 채 살아가는 사람들이 가진 기품과 온기"를 발견할 수 있었던 것 역시 이들이 읽고 쓰는 소설과 무관하지 않다. 이러한 상황에서도 이들은 "다행히도" 소설을 "읽고 있었다." 소설이 이들의 삶에 끼치는 가치를 충분히 이해할 수 있는 대목이다. 소설에서 삶의 부조리를 깊이 탐구했기에 일상에서의 삶이 가진 모순에 대해 이러쿵저러쿵 판단하는 오만함이 얼마나 폭력적인가를 알아버렸을 성싶다.

이 소설이 대화적 공존을 성취하는 전략은 다중 시점의 서술만은 아니다. 서사 구조에서 주인공들은 지속적으로 서로의 역할을 바꾸어 관계를 맺는다. 처음부터 이들에게 소설을 배우고, 소설을 쓰는 행위는 그 자체로 사회가 자신들에게 부여한 정체성을 거부하고 자신의 모습을 찾고자 노력하는 일탈과 거부의 의미를 가지고 있었을지도 모른다.

> 우울증과 공황장애 약을 버리고 머리를 염색하고 찢어진 청바지와 요란한 후드티 같은 것들도 사서 입었다. 마흔아홉은 내 평생 가장 재밌는 나이였다. 책은 좋아하지만 글 한 줄 써본 적 없는 주제에 문학 아카데미에 등록한 것도 그런 선택 중 하나다. (…생략…) 숫기 없이 소심한 얼굴에 머리카락만 새파랗게 염색한 진영은 촌스러웠고 중년에 장신구를 주렁주렁 단 노란 머리의 나는 꼴불견이었을 것이다.(12)

문예 창작 수업을 듣기 위해 처음 만났을 때, 기주와 진영은 각각의 이유로 방황하고 있었다. 진영은 대학원을 중단했고 "깡마른 체구에 활활 타는 적개심 때문에 젊게 보이는", "눈치 없이 정확하게 말하는 축"이었던 기주는 남편의 폭력으로 공황장애 진단을 받은 상태였다. 기주의 "방어적인 적개심"과 공격적인 말투는 그녀의 자격지심을 드러내는 방식이기도 하다. 그러나 문예 창작 수업에서 소설을 읽고 쓰면서 이들의 역할은 조금씩 바뀐다. 이들의 역전된 관계는 다음의 장면에서 압축되어 나타난다.

> "기주 씨는 이번 작품으로 완전히 이륙했어요. 내가 할 일은 활주로 끝에 서서 높이 나는 비행기를 향해 손을 흔들어주는 것뿐이에요. 열심히 쓰셨으면 좋겠습니다. 언젠가 나올 박기주 씨의 책에 첫 번째 독자가 되어줄게요." (…생략…) 나는 부러워서 죽을 지경이었다. 매끄러운 내 소설이 더 낫다고 생각했는데 언니는 내가 들어보지 못한 인정을 받고 있지 않은가. 지금 생각하면 기묘한 조합이다. 자기 나이의 절반 정도 되는 선생의 칭찬을 받아 얼굴이 벌게진 중년 여자, 그 여자를 두뇌 없는 천재 취급하며 진지하게 헌신할 것을 종용하는 어린 선생.(26-27)

"생활의 냄새가 배어 있지 않"았던 문학 수업에서, "무슨 일을 하시"냐는 선생님의 질문은 이들이 일상에서의 관계 맺기를 시작하고 있다는 증거로 봐도 될 듯하다. 이에 "턱을 약간 치켜세우고" 대답하던 기주는 소설을 읽음으로써 '반찬 가게 아줌마'가 아닌 '박기주 씨'로 거듭난다. 선생님의 칭찬으로 재능 있는 소설가와 진영이 부러워하는 선배 소설가로 바뀐 것이다. 나아가 더 많은 시간이 흘러, 소설이 잘 되지 않는다며 투정을 부리는 진영의 이야기를 묵묵히 들어주는 '기주 언니'의 모습으로도 등장한다. 이들의 관계가 경쟁의 관계가 아닌 상호의존의 관계로 발전하는 서사는 소설을 매개로 상호 이해에 기반한 일상에서의 관계 맺기를 직접적으로 보여주는 방식이라고 할 수 있다.

역할 바꾸기는 진영과 기주 사이에만 일어나는 장치는 아니다. 어수선하던 강의 첫날 청바지 차림의 앳된 강사였지만 나이 많은 제자의 존경을 받으며 소설과 삶에 대해 가르쳐 주던 어린 선생님은 병에 걸려 죽음을 앞두고 기주의 간호를 받는 환자가 된다.

> 기주 언니는 선생님의 옷을 바로잡아주고 수면양말을 새로 신긴 다음 이불을 덮어주었다. 그들은 이상한 2인조였다. 어린 스승과 나이 많은 제자에서 이제는 엄마와 딸처럼 역할이 바뀌어 있었다. 언니는 피곤해 보였지만 자기만족적인 미소를 짓고 있다. 교실 안에서 올려다보기만 하던 선생님을 지금은 자기 품 안에서 돌보고 있는 형국이다. 사라진 딸의 자리에 죽어가는 선생님이 대신 들어 있는 모습이랄까. 두 사람의 모습은 다정하지만 기괴했고, 서글프지만 아름답기도 했다.(31-32)

간병인으로서의 직업뿐만 아니라 어린 선생님을 직접 간병하기도 했던 기주였기에 죽음의 고통에 대해 더욱 잘 알고 있었을지도 모른다. 그런 기주가 자신의 삶을 마감하는 의식으로 선택한 것이 책 읽기이다. 그녀는 "밑줄이 쳐진 문장을 노트에 옮겨 적으면서" "밑줄에 그치지 않고 괄호로 묶어놓은 부분에 특히 눈길"을 주며 "저자의 열렬한 목소리 아래 선생님의 음성"을 느낀다. 책에 붙어있는 메모지와 포스트잇, 그리고 영수증 하나하나까지 그 책을 읽었을 당시 '선생님'이 가진 "기억의 감광판"에 어떤 이미지를 찍었는지를 상상해본다. 기주의 책 읽기는 선생님의 다양한 텍스트뿐 아니라 비판과 아이디어를 포함하는 삶의 무대 전체를 감상하고, 선생님과의 추억을 떠올리다가 결국은 "명백히 좋은 시절"이었던 소설을 쓰던 그해 여름을 회상하는 일로 돌아간다.

그러나 "다음 번 '이사'의 순간에 이 기억이 생생한 꿈처럼 찾아오기를"를 바라며 "무슨 글을 썼는지도 희미해진 지금 내가 가져가고 싶은 단 한 권의 책은 그 여름뿐이"라며 "좋은 시절이라고 회상하는 그때에도 종양은" 이들과 "함께였다." 한창 소설 수업이 진행되었을 당시 어린 선생님의 몸에서는 이미 암세포가 자라고 있었고, 선생님께 물려받은 책들을 읽어가는 중에도 췌장암은 기주를 잠식해가고 있으며 이 둘의 죽음을 눈앞에서 지켜볼 수밖에 없는 진영 역시 미래의 죽음을 피해갈 수는 없다. 따라서 소설의 서사가 진행될수록 이들은 모두 죽음이라는 소설 전체를 관통하는 사건이자 배경이며 주제 그 자체인 결말로 다가가고 있는 것이다.

상속자(相續者)로서의 소설가와 메타적 읽기

이 소설에 등장하는 세 인물은 모두 소설가이다. 한 사람은 문학 아카데미에서 소설을 가르치던 젊은 소설가이고, 다른 한 사람은 등단에 성공하고 대학에서 학생들의 습작을 봐주는 진영이다. 그리고 마지막 한 사람은 소설과 전혀 상관없게 살았던 '기주 언니'이다. 기주는 앳된 스승이었던 단명한 소설가에게 소설가로 등단한 진영과는 비교할 수 없는 상찬을 받았을 만큼 좋은 작품을 썼다는 점에서 엄연한 소설가라고 할 수 있다. 이들은 자기들의 일상과 대화를 기주와 진영의 시점에서 서술하게 함으로써 이들이 가진 대등한 소설가로서의 지위를 인정하고 있다. 일찍 등단한 뒤 요절한 소설가와 나이 들어 소설을 접하고 자기 생의 마지막까지 소설과 함께하고자 소설을 붙들고 있는 소설가, "작가로서 회전하지 않"아 "누구에게도 보일 수 없는 수준"으로 소설가로서의 명예는 얻지 못했지만 꾸준히 소설을 붙들고 있는 소설가가 맺은 관계는 소설과 떼려야 뗄 수 없는 관계이다. 이들이 나눈 소설에 대한 대화는 소설론 그 자체이다.

다음은 죽음을 앞둔 기주가 선생님의 유산과 함께 자기의 유산도 상속하겠다며 진영과 나눈 대화이다.

"네가 내 나이에 죽는다 쳐도 한 20년은 더 읽지 않겠어?"

"자꾸 죽는다 죽는다, 소리 좀 하지 말아요. 노인네처럼."

진영은 내 입에서 죽음이라는 말이 나오는 게 불편한 기색이다. 화를 내는 형식으로 나를 아끼는 모습은 여전하다.

"집에 남는 공간이 좀 있어? 세어보니 대충 5백 권쯤 돼. 이건 실리적인 문제야."

"심리적인 문제이기도 하고요."(15)

기주와 진영은 각자 이것이 "실리적인 문제"이며 "심리적인 문제"라며 농담을 주고받는다. 이것은 죽음에 대한 "음산한 유머"이다. 이러한 죽음과 상속에 대한 말장난은 육체적 변화와 물리적 고통으로 눈앞의 실체로 다가온 죽음을 상징화한다. 죽음이라는 추상적 것이 선생님과 기주가 병에 걸려 육체적 변화를 겪는 고통으로 실체화된 것이다. 이때 농담과 말장난은 죽음의 공포를 견디는 방어기제로써 작용한다. 프로이트는 이러한 농담의 작동방식을 무의식으로 설명한다. 그에 의하면 쾌락이 보존되는 방식으로서의 농담은 말이나 생각의 장난을 통해 다른 의미를 간접적으로 암시한다. 성인의 농담은 언어적이거나 개념적이고 간접적인 재현을 통해 계속 작동하는데 말장난이 이에 해당한다. 개념적인 말장난에서는 정상적인 연상의 범주들이 교란됨으로써 그 자체로는 논리적이지만 별 의미가 없는 문장을 만들어낸다. 이런 문장은 다른 문맥 속에서 재해석되어야만 비로소 금지된 의미가 드러난다. 농담은 쾌락 획득을 목표로 하는 모든 정신적 작용 중에서 가장 사회적이다. 진영의 시점에서 선생님과 기주의 죽음을 견디는 방식은 기주에게 죽음에 대해 언급하지 못하게 막고, 농담을 건네는 것으로 연결된다. 죽음의 상황을 거부하고 현실을 받아들이지 못하는 것이다. 이후 소설가로서의 진영은 결국 소설 읽기와 물려받기 그리고 꿈꾸기로 공포를 극복하고 소설 쓰기라는 백일 몽을 통해 공포를 승화시킨다.

이 작품에서 '박기주'는 끊임없이 '기주 언니'로 소환된다. 선생님이 소설가로 언급한 '박기주 씨' 한 번을 제외하면 계속해서 '기주 언니'로 명명된다. 이러한 점을 주목한다면 진영을 이 소설의 실질적인 주인공-소설가의 고뇌를 안고 있는, 슬픔이 몸의 기억으로 각인되는 예민한 반응의 소유자-으로 보아도 될 것 같다. 선생님은 죽음으로써 권위를 얻었지만 "가슴에 품은 수많은 이야기들은" "봉인되어버렸다." 그리고, 기주는 재능이 있지만 "나이도 환경도 받쳐주지 않았"기에 현실적으로 소설을 쓰지 못했다. 소설가인 진영의 입장에서 부러운 존재들이다. 그러나 "입도 떼기 싫을 만큼 끔찍했던" 고통과 재능이 없다는 것을 알면서도 견디고 끝내 살아남아 쓰고 또 쓰는 사람, 안 써지는 날들을 괴로워하는 사람이 곧 진영이기에 소설가소설로 이 소설을 규정한다면 다중 서술 구조이지만 실질적 주인공은 진영이라고 볼 수 있다.

소설의 마지막 장면이 진영의 꿈으로 이루어져 있다는 것 역시 공평해 보이는 다중 서술의 구조가 사실은 진영의 시점에 다소 무게를 두고 있다는 점을 시사한다. 마지막 꿈의 장면과 여기에서 나오는 항아리의 상징이 이 소설의 정수이자 모든 주제를 담고 있다고 볼 수 있는데, 그것이 진영의 꿈이라는 것, 진영의 꿈일 수밖에 없다는 것에 주목해야 한다. 소설이 안 써져서 고통받는 자, 재능이 없는 데도 끊임없이 쓰는 자, 앞서 죽은 사람들의 유산을 물려받아 전달하는 자 등 꿈 장면에서 깨진 파편 조각들의 빛을 받아 빛나는 항아리를 목격하고 앞으로 소설을 쓸 수 있을 것 같은 희미한 용기와 희망-종이를 찾아가는 장면-을 가진 자가 바로 '소설가'라고 작가는 말하고 있는 것 같다.

「상속」의 서사를 소설을 쓰지 못하고 멈춘 채 죽음의 고통을 통과하는

한국 현대문학 분석적 읽기

인물들의 이야기라는 측면으로 볼 때, 이 소설을 이해하기 위해 소설의 심사평을 읽어볼 필요가 있다.

심사를 계기로 한 해 동안 발표된 작품을 찾아 읽으면서, 소설로 한 시기를 돌아보고, 작품으로 작가와 안부를 나누는 게 무척 즐거운 일이라는 걸 새삼 깨달았다. 작가에게 괜한 친밀함이 느껴지고 낯가림이 가신 기분이 드는 작품이 있게 마련인데, 올해도 그런 느낌을 주는 소설이 많았다. 그런 소설을 읽으면 문장을 읽은 게 아니라 작가와 마주 앉아 긴 이야기를 툭 터놓은 기분이 든다. 서로 말을 나눠본 적 없는 작가나 얼굴을 본 적 없는 작가여도 그런 기분이 드는 것이다.[4]

작가에게는 "왜 글을 쓰느냐가 아니라 왜 글을 쓰지 못하는가, 라는 질문이 훨씬 더 중요하다"는 문제의식에서 편혜영은 "보통은 개인적인 이유와 창작 과정의 문제 때문에 그렇지만, 간혹 도저히 쓸 수 없는, 압도적인 현실의 사건을 직면하는 것으로 의도치 않게 그런 시기를 맞기도 한다"고 말한다. 그러나 "소설에 대해, 문학에 대해, 소설을 쓰고 문학을 얘기하는 삶에 대해" 절대 포기할 수 없었던 「상속」의 주인공들은 소설을 쓰고 있든지 그러지 못하든지 간에 모두 소설가이다.

광화문 앞에는 오후의 햇살이 환하게 내리쬐고 있다. (…생략…) 유리창 너머의 도시는 매끈하고 산뜻했으며 너무 젊다. 이 밝은 빛 속에서 나만 주름이고 얼룩인 듯 보여 마음이 편치 않다.(11)

---

4 편혜영, 「심사평」, 『2018 제63회 현대문학상수상소설집』, 현대문학, 341쪽. 이하 이 글에서 심사평을 인용할 때는 쪽수와 심사자만 적고 서술에서 인용할 때는 " "로만 적기로 한다.

소설의 첫 부분에서 기주는 굳이 자신의 자격지심을 감추지 않는다. 진영의 입장에서 "방어적인 적개심"을 지닌 기주의 태도가 설명되기는 하지만, 기주의 목소리로 직접 드러나는 그녀의 심리는 죽음을 앞두고 있는 암환자이자 소설가로서의 자의식이라고 할 수 있다. 처음 소설을 배우던 시절 무슨 일을 하시느냐는 선생님의 질문에 "턱을 약간 치켜세우고" 대답하던 기주의 과거와 소설을 쓰고, 소설을 읽으며 진영을 기다리는 기주의 현재는 분명 차이가 있다. "가난한 부드러움"의 열등감을 승화시켜 선생님께 칭찬받는 소설을 써낸 기주가 굳이 방어적인 자세를 갖출 필요가 없게 된 것이다.

"정말로 지독한 일을 겪으면 그에 대해 입을 다물게 되는 법"이라는 사실을 깨달았다는 것은 그만큼의 고통을 경험했다는 것을 의미한다는 점에서 기주와 진영의 공통항은 삶의 고통과 불합리성에 대한 인정이다. 이에 더해 "바깥이 어떻게 돌아가든 책을 펼치고 문을 닫으면 보호받는 느낌이 들었"다는 대화에서 보여주듯 삶의 고통에 대한 돌파구를 문학에서 찾았다는 점이다.

> 선의임이 분명한 언니의 헌신에 나는 이상한 주해를 달고 있었다. 언젠가 이들에 대한 글을 쓰게 되리라는 예감이 들었고 부지불식간에 과도한 의미를 부여하고 있는 것이다. 이런 순간에 나는 진저리가 쳐진다. 살아있는 인간을 종이로 불러올 생각을 하는 자가 갖게 되는 수치심. 내 펜은 이렇게나 무거운데 말이다.(32)

진영은, 고통의 와중에서도 "고통이 글자로 변하지 않아서 화가 나"고 "불행을 극복하기보다 거기에서 뭔가를 얻어내려고 애"쓴다. "글을 쓸 때 적당한 상태를 누리는 문운(文運)"도 있다고 생각한다. 게다가 "불행마저 겪었"는데도 "소설이 멈춘" 것에 대해 고민한다. 또한 선생님께 "헌신"하는 기주의 태도에 "이상한 주해를 달"며 자신이 "이들에 대한 글을 쓰게 되리라"고 "예감"한다. 즉 자신이 그들의 이야기를 '상속'할 소설가일 수밖에 없다는 현실을 마주하고 있는 것이다.

자신에게 소설을 가르쳐준 선생님이 죽고, 삶 자체가 소설과도 같았던 기주가 췌장암에 걸려 죽게 된 지금, 진영은 소설을 쓰지 못한다. 선생님과 언니라는, 자신보다 소설가로서의 재능이 특별했던, 그러나 삶 자체가 마치 소설과도 같아 소설을 쓰지 못하고 죽음을 맞이한 존재들을 떠나보내는 과정을 겪으며 진영은 소설의 의미에 대해 깊이 고민한다. "재능이 삶을 낫게 만들어주지도 않고, 삶 쪽에서는 재능을 펼칠 기회를 주지도 않으면서 퍼부어주는 재능은 대체 왜 존재하는 것일까?" 진영의 입장에서 기주는 가출한 딸이 돌아와 보상을 요구하면서 "밑 빠진 독에 물을 붓는 날들"을 보내느라 소설을 쓰지 못하지만 "바닥에서 삶을 관찰하고 거리에서 언어를 주워오는, 증언하고 싶은 경험 때문에 글쓰기를 시작하게 되는 작가"이다. 쓸 상황이 안 되지만 어쩔 수 없이 쓸 수밖에 없는 사람들, 쓴다고 해서 상황이 나아지지 않지만 계속 써나가는 사람들, 단 한 편의 작품을 남겼지만 감히 흉내지 못할 소설을 쓴 사람들은 진영의 입장에서 모두 재능이 있는 사람들이다. 한편으로는 "영원히 봉인되"고 "영원히 허공에서 맴돌" 소설을 써야 하는 소설가에게 재능을 운운한다는 것은, "주제넘고 배려 없는 짓"이며 "대단히 위험한 일이"기도 하다는 것도 깨닫는다.

재능은 왜 존재하는 것인가라는 질문은 곧 '가치있는' 소설이 왜 존재하는가 하는 것에 대한 질문으로 연결될 수 있다. 진영은 췌장암에 걸린 기주가 아직은 살아있다는 안부를 기주가 마지막으로 읽고 보내주는 책으로 확인할 수 있다. "소설로 건네는 안부"인 셈이다. 기주가 물려주는 책들은 대부분 죽은 선생님에게 물려받은 유산이다. "유서처럼 배달되는 책들"이 오지 않는 날들이 길어질수록 진영은 기주가 죽어버린 것은 아닌가 하는 불안을 느낄 수밖에 없다. 그러나 역설적이게도 기주의 생존을 확인시켜주는 책들은 기주가 죽음으로써 선생님으로부터 시작된 유산 상속의 의미를 비로소 완성하게 되는 것이다.[5] 책에 대해 "박물관의 고대항아리처럼" "유리관 너머의 관람객들이 하나씩 죽고 그들의 후손이 보러 올 때까지도 깨지지 않을 견고한 유물"로 인식하는 진영은 "시간이 아무리 흘러가도 작품이 사라질 리 없으리라"고 선언한다. 진영과 기주에게 소설을 상속하는 일은 "질서를 순환"해내는 것이다. "모든 것이 무르익은 그다음" 행하는 "즐거운 의식"이며 "책들의 빈자리와 인생이 정리되는 실감"이다. 이때 "죽음은 다음번 '이사'하는 장소 먼 길 떠날 차비"가 된다. 소설 읽기와 소설 쓰기, 그리고 소설을 상속하는 행위를 통해 죽음을 승화시킬 수 있게 된 것이다.

승화는 농담과 같은 방어기제보다 훨씬 상위의 정신 작용이라고 할 수 있다. 프로이트는 한 번 경험했던 쾌감을 기꺼이 포기하는 사람은 아무도 없다고 한다. 단지 다른 어떤 것으로 바꾼다는 것이다. 프로이트에게 꿈속의 환상, 백일몽, 그리고 예술은 명백한 동일성을 지니는 것들이다. 이와 같은 이론에서 예술은 특정한 재현의 방법을 통해 작용한다. 프로

---

5 인물들의 반복되는 책 물려주기 행위를 윤대녕은 "연대의 방식으로 유전되는 삶"(348)으로, 이승우는 "문학의 불멸"(351)로 해석한다. 유산이란 죽은 사람이 산 사람에게 물려주는 것인데, 물려주는 사람이 살아있으면 유산이 아니다. 책이 계속 온다는 것은 아직은 죽지 않았다는 것. 따라서 책들이 유산의 임무를 다한 상황이 아니다. 책이 끊겨야 유산의 의미가 완성된다. 그런데 유산이라는 것이 단순히 책을 의미하는 것이 아니고 선생님과 기주, 그리고 그들이 물려준 책으로 대표되는 전 세대 사람들의 삶과 그 속에 담긴 가치는 그 자체로 유산이 되는 것이 아니라 진영이라는 또 다른 매개를 통해, 그녀의 생각과 경험이 더해질 때 진정한 유산이 될 수 있다.

이트에 의하면 창조적인 작가는 자기 위주의 백일몽이 있어 자기중심적인 성격을 변화시키고, 위장한다. 겉으로 보기에는 비개인적이고 사실적인 형태로 제시함으로써 자기중심적인 성격을 순화시킨다는 것이다.

죽음을 앞두고 미라처럼 변해버린 선생님의 상황을 촘촘하게 다이어리에 적어 내려가는 기주는, 선생님께 물려받은 소설을 읽으며 선생님이 남긴 메모를 읽고 밑줄을 그으며 문학을 통해 자신의 죽음을 마주하는 숙명적인 인간의 모습을 보여준다. 그러나 이들의 죽음을 딛고 계속 살아가야 할 진영에게 문학은 "꿈의 더미"이다. 이들과 함께한 삶은 소설을 쓸 수 있는 자산인 동시에 꿈(소설가)을 펼칠 수 없도록 누르는 무게이기도 하다. 어딘가에는 "빛나는 구석들은 하나씩 품고 있"겠지만, "빗나간 화살들이 수북하게 쌓인" 듯한 더미. 잘 쓰고 싶지만 써지지 않아서 나를 짓누르는 무게 그럼에도 쓰고자 하는 희망과 욕망. 이것은 진영만이 아닌 전세대의 모든 인류가 쌓아온 거대한 더미이다.

소설의 마지막 부분에 등장하는 진영의 꿈에는 항아리가 나온다.

> 태양 빛이 항아리의 표면에 닿자 이상한 일이 벌어진다. 빛이 날카로운 투석처럼 항아리들을 깨뜨리기 시작한 것인다. (…생략…) 항아리들은 비명 소리를 내며 부서져 내렸다. (…생략…) 나는 손차양으로 빛을 가리며 항아리 사이를 터벅터벅 걸어 다녔다. 자세히 살펴보았을 때 빛은 비단 항아리에서만 나오는 것이 아니었다. 발밑에 채는 무수한 파편들, 사금파리의 연약한 미광, 빛은 거기에서도 나왔다. (…생략…) 그 빛을 반사하며 깨지지 않는 항아리는 더욱 단단해지고 있었다.(34-35)

기주는 문학 수업에서의 합평 시간을 "습작생들"인 자신들에게 "좋은 시절"이었다고 회상한다. 진영 역시 자신이 주관하는 합평 시간에, 선생

상속(常俗)과 상속(相續) 사이의 소설

님의 "오만한 만큼 솔직한" "장점을 꺼내 확대할 것이"라고 한다. 이들에게 합평은 "태양 빛"이었던 것이다. 온전한 작품은 될 수 없지만, "빛나는 구석들을 하나씩 품고 있"는 "조그마한 장점들을 지니고 있"어 "비애의 강바닥에 가라앉아 희미하게 빛나는 사금 같은 것"이었다. 절대적인 가치의 기준에서 볼 때 오롯이 남아 빛을 발하는 소설도 있고, 자격 미달인 소설이라 발밑에 쌓이는 것들도 있을 것이다. 그러나 나름의 아름다움으로 모든 소설은 빛을 내고 있다.

항아리는 소설의 초반부 기주에게 물려받은 책들을 언급하며 쓰인 상징물이다. 그러나 소설의 마지막에 다시 한 번 등장하는 항아리는 소설의 초반부에서 박물관에 전시된 고대 유물과도 같은, 인류의 유산과도 같은 명작의 반열에 오를 만한 소설만을 의미하지는 않는다. 인류가 다음 세대에 물려줄 유산과도 같은 항아리의 빛은 무수히 많은 깨진 항아리의 파편에서 반사되어 나오는 것이다. 깨진 항아리 조각에는 요절한 선생님의 작품과 기주 언니의 못다 쓴 작품들, 진영이 쓰지 못한 채 멈춰있는 지금 상황 등을 비유한다. 인간이 죽음이라는 고통에 대항해 승리한 흔적이며 한 세대가 다음 세대에 건네는 유산이다. 기주가 선생님께 받고 다시 진영에게 물려주는 상속이며 책의 가장 마지막 독자가 죽은 뒤에도 살아남을 명작이다.

항아리의 상징을 깊이 있게 이해하기 위해서는 항아리 자체의 성질과 용도에 주목할 필요가 있다. 항아리가 뜨거운 불을 견디고 살아남듯 죽음이라는 숙명은 인간과 예술을 완성시키는 통과의례의 역할을 한다. 특히 항아리 속에 담기는 내용물들이 된장, 고추장, 그리고 김치 등의 발효식품이라는 점에서 시간이 흐를수록 다음 세대의 경험과 꿈이 더해져 과거의 추상적 사고와 철학이 현재에도 여전히 생동감을 가지게 되는 문학과 예술의 정수가 가지는 의미를 되새겨 볼 수 있다.

이것들을 가능하게 해주는 것이 바로 소설 읽기-쓰기이다. 마지막 꿈을 통해 진영은 선생님과 기주 언니의 죽음을 어느 정도 인정하고 극복할 수 있을 것이라는 실마리를 보여준다. 이것은 마지막 꿈 이후 "종이를 찾기 위해" "꿈의 밖으로 걸어" 나가는 진영이 앞으로 선생님과 기주 언니에 대한 작품을 쓸 수 있을 것이라는 예상을 하게 하는데, 「상속」이 바로 그 작품인 것이다. 이러한 인식은 소설의 마지막을 다시 소설의 처음과 연결시킨다. 기주와 진영이 다중 서술자로 진행하던 이야기의 서사가 진영이 쓴 소설로 환원되면서 소설의 밑거름이 되어주고 있는 것이다. 이러한 순환구조는 죽음의 성격과 닮아 있다. 생명이 죽어 다른 생명의 밑거름이 되어주듯, 기주와 선생님의 기억은 진영의 소설에서 다시 살아나게 되고 이들의 삶은 소설로 남아 다음 세대에 이어질 수 있게 된 것이다.

마치며

작가는 무수한 실패작들과 미완성 작품들, 일찍 죽은 소설가의 못다 쓴 소설과 더 이상 쓰지 못한 작가가 남긴 습작들이 모두 인류의 유산이자 결국은 소설이라고 말한다. 선생님과 기주가 남긴 유산은 세계 명작소설만이 아니며 소설을 읽고 소설을 쓰기 위한 노력과 고통, 부조리를 안고 있는 그들의 삶 자체를 포함한다. 예술의 경지에 가 닿기 위한 노력 자체가 인류의 유산에 기여하는 상속이라는 깨달음은 지금 당장은 쓰지 못할지라도 여전히 소설가이며 쓰고자 하는 노력 자체가 가치 있는 일이라는 소설가로서의 정체성 찾기와 자기 긍정으로 연결된다.

마지막으로 선생님과 기주, 진영이라는 세 여성이 삶에서 공존하고 연대할 수 있었던 매개가 소설이었다는 점 역시 눈여겨볼 필요가 있다. 죽음을 넘어선 세대와 동시대에 공존하는 세대 간의 종적·횡적 연대를 가능하게 하는 것이 소설이며 이것이 바로 이 작품에서 말하는 소설이 가진 힘이기 때문이다.

'건너편'으로 건너가기는 가능한가
- 김애란, 「건너편」

시작하며

　장기 미취업 상태의 세대임을 자괴적으로 표현한 '장미족', 31세까지 취업하지 못하면 영영 취업길이 단절된 세대라는 뜻의 '3·1절', 그리고 끝없이 포기하면서 존재한다는 'N포세대' 등은 한국 청년들의 '오늘'을 보여주는 신조어들이다. 신조어가 당대의 사회상과도 밀접한 관계가 있다는 것을 전제할 때, 이러한 말들은 오늘을 살아가는 한국 청년들의 절망감을 그대로 드러낸다고 볼 수 있다. 그들은 깊은 절망에서 벗어나기 위해 '노량진'을 찾는다. 치열한 삶을 선택하는 것이다. '노량진 컵밥거리'에서 끼니를 해결하고, 고시촌에서의 생활도 견뎌낸다. 그뿐 아니라 젊음을 상징할 만한 사회에 대한 용기나 패기도 외면하고 아름다운 추억을 만드는 일도 포기한다. 그러나 그들이 꿈꾸는 '건너편'의 안정된 미래는 쉽게 보장되지 않는다.

　'노량진'을 배경으로 '오늘'을 살아가는 청년의 모습을 그린 김애란의 「건너편」[1]이 있다. 이 소설은 도화와 이수, 이 두 사람이 노량진에서 만

1　김애란, 「건너편」, 김금희 외 『체스의 모든 것』(2017 제62회 現代文學賞 수상소설집), 현대문학,

나 함께하다 헤어지기까지의 이야기로 크리스마스를 전후한 3일 간의 모습을 보여주고 있다. 연인들에게 아주 특별한 사건인 '이별'을, 소란스럽지 않고 담백하게 그러나 긴장감 있게 그리고 있다.

저편으로 건너가는 욕망의 나루

도화와 이수, 이 "두 사람은 8년 전 노량진 강남교회에서 처음 만났다." 노량진(露梁津)은 "서울특별시 동작구 노량진동"에 있었던 나루터이다. 노도진·노량진도·노들나루라고도 불리었던 나루로 교통의 요지에 위치하고 있어 서울로 들어오는 관문의 역할을 하였다. 또한 한국 최초의 철도인 경인선의 철도 시발지로 그리고 전철이 개통되면서 지금까지도 그 역할을 감당하고 있는 공간이다.[2]

2016. 김애란의 「건너편」은 『문학과사회』 2016년 봄호에 발표되었는데, 그 이후 제62회 現代文學賞 후보작으로 선정되어 수상소설집에 실렸다. 여기서는 제62회 現代文學賞 수상소설집을 기준으로 하며, 작품을 인용할 때는 각주를 생략하고 쪽수만 적으며 서술에서 인용되는 것은 " "로만 표시하기로 한다.

2   이 나루는 서울과 과천·시흥을 연결해주는 구실을 하였는데, 조선시대 9대 간선로 중에서 충청도와 전라도 방면으로 향하는 제6·7·8호 간선로의 길목이었다. 도승(渡丞)이 한 사람 배치되어 관리를 맡았다. 나루 남쪽 언덕에는 노량원(鷺梁院)이 위치하여 있었으며, 세금을 거두는 관내는 과천의 신촌리(新村里)·사촌리(沙村里)·곽계(槨契)·형제정계(兄弟井契)·마포강(麻浦江)이었다. 이 나루에 속하였던 진선(津船)은 10척이었고, 관선(官船)은 15척이었다. 철교가 건설되기 이전에는 이 지역에 설치된 노량진역이 서울로 들어오는 관문으로서의 구실을 수행하였고, 철교가 세워진 뒤에는 경부선 및 전철 제1호선 등이 지나고 있다. 한강의 남북을 연결하는 최초의 다리인 한강인도교가 설치되어 1번국도가 지나고 있다. 최근 이 인도교가 확장되었고, 주변에 강변북로·올림픽대로 등이 지나 교통요지로서의 구실은 현재에도 지속되고 있다. 조선시대 과천현(果川縣)에 속하였고, 1895년 인천부(仁川府) 과천군, 1914년 행정구역개편 때 시흥군에 속하게 되었다. 1936년 경성부로 편입되어 영등포출장소에 속하였으며, 영등포구역소(永登浦區役所)를 거쳐 1946년 영등포구로 명칭이 변경되었다. 1973년 관악구가 신설되면서 이에 속하였다가, 1980년 관악구에서 분리되어 신설된 동작구에 속하여 현재에 이르고 있다. http://encykorea.aks.ac.kr/노량진[鷺梁津] (한국민족문화대

그러나 우리 사회에서 '노량진'이란 재수 학원을 비롯한 입시 학원들과 공무원 시험 대비 학원 등이 즐비한, 유보된 성공을 향한 욕망을 동력으로 하여 '건너편'으로 건너가고자 하는 꿈의 용광로이다. 도화와 이수가 만난 공간이 노량진에 위치한 '강남교회'라는 것은 그래서 유의미하다. 물질로 세워진 꿈의 성전이라고 할 수 있는 '강남'이 예수의 희생을 근원으로 하고 있는 '교회' 앞에 붙을 때 느껴지는 부조리함이 노량진이라는 공간에서는 퍽 어울리는 명명(命名)으로 받아들여지기 때문이다.

소설의 제목이기도 한 '건너편'은 '마주 대하고 있는 저편'을 의미한다. 내가 지금 발을 딛고 있는 현실과는 반대편이되, 내가 현재 바라보고 있는 곳, 나의 시선이 머무는 공간이 바로 '건너편'이다. 도화의 교통 안내에 나오듯 이 길은 양방향에서 차들이 빠르게 오고가는 길이며 이 차들은 서로 마주치지 않아야 한다. 그래서 '건너편'은 실상 평행을 이루는 공간을 의미한다. 평행이란 '같은 평면 위의 두 직선이나, 두 개의 평면이 서로 만나지 않는 상태'이다.

노량진역 주위에 안개가 자욱했다. 두 사람은 페인트칠 벗겨진 어둑한 통로를 지나 육교에 올랐다. 다리 아래로 수산시장 풍경이 한눈에 들어왔다. 다닥다닥 붙은 상점 위에 균등한 크기로 늘어선 빛 덩이가 휘영청했다. 도화도, 이수도 노량진에 그렇게 오래 머물렀건만 수산시장에 온 건 처음이었다. 도화는 진작 가라앉은 기분과 별개로 낯설고 떠들썩한 풍경에 잠시 마음을 뺏겼다. 손님 눈높이에 맞춰 비스듬히 세워놓은 간판을 비롯해 계단식 수조, 얼음 담긴 스티로폼 상자며 붉은 대야에 각종 어패류와 갑각류가 바글거렸다. 사방이 꿈틀대고, 펄떡대고, 부글거

백과사전, 한국학중앙연구원)

리는 생물로 가득했다. 온갖 생선이 힘차게 허리를 틀며 피를 뿜는데 저도 모르게 가슴이 뛰었다. 그렇지만 낯설고 신기한 기분도 잠시, 이수가 벌써 몇 번째 목적지를 찾지 못해 같은 자리를 빙빙 돌자 도화는 짜증이 나고 말았다.(104)

"안개가 자욱"한 노량진의 날씨는 미세먼지와 이상기온 때문이지만 "페인트칠 벗겨진 어둑한 통로"를 지나듯 앞이 보이지 않는 아득한 안개 속과 같았을 두 사람의 내면 심리 또한 반영한다. 수산시장이 내뿜는 감각적이고 자극적인 생명력 앞에 잠시 "낯설고 신기한" 기분을 느꼈던 도화는 결국 짜증이 나고 만다. "벌써 몇 번째 목적지를 찾지 못해 같은 자리를 빙빙" 돌았기 때문이다. 이런 상황은 소설의 뒷부분에 나올 이수의 서사를 예고하는 복선과도 같은 역할을 한다. 수산시장에서만 목적지를 찾지 못한 것이 아니라, 인생의 목적지를 찾지 못하고 같은 자리를 빙빙 돌아 결국 다시 노량진으로 가는 이수의 모습과도 같다. "사방이 꿈틀대고, 펄떡대고, 부글거리는", "힘차게 허리를 틀며 피를 뿜는" 생명력의 소용돌이는 더 이상 도화에게 욕망의 대상이 아니다. 작품에서 노량진이란, 저편으로 건너기 위해 도달해야 하는 나루터이자, "아직 덜 실패한 눈"들이 가진 욕망을 생명력으로 하여 꿈틀대는 공간이다. 노량진으로 회귀하고자 하는 이수와 이미 건너편에 도달한 도화는 평행을 이룰 수밖에 없다.

그렇다면 이수는 "할 수 있는 데까지 해보고, 갈 수 있는 데까지 가본 뒤" "모든 걸 정리"한 노량진으로 왜 회귀하고자 하는가. "국가가 인증한 시민, 국가가 보증해주는 시민"이 되지 못한 "애매한 국민"으로 살아가는 "이방인"과 같은 처지에서 벗어나고 싶었던 것은 아닐까. 그러기 위해서는 '건너편'으로 가야 하는데, 노량진이야말로 '건너편'으로 건너갈 수 있는 도약의 발판이 돼 줄 수 있다고 믿었던 것이다.

이방인의 모습은 소설 곳곳에 등장한다. 도화와 이수가 함께 회를 먹던 식당의 텔레비전에서 나온 새터민, 그리고 그곳에서 일하는 소년티가 남아 있는 종업원, 한국에 일하러 온 중앙아시아 쪽 사람들, 덜 실패한 눈을 가진 명학. 이들도 우리 사회가 만들어 놓은 구조의 이쪽에서 저쪽으로 가기 위해 즉, 이수처럼 '건너편'으로 건너가고자 고군분투하며 살아가고 있는 것이다. 각자의 '노량진'에서.

'고등생물'의 예측 가능한 미래

'노량진'에서 인내심이 강하며 성실하다고 입소문이 난 도화는, 이미 2년 동안 시험 준비를 해온 이수보다 빠르게 시험에 합격한다. "잘 개어놓은 수건처럼 반듯하고 단정한" 도화의 공간은 서울시 동작구 노량진동이 아닌 서울시 종로구 서울지방경찰청 교통안전과 종합교통정보센터로 건너갔다. 그녀가 자신을 "'행정'이라는 고등생물 뇌 속"에 들어있는 것 같다고 여기는 것은 과장이 아니다. "도화의 직장은 빌딩숲이 우거진 도심 한복판"에서 "수백 대의 관측용 모니터"를 활용하여 교통 체제를 감시하고 전달하는 상위자로서의 위치에 있기 때문이다. 그녀의 정체성을 구성하는 중요한 요소 가운데 하나는 그녀가 속한 공간에 대한 인식이다.

> 그것도 서울의 중심 이른바 중앙에서. 실제로 서울지방경찰청 건물은 조선시대 왕궁 중 하나인 경복궁 근처에 있었다. 서울에서 지방까지 거리를 계산할 때 시작점도 광화문이었다.(93)

도화가 스스로 "세상에 보탬이" 된다고 여기는 이유는 "선의나 온정에 기댄 나눔이 아니라 기술과 제도로 만든 공공선"에 대한 믿음과 "그 과정에 자신도 참여하고 있다는 사실에 긍지를 느"끼는 자기효능감과 유능감에 관련이 있다. 자기효능감은 개인이 어떠한 일을 스스로 잘 해낼 수 있다는 자긍심과 관련된다. 체대를 나와 남들보다 성실하게 노력해 얻은 성공의 경험은 도화의 효능감을 구성했을 것이다. 유능감은 개인이 사회 안에서 스스로를 발전시켜나가고자 하는 내적 동기이다.

도화가 하는 일은 교통 정보를 전달하는 일이다. 도화가 들고 있는 큐시트 "카드 뒷면에는 고개를 옆으로 튼 노란 독수리"가 있다. 노란 독수리는 경찰의 상징으로 참수리를 뜻한다. "참수리(경찰)가 무궁화(국가와 국민)를 잡고 하늘 높이 날아오르는 모습을 형상화한 것"[3]이라는 소개와도 같이 도화는 '하늘 높이 날아오르는' 경찰이라는 국가의 시민으로 호명되었다. 그녀가 "신뢰하는 말"은 "과장도 수사도", "오해도 없는 문장"이다. "무뚝뚝한 도화의 살갗 위로 수건 올 살 듯 오소소 소름이 돋아날 때"와 마찬가지로 비상과 상승의 이미지는 도화를 수식하는 데 자주 등장한다.

> 도화의 밝고 건전한 목소리가 시내 곳곳에 퍼져 나갔다. 빗방울처럼, 종소리처럼. 산발적으로 또 다발적으로. 도화의 어깨에 박힌 나뭇잎 모양 은장이 조명을 받아 차갑게 반짝였다.(94)

도화의 목소리는 "밝고 건전"하다. "빗방울"과 "종소리", 그리고 조명을 받은 "은장"이 가지는 이미지처럼 "차갑"고 "반짝"이는 세계가 도화가 속한 세계이다. 그러한 도화에게 "나 돈 있어"와 "내가 돈 낼게"를 불분명하게 말하며, '내 카드로 샀으니 걱정 말라'는 과장이 가득한 수사와

---

3 2005년, 경찰 60주년을 맞아 경찰의 상징으로 참수리를 정한다. http://www.police.go.kr/ (경찰청 홈페이지)

한때 자신의 한 달 생활비였던 '25만원'짜리 생선을 거절하지 못하고 지갑을 여는 이수는 "12월 24일 전국의 미세먼지 농도"처럼 앞이 보이지 않는 답답함을 가져왔을 것이다. 이 소설은, 시간적 배경이 되는 크리스마스를 전후한 3일 간의 날씨를 자세하게 묘사하고 있다. '서울지방경찰청 교통안전과 종합교통정보센타'에서 일하는 도화의 직업에 현실감을 부여하기 위해서일 수도 있겠지만, 그것보다는 이수와 도화의 관계를 나타내는 듯하다. 3일 동안 미세먼지는 늘 가득하다. 손에 잡히지도 않는 부유 물질은 시야를 뿌옇게 하여 답답하게 만든다. 미세먼지가 시야뿐 아니라 마음도 답답하게 만든 것이다. 소설에서 이들이 헤어지는 정확한 이유는 언급되지 않는다. 다만, "어떤 것이 사라졌"기 때문이라고 도화는 말한다. 그 원인이 명확하게 나오지는 않았어도 둘 사이에 미세먼지와 같은 그 무엇이 이들의 관계를 불투명하게 만들었을 것이다.

"고등 생물 뇌 속에 들어"가 생활하는 도화에게 이수의 미래는 예측 가능하다. 그래서 만난 지 10년 된 그들의 관계를 동물의 수명과 비교하며 이수에게 이별을 예고하고 있는 것이다. "얼추 개 수명하고 비슷"한 년 수를 만난 이들에게 이별은 당연하게 받아들여야만 하는 것이 되었다. "돈이 없어서, 공무원이 못 돼서, 전세금을 빼가서" 이별하는 것이 아니라고 했지만 도화는 결국 이수의 미래를 예측하고 이별을 선택한 것이다. 이미 건너편으로 편입된 도화는 "마지막"이라고 "조금만 기다려" 달라는 이수가 건너편으로 오지 못할 수도 있다는 것을 알아챈 것이다. 아니 건너올 수 있다고 하더라도 "내년 여름까지" 기다릴 마음의 여유가 없었을 수도 있다. 그래서 이수가 무언가를 잘못해 이별의 빌미를 제공해 주기를 바랐을지도 모른다. 그래야만 관계를 끝낼 이유가 타당하기에. 그래서 이수의 잘못을 알았을 때 화가 나기보다는 오히려 안도감이 들었던 것이다. 이별 통보를 받은 이수의 "몸이 딱딱하게 굳"으며 "불안"해하지만 소용없다. "미래를 예측하고 결론 내리기 좋아하"며 "고등생물 뇌 속에 들어"가 일하는 도화에게 이수의 미래는 예측 가능한 일이므로.

'밖으로 기어 나온' 욕망

"밝고 건전"하며 "반짝"이는 "미래를 예측하고 결론 내리기 좋아하는 도화"에게 이수는 "제철"을 거스르는 존재이다. "도화가 이별을 준비할 때 면 두 사람 사이에 꼭 무슨 일이 생겼다." 벌써 두 달째이다. 현실(이별)을 거부하고 싶은 이수의 마음을 무의식에서 "반사적인 행동"으로 드러내는 것일 수도 있었다. 이번에도 그렇다. 도화의 예측은 빗나가지 않았다.

도화에게 현실을 일깨우는 장면의 전환은 "탕탕탕탕" 이수가 문을 두 드리는 청각적 이미지로 나타난다. "몸통 반은 현관에 나머지 반은 부엌 에 걸친 채" 토사물이 말라붙은 양복을 입고 여전히 약속을 지키지 않는 이수는, 도화에게 "이불 밖으로 기어 나온 맨발"로 존재한다. 따스한 이 불 속에 들어가 있어야 할 맨발이 밖으로 나오는 것이다. 이 장면에서, 이 수가 '건너편'을 향한 욕망을 놓지 않고 있다는 것을 짐작할 수 있다. 현 재에 안주하려는 것과 그것을 거부하고 언젠가 가졌던 그 욕망으로 회귀 하려는 것이 공존하고 있는 것이다.

"거절과 모욕, 하대를 당할 때마다 이수는 자신이 '있을 뻔했던 곳' '있 어야 했던 곳'을 쳐다봤다. 피로한 얼굴로 자기 인생이 어디서부터 잘못 된 건지 복기했다."

> 이수는 이국의 먼 바다에서 시작돼 한국에 영향을 주는 현상이랄까.
> 인생의 작은 우연과 큰 결과, 교훈 따위 없는 실패를 떠올렸다. 지난 10
> 년 간 자기 삶에 남은 것 중 가장 귀한 것을 생각했다.(96)

문제는 이수가 잘못한 것은 없다는 사실이다. "인생의 작은 우연"이 "큰 결과"를 가져왔으며 그 과정에서 "교훈 따위 없는 실패"를 경험했을 뿐이다. 그러나 그러한 것이 결국 삶이었으며 "바야흐로 '풀 먹으면' 속 편하고, '나이 먹으면' 털 빠지는 시기를 맞았다는 것을" 받아들이지 못하는 이수는 끊임없이 '노량진'으로 돌아가고자 하는 것이다.

도화에게 이수는 "한겨울, 오들오들 떨며 현관문을 열면 따뜻한 두 손으로 언 귀를 녹여주던", "여름이면 도화 쪽으로 바람이 더 가도록 선풍기 각도를 조절해주던" "옆얼굴"로 기억된다. 이수의 옆얼굴은 도화가 손에 든 "군청색 카드 뒷면에 박힌 노란 독수리"의 "매섭고 늠름"하며 "밝고 건전한" 옆얼굴과는 대비된다. 이수의 이미지는 "베갯잇에 묻은 흰 머리카락", "눈가의 주름", "살 냄새", "식판 위에 쌓인 동그랑땡"과 같은 일상의 사적 공간에서 따뜻함과 향수를 느끼게 하는 대상이지만, 비상과 상승의 이미지를 가진 도화와는 평행선을 그리는 '건너편'의 존재일 수밖에 없다.

"이수가 공부를 그만 둔 가장 큰 계기는 '도화'였"다고 하지만 사실 이수는 "할 수 있는 데까지 해보고, 갈 수 있는 데까지 가본 뒤 손을 털고 나온 셈이었다." 그런 이수가 '저편'을 놓지 못하는 이유는 '이편'에 대한 불만족이다. 그렇기에 이수의 맨발은 이불 밖을 빠져나와 밖으로 걸어 나가고자 한다. 맨발이라 춥고 위험할지라도 이수의 욕망은 다시 노량진으로 회귀한다. 도화 몰래 함께 살고 있는 집의 보증금을 빼고, 매일같이 거짓말을 하며 양복을 입고 노량진으로 출근하는 이수의 행위는 따뜻한 크리스마스에 먹는 맛없는 줄돔과 같이 "제철"을 거스르는 "추돌 사고" 같은 것이다.

이수가 맨발을 이불 밖으로 꺼내고 잠이든 모습은 아기를 연상케 한다. 그에 반해 도화의 반짝이는 은장의 금속성이나 근무지의 도시성은 문명과 성인의 세계를 보여준다. 이수는 어른으로, 생활인이자 사회인으로 성장하길 거부하고 노량진이라는 공간으로 회귀하는 일종의 반성장의 모습을 보이는 것이다. 도화라는 안정망을 벗어나 보다 근원적인 회귀를 시도하는 이수는 자연의 이미지를 얻게 되고 마지막에 도화가 상징하는 카메라와 빌딩, 도시를 환영처럼 아른거리는 비둘기로 표현된다. 이수가 무엇인가 잃어버린 대상에 대한 향수와 같은 요소를 가지고 있다는 점에서 이 소설은 기존의 소설이 가지고 있는 남성과 여성의 성의식을 뒤집는다고도 볼 수 있다. 여성이 자연과 회귀, 향수의 대상으로 묘사되었던 전통적 서사와 다르다. 도화가 질서와 문명을, 이수가 순수와 자연을 나타내고 있다. 이 부분은, 이 소설에서 의미를 부여할 수도 있는 한 지점이다.

제철을 맞지 못한 생명

소설에서 '건너편'에 대한 언급이 직접 나오는 장면은 단 한 번뿐이다.

> 부엌이라 해봐야 거실에서 몇 발자국 거리지만 건너편 상대에게 말할 땐 목소리를 조금 높여야 했다.(89)

비록 "거실에서 몇 발자국 거리지만" "상대에게 말할 땐 목소리를 조금 높여야"하는 공간이 '건너편'이다. '건너편'은 평소와 같은 보통의 목소리로는 소통하기 어려운 공간이므로 상대를 배려하려는 의도를 갖고 노력해야 목소리를 닿게 할 수 있다.

크리스마스 날인 12월 25일, 도화와 이수는 8년 만에 처음으로 함께 다리를 지나 건너편인 수산시장에 도달한다. 각자의 목적지를 향해 빠르게 오고가는 차들과 이들을 가로질러 가는 육교의 이미지는 십자가를 연상시킨다. 아무도 예상하지 못한 곳에서 태어난 아기 예수는 인류를 구원했으나 자기 자신은 사형당했다. 예수의 탄생과 죽음은 일반적인 질서에서는 벗어난 일이다. 그러므로 예측 불가능한 일이었다. 그러나 예수는 의도를 갖고 희생한 것이다.

소설의 첫 장면은 이수가 도화에게 노량진 수산시장에 가자고 제안하고 도화는 부엌에서 섬초 시금치를 다듬는 장면이다. "이날 두 사람은 평소보다 달게 잤는데", 그것은 "저녁상에 오른" "제철 음식"인 "나물 덕"이다. 질서와 순리를 따를 때, 편안함을 누릴 수 있다는 암시로 읽을 수 있다. 그러나 도화와 이수에게 위로와 행복을 준 존재가 "한겨울, 눈바람을 맞고 자란 풀들"이라는 사실을 간과해서는 안 된다. "한겨울, 눈바람을 맞고 자란 풀들이 도시의 수돗물을 머금자 꽃처럼 부"푸는 것은 일시적인 아름다움과 찰나의 생명력이다. 곧 데쳐지고 삶아져 나물로 무쳐져서 포식자의 일상적 필요로 공급될 것이기 때문이다.

이렇듯 누군가는 예수의 희생으로 구원받고 또 누군가는 한겨울 눈바람을 맞고 자란 섬초 시금치 덕에 달게 잠을 잘 수 있다. 건너편에 내 목소리를 닿게 하기 위해서는, 상대방은 예상하지 못한 '나'의 의도적인 노력이 있어야 한다.

크리스마스 당일, 도화와 이수는 노량진 수산시장에서 이별한다. 크리스마스와 수산시장, 이 둘의 분위기를 생각할 때 어울리지 않아 보인다. 그래서 낯설게 느껴지고 어색하다. 이별을 통보하는 도화나 그것을 받아들이는 이수 사이의 기류도 그랬을 것이다. 둘이 함께는 처음인 수산시장(낯선 공간)에서 한때 한 달 생활비였던 큰 금액을 지불하고 처음 먹어보는 돔. 처음이라 낯설 텐데, 이수는 왜 이 시점에서 이런 일들을 꼭 하고 싶어 하는 걸까. 이수에게는 그 돔이 제철(때)인지 아닌지가 중요하다.

이수가 잡지 못한 아니 놓쳤을지도 모르는 그때(제철)를 또 반복하게 될까봐 불안해하며 '맛은 겨울이 낫다'는 '제철'인 돔을 놓치지 않으려는 것이다. 남해수산 사내가 "타이밍"을 놓치지 않고 이수에게 돔을 판 것처럼 이수도 제철인 돔을 놓치지 않으려는 것이다. 모두가 '건너편'에 목소리를 가 닿게 하기 위해 "소리 높여 떠드는 가운데" 오직 도화와 이수만이 아무 말도 하지 않는다.

> 고요한 밤, 거룩한 밤. 누군가 찾아온대도 안개에 가려 결코 못 알아볼 것 같은 밤. 수백 명이 왕왕거리는 이 횟집에서, 모두 소리 높여 떠드는 가운데 아무 말도 않는 사람은 이수와 도화 둘뿐이었다.(114)

"엄청나게 시끄럽던 와중에 들이닥친 고요"의 이미지는, 이수가 결혼식에 가면서 본 이주노동자들의 모습을 도화에게 설명하는 장면에서도 등장한다. 서해대교에서 바다를 마주한 이주노동자들의 고요를 보고, 이수는 "가족 생각이 나는지 뭐가 그리운지 서로 한 마디도 안" 했다며 나름대로 원인을 파악한다. 그렇다면, 이날 이수와 도화는 무엇을 그리워하며 아무 말도 하지 않았던 것일까.

도화는 자신이 살아가는 세계의 질서를 받아들이기 위해 일상의 습관과 결별한다. 이수와의 이별이 도화에게는 구원이 될 수도 있다. 그러면 이별을 받아들여야 하는 이수에게는 실패만이 남았을까? 그렇지 않을 수도 있다. 이수는 아직 "한 번도 제철을 만끽하지 못한 채 시들어간" 식물일 뿐이다. 가 보지도 않은 나라에서 발생한 엘리뇨가 우리나라에까지 영향을 주는 것처럼 또한 아무도 예측하지 못한 곳에서 태어난 아기예수가 누군가에게는 구원이었던 것처럼 이수가 예상하지 못한 누군가의 "작은 우연"이 그에게 "제철"을 맞이할 수 있는 "결과"를 가져다 줄 수 있을

지도 모른다.

마치며

노량진에서 일어난 도화와 이수의 "추돌 사고"는 "현재 사고 정리가 모두 끝난 상태라" 모든 "상황이 원활"해야 한다. 그러나 자유와 평화를 상징한다던 비둘기는 갈 길을 잃었는지 인간의 감시 체계인 CCTV 앞을 헤매고 있고, 축제가 끝난 "12월 26일. 미세먼지 농도는 '나쁨' 수준으로 내려갔다." 또한 항상 공중을 "빤히 올려다봤"던 도화가 "다음 소식을 전하기 위해 카드 위로 시선을 떨"군다.

오래된 연인과의 이별에 대한 죄책감과 관성적 일상을 넘기로 용기를 낸 도화와 한겨울에 바람을 뚫고 피어난 섬초 시금치처럼 제철을 잡고자 다시 한 번 매달려 보는 이수는 각각의 '건너편'으로 건너갈 수 있을까. 아무도 예측하지 못한 공간에 나타난 아기예수도 엘니뇨도 모두 이상한 현상이었으며 "한 번도 제철을 만끽하지 못"했으나 결국 하늘로 날아올라 사라진 것처럼 두 개의 평행한 공간이 연결되는 어느 날이 이들에게 기적이며 구원이기를 '건너편'은 응원하고 있는 듯하다.

닫힌/갇힌 세계로 회귀하는 기억에서 살아남기
- 김숨, 「읍산요금소」

시작하며

'읍산요금소'는 실제로 있는 요금소는 아니지만, 김숨의 「읍산요금소」[1]에서는 어딘가에는 반드시 실재할 것만 같은 익숙한 이름으로 존재한다. 배뇨의 욕구를 참아가며 요금소에서 2교대로 일하는 계약직 직원의 일상에 대한 묘사가 세밀하고 사실적이다. 그런데 끊임없이 같은 장소의 위치를 묻는 검은색 그랜저의 출현과 주인공이 '도무지 기억나지 않는다'고 하는 이야기들에 대한 서사는 비현실적인 면이 있다. 그래서 사실적이면서 동시에 환상적 이야기를 담은 소설로 느껴진다.

이 소설에서의 시간은 일방향의 직선상에 놓여있지 않다. '읍산요금소'라는 공간을 중심으로 현재에서 과거로, 과거에서 미래로, 다시 미래에서 현재로 끊임없이 순환하며 닫혀있는 세계를 구성한다. 그렇기 때문

---

1 김숨, 「읍산요금소」, 정용준 외 『선릉 산책』(제16회 황순원문학상 수상작품집), 중앙일보 문예중앙, 2016. 김숨의 「읍산요금소」는 『한국문학』 2015년 가을호에 발표되었는데, 그 이후 제16회 황순원문학상 수상 후보작으로 선정되어 수상작품집에 실렸다. 여기서는 제16회 황순원문학상 수상작품집을 기준으로 하며, 작품을 인용할 때는 각주를 생략하고 쪽수만 적으며 서술에서 인용되는 것은 " "로만 표시하기로 한다.

에 이 작품의 절대적 배경이 되는 '읍산요금소'는 주인공의 현재를 상징하는 현실이자, 과거를 끊임없이 소환하는 기억의 장소이며, 주인공에게 자신의 미래까지도 상상하게 하는 환상의 공간이 된다.

여기서는 '읍산요금소'라는 공간과 주인공의 기억이 어떻게 관련을 맺어 주인공의 현실인식에 영향을 미치는지 알아보려고 한다. 또한 주인공의 현실인식이 드러나는 '환상'을 매개로 주제 의식이 어떻게 구현되는지도 살펴보겠다.

몸으로 체화된 갇힌 공간

이 소설의 주인공인 '그녀'는 '읍산요금소'에서 통행 요금을 받는 정산원이다. 그녀는 육 년 전, 지금은 폐쇄된 읍산의 한 요금소를 통해 이 "도시로 흘러들었다." 그녀에게 읍산요금소의 '부스'는, "자신이 갑각류의 껍질처럼 뒤집어쓰고" "폭발하듯 흔들리는 것을 느끼"는 자기 몸의 일부와도 같다.

> 하이패스 구간으로 승용차 두 대가 추격전을 벌이듯 통과한다. 그녀는 자신이 갑각류의 껍질처럼 뒤집어쓰고 있는 부스가 폭발하듯 흔들리는 것을 느끼고 눈을 질끈 감았다 뜬다. 하이패스 구간 어딘가에 통점(痛點) 같은 것이 있어서, 차가 그 지점을 지나가는 순간 읍산요금소 전체가 경기하듯 떠는 것 같다. 하이패스 구간으로 통과하는 차들은 대개 달리던 속도 그대로 요금소를 통과한다.(249~250)

이 소설의 서술자는 "갑각류의 껍질"이 가지는 무감각한 이미지를 부정하듯, 바로 이어 "하이패스 구간 어딘가에 통점(痛點) 같은 것이 있어서,

차가 그 지점을 지나가는 순간 읍산요금소 전체가 경기하듯 떠는 것 같다"고 진술한다. 그렇게 하는 것으로 '읍산요금소'는 단지 갑각류가 가진 외피로서의 의미가 아닌 "통점"을 가지고 고통을 느끼며 "경기하듯 떠는" 주인공의 체화된 공간이라는 사실을 분명히 한다. 그녀가 경험하는 "숫돌 같"은 도로에서는 자동차들이 "번쩍하고 번개가 치듯 광채를 발"하고 "숫돌에 식칼의 날을 가는 것 같은 소리"를 내며 지나간다. 날카로운 금속성의 이미지는, "광물 느낌이 나는 눈동자로 그녀를 뚫어져라 쏘아보더니 통행권을 내"미는 운전자들에 대한 묘사에서도 드러난다.

> 콘크리트 반죽이 들이부어질 때 그녀는 자신의 머리 위로 부어지는 것 같았다. 시멘트와 물과 모래와 혼화제가 혼합된 반죽 속으로 삼켜지는 것 같았다.(248)

그녀는, 자신이 앉아 있는 이 자리에서 영영 굳어버릴 것만 같은 공포를 느낀다. 그것은 "다짜고짜 욕설을 퍼붓"거나 "쓰레기봉투를 던지고 가는 운전자"들, 그리고 "거스름돈을 천 원 모자라게 내어"주었다는 이유로 민원을 넣은 운전자에게 수없이 머리를 조아리며 용서를 구하는 그녀의 일상이 반영된 감정이다.

이 소설에서는 공포뿐 아니라 불안도 곳곳에서 드러난다. 그녀가 "퉁명스럽고 불친절한 데다, 껌을 기분 나쁘게 씹고 있었다"며 거짓된 사실을 넣어서 항의하는 민원인과 수탁으로 운영되는 읍산요금소에서 계약직으로 일하는 그녀, 그리고 역시 계약직이기에 민원에 민감한 관리소장 등 이들은 모두 불안하다. 그녀와 관리소장의 불안이 언제든 계약이 해지될 수 있는 위치라는 데서 기인된 것이라면, 민원인의 불안은 그가 상대적으로 자신보다 사회적 약자라고 할 수 있는 계약직 요금소 직원에게 자신의 분노를 전가한다는 점을 알고 있다는 데서 나온 것이라고 보인다. 실수로 덜 거슬러준 천 원을 이유로 거듭 항의하는 자신을 정당화하기 위해 운전자는 거짓말을 해서라도 그녀의 잘못을 부풀려야만 하는 것이다.

그녀는 '읍산요금소'라는 공간에 있기 때문에 불안하지만 그곳을 떠나지는 못한다. "살고 있는 도시를 외면하듯 등지고 앉아서, 도시로 흘러드는 차들을 맞는" 읍산요금소 부스는 그녀의 몸으로 체화된 공간이면서 동시에 그녀를 가두는 곳이다. "그녀가 읍산요금소 부스를 지키는 동안, 그녀의 원룸 세간들이 꾸려져 다른 도시로 보내지는 것 같다"고 생각하면서도 그곳을 떠날 수 없는 주인공의 내면은 "회귀를 기약할 수 없을 만큼 너무 멀리까지 날아온 늙은 철새의 불안"으로 드러난다. 불안의 감정은 공격성과 죄책감으로도 드러난다. 그녀는, 자신이 언젠가 도로에서 친 고라니를 기억하며 "푸른 야광의 빛, 태초의 빛처럼 신비스럽던 빛, 그 빛을 꺼뜨린 죄로 읍산요금소 부스에 갇힌 게 아닐까 싶다"고 생각한다. 더 나아가 또 다른 사고로 이어졌을 수도 있다는 생각을 했을 것이다. 그녀에게 읍산요금소는 죄책감으로 이루어진 갇힌 공간이라는 점에서 감옥과 같다.

요금소에서는 그곳을 통과하는 자동차의 통행을 관리한다. 그러나 이 소설에서, 요금소 안에 존재하는 인간의 시점에서는 그 역할이 해당되지 않는다. 요금소 정산원에게, 요금소와 자동차 간의 감시 체계는 역전되어 나타나기 때문이다. 그녀는 "승합차에 타고 있는 사람들의 눈동자가 자신을 향하는 것을 의식하고는, 마지못해 통행권을 받아 든다. 단 한 개의 눈동자도 예외 없이 전부 부스 안 그녀 자신을 향하"고 있다고 의식한다. 그것은 그녀가 읍산요금소라는 물리적인 공간뿐만 아니라 통행하는 사람들의 시선의 감옥에도 갇혀 있다는 것을 드러내는 것이다. 이런 식으로 그녀 "앞에 속수무책으로 쌓여 있는" 통행권들은 그녀가 "미처 지불하지 못한" "한 생애를 사는 동안 순간순간 청구된, 반드시 치러야만 하는 요금이 적힌 고지서들"인 셈이다. 소장에게 일종의 대가를 지불하고 얻은 일자리이므로 그녀가 느끼는 괴로움과 이곳에서 야기되는 불안을 감내해야 한다는 환멸의 감정이 가시화된 것으로 여겨지는 대목이다.

그녀의 죄책감은 햇살요양원으로 향하는 노인들의 통행권을 끊어주거나 차에 치여 죽은 고라니의 시체를 떠올리면서 표현된다. 무엇보다 이혼을 하며 그녀가 친권을 포기했다는 사실을 알고 있는, 반나절을 함께 보내는 동안 고작 두 번 스마트폰에서 눈을 뗐던 변성기의 아들을 기억하며 점차 강화된다. 아들을 생각하며 떠올렸던 "의무와 권리가 샴쌍둥이처럼 붙어 다닌다는 것"은 읍산요금소에는 해당되지 않는 말이다. 그녀에게 의무는 부과되지만 권리는 제대로 누리고 있지 못하고 있다. 그녀는 읍산요금소를 지키지만 그곳은 그녀를 보호하지 못한다. 몸으로 체화된 갇힌 공간인 읍산요금소를 그녀는 왜 떠나지 못하는가. "아무리 안간힘을 써도 극복하지 못하는" 삶이 있다는 것을 누구보다도 잘 알기에 그녀는 떠나고 싶은 마음을 "억누"르는 것일 수도 있다.

기억이 회귀하는 트라우마의 공간

그녀의 눈앞에 "시디플레이어에서 지나간 장면을 되감기해 다시 불러오듯" 반복해서 나타나는 '11허'로 시작하는 검은색 그랜저는 그녀가 가진 환멸의 기억을 끊임없이 상기시킨다.

"우성실업 찾아가려면 어떻게 가야 합니까?"
운전석의 사내가 그렇게 물어서 그녀는 깜짝 놀란다. 이십 분 전쯤에도 사내는 그녀에게 똑같이 물었다.

"……우성실업이오?"

그녀는 자신 역시 똑같이 묻고 있다는 것을 깨닫지 못하고 중얼거린다.

"읍산요금소에서 물어보면 잘 알려줄 거라던데……."

그 말 역시 이십 분 전쯤에도 똑같이 했다.(258)

검은색 그랜저는, 그녀를 소개해주는 조건으로 사내에게 보험 상품을 판매한 동창과 쇠갈비를 사주며 주인공의 몸을 폭력적으로 요구하던 그 사내를 떠올리게 하는 매개물이다. 그녀는, 20분 간격으로 끊임없이 돌아와 매번 같은 금액의 통행료인 900원을 오만 원 권으로 내는 이 낯익은 사내를 '문덕요금소'로 보내 반복되는 악순환의 고리를 끊고자 한다. 그곳은 여러 명의 정직원이 상주해 있는, 읍산요금소보다 몇 배나 규모가 크고 오래된 요금소이자 과거 자신이 임시직으로 일했던 곳이다. 불안과 공포에서 벗어나려고 더 견고하고 안전한 공간에 기대려는 시도는 문덕요금소를 설명하며 언급한 '폴란드모텔'로 새로운 국면을 맞는다.

문덕요금소에서 임시직으로 일하던 그녀가 회식에서 술에 취하자 소장은 그녀를 '폴란드모텔'로 데려가 "읍산요금소라고, 새로 요금소가 생겼는데 직원을 구한다"며 "원하면" "소개해줄 수도 있"다는 약속을 한다. 물론 "정규직이 아니라 계약직이라는 말을 하지 않았다." "그날 그녀가 그 모텔에 든 것은 순전히 폴란드라는 간판 때문이었다. 불륜을 대놓고 조장하는 것 같은 적나라한 간판들 속에서 폴란드라는 간판은 의외였다." 그녀가 모텔에 든 것은, 이름에서 알 수 있듯이 새로운 세계로의 욕망이었다. "경제력이 없어 친권을 포기"할 수밖에 없었던 그녀에게 그곳은 불륜이 이루어지는 곳이 아니라 안전한 삶을 보장해 줄 수도 있는 곳이라고 여겼던 것이다. 그러나 그 "대책 없는 믿음"은 이루어지지 않았다. 그녀는 견고하고 안전한 것을 기대했지만 그 갈망이 이루어지지는 않는다. 그런데 검은색 그랜저 사내의 말에 의하면 '폴란드모텔'이 '드림모텔'로 바뀌었다고 한다. 그렇다면 '드림모텔'로 갔다면 그녀의 꿈은 이루어졌을까.

읍산요금소에서 그녀의 자리는 계약직이다. 이곳을 떠나 돌아오지 않기를 원했던 검은색 그랜저의 사내가 언급한 '폴란드모텔'은 그녀 자신을 포함한 인간을 향한 배신과 환멸의 기억을 되살린다. 사내가 '폴란드모텔'을 언급하는 순간, 언어가 그녀의 기억을 장악한 것이다. 언어는 무엇보다 강력한 기억의 안정 기제이기에, 언어를 통해 특정 사건은 기억된다. 언어 기호로 우리는 사건을 되불러 올 수 있는데 이것은 마치 기억에 이름을 붙이는 것과 같다. 언어로 기억은 안정되는 동시에 사회화되는 것이다.[2]

이혼녀에다 함께 살지는 않지만 고등학생 아들이 혹처럼 딸린 자신이 내세울 것이라고는 읍산요금소 정산원이라는 직업 말고는 없다는 걸, 그녀는 잘 알고 있다. 당연히 정직원일 거라고 생각하는 동창에게, 그녀는 계약직이라고 사실대로 말하지 못했다.(263)

보험회사에 다니는 동창이 그녀를 사내에게 소개한 이유나, 술에 취한 그녀를 폴란드모텔로 데려간 문덕요금소의 관리소장을 뿌리치지 못한 것 역시 읍산요금소 때문이다. 이곳은 이혼한 그녀가 생계를 위해 나가야 하는 삶의 터전이자 그녀가 가진 거의 유일한 것이다. 읍산요금소

---

2   알라이다 아스만, 변학수·백설자·채연숙 옮김, 『기억의 공간』, 경북대학교출판부, 2003, 327~328쪽.

는 그녀의 육체로 얻은 공간이며 기억의 매개인 동시에 몸의 기억 그 자체가 된 장소이다. '표시'를 담고 있는 몸은 그 자체로 기억이 된다. 그러므로 몸에 새겨진 기억은 그 인간이 살아있는 한 지속성을 가진다. 어떤 한 상처가 마무리되고 거기서 긍정이든 부정이든 의미가 지어지고 결론이 난다면 그것은 회상이 될 수 있다. 그러나 그녀가 읍산요금소를 떠나지 못하고 그곳에서 일하는 한 치욕적인 기억은 지워지지도 잊히지도 마무리되지도 않을 것이다. 그러므로 지속적으로 환기되는 이 기억에서 그녀의 트라우마는 극복되지 못할 것이다.

통행료는 통과할 때마다 지불해야 한다. 통과하는 횟수가 백 번일 경우 백 번 다. 뫼비우스의 띠라고 했던가. 차들이 부메랑처럼 되돌아와 부스 밑에 설 때마다 그녀는, 자신이 들어앉아 있는 부스가 뫼비우스의 띠의 시작이자 끝인 지점에 위치하고 있는 것 같다.(260)

끊임없이 회귀하는 검은색 그랜저는 그녀가 기억하는 읍산요금소에 대한 은유이다. 그곳은 그녀가 자리를 지켜야 하는 유배의 공간이며 끊임없이 굴러 내려오는 돌을 밀어 올리는 시지프스가 처한 형벌과도 같은 공간이다. 그곳에 있는 한, 기억이 "뫼비우스의 띠의 시작이자 끝인 지점"에서와 같이 계속 돌아오는 것을 그녀는 감내해야 한다. 닫힌 원 안에서 회귀하는 기억의 이미지는 햇빛요양원을 묘사하는 대목에서 드러난다.

햇빛요양원 건물에서 한 무리의 노인이 줄을 지어 나온다. 주차장을 지나 정원 쪽으로 걸어간다. 거대한 물레방아가 허공에 떠 있는 정원을 돌기 시작한다. 햇빛요양원이 개원을 하고 입소 노인들을 한창 들일 때만 해도 잘만 돌아가던 물레방아는 어느 순간 정지하더니 다시는 돌아

가지 않는다. 물레방아 대신에 노인들이 원을 그리며 돌고, 돈다.(271)

읍산요금소 인근의 '햇빛요양원'은 작품의 시작부터 반복적으로 제시되고 있다. 이 요양원의 '햇빛'이라는 이름은 "숫돌"과 "식칼", 금속성과 "광물"성을 지닌 도로와 그 위를 달려가는 자동차의 이미지와는 대조적인 성격을 지닌다. 가볍고 환하며 밝은 이미지를 가진 햇빛이라는 이름과는 달리 요양원은 죽음의 이미지가 상기되는 공간이다. 〈읍산요금소 - 햇빛요양원 - 화장터 - 납골당〉의 연결은, 읍산요금소를 지나가는 자동차에 탄 사람들이 결국 죽음으로 향해 가고 있다는 점을 보여준다. 그러므로 읍산요금소는 "침대에서 무덤까지 풀코스로 이어지는 요양원에 입소하기 위한 첫 관문인 셈이다."

"읍산요금소는 통행량이 적은 편이다. 통행량이 부쩍 늘 때가 있는데, 햇빛요양원에서 누군가가 죽었을 때다." 납골당을 마지막으로 끝난 것처럼 보이는 이 순환의 고리는 요양원에서 누군가가 죽으면 통행량이 부쩍 늘면서 다시 햇빛요양원을 거쳐 화장터로 연결되는 죽음의 순환을 예고한다. "햇빛요양원이 개원을 하고 입소 노인들을 한창 들일 때만 해도 잘만 돌아가던 물레방아"가 운동성을 잃고 멈추어버린 대신 햇빛요양원에 입소한 노인들이 "원을 그리며 돌고, 돈다." 이러한 모습은 이들이 가진 원의 구조가 생명과 순환의 의미도 있지만 그보다는 그저 시간을 견디는 지속성과 그 누구로 대체되어도 관계없을 듯한 익명성의 의미를 가진다는 것을 보여준다. 그녀는 "부스 안에서 태어나고, 자라고, 늙어가는 것 같은 착각이 들 때까지" 읍산요금소를 지키며 노인들이 그리는 원을 바라본다.

그녀는 마음 같아서는 승합차에 타고 있는 한 사람 한 사람에게 통행료를 받고 싶다. 단 한 명도 빠뜨리지 않고 통행료를 내야만 읍산요금소를 통과할 수 있다고 운전석의 사내에게 말하고 싶다.(252)

읍산요금소를 통과하는 "한 사람 한 사람에게" "단 한 명도 빠지지 않고 통행료를 받고 싶"다는 그녀의 욕망은 읍산요금소로 들어오는 자동차를 맞이하는 매 순간이 자신에게 통과의례로 작용하고 있음을 보여준다. 자신이 대가를 지불하고 얻은 자리이니 무엇이든 대가를 받고 통과시키겠다는 그녀의 의식이 반영된 태도로 보인다. 그녀는 통행료와 함께 사람들의 시선도 받는데, 이 감시의 시선은 외부와 내부에서 함께 작동된다. 그녀의 태도를 문제삼는 민원인과의 에피소드에서 알 수 있는 외부의 시선과 소장과의 사건에 대한 후회나 아들에 대한 미안한 마음 등의 자책감은 주인공 내부에서 일어나는 시선이다. 그녀는 통행료를 징수함으로써 감시당하는 시선을 역전시켜 외부세계에 대응하고자 하는 듯하다. 매 순간마다 돌아오는 자책과 고통의 감정이라 할지라도 그것이 죽는 날까지 반복된다고 해도 피하지 않고 일일이 받아내겠다는, 한편으로는 너희는 그런 적이 없느냐고 묻겠다는 의지로도 읽힌다. 그러므로 여기서 말하는 통과의례는 성장이나 발전을 향해 나아가지는 않지만, 그녀가 삶을 살아내는 매 순간의 관문이라는 점에서 읍산요금소 자체가 가지는 상징과도 같다.

"읍산요금소가 시작이자 끝인 뫼비우스의 띠에 갇힌 듯" "이십 분 간격으로 읍산요금소로 들어서고 있"는 검은색 그랜저를 마주할 때마다 그녀는 자신의 기억이 떠오른다. 그녀는 들어오는 모든 자동차 안의 사람들에게 통행료를 받으며 자신에게 읍산요금소가 어떠한 의미인지 확인하고 싶어 한다. 그녀의 현실인식에서 읍산요금소는 절박한 삶의 경제적 터전이다. 그곳으로 돌아오는 자동차로 대표되는 삶의 매 순간마다 우리는 어떠한 형식으로든 대가를 지불하고 있으며, 그러한 삶의 방향이 천천히 혹은 빠르게 죽음을 향해 가고 있는 중이라는 의식이 드러난다.

환상으로 이어지는 삶의 공간

실재하는 공간처럼 느껴졌던 읍산요금소와 그 안에서 회귀했던 그녀의 기억은 작품의 후반부로 넘어가면서 점차 '환상적'[3] 성격을 가진 화소들로 옮겨간다.

선명하게 떠오르는 폴란드모텔의 기억과는 다르게 고라니를 치여 죽게 했던 "십 년도 더 전", "그때 왜 혼자 새벽의 고속도로를 내달렸는지 그녀는 전혀 기억나지 않는다." 현재 근무하는 읍산요금소가 생기기 전, 폐쇄되었던 요금소의 이름 역시 스스로 기억해내지 못한다. 이해하지 못할 상황은 더 있다. "무한 반복"해서 나타나 우성실업 가는 길을 묻는 사내는 "그녀가 우성실업을 찾아가는 길을 이십 분 전과도, 사십 분 전과도, 육십 분 전과도 다르게 설명하는데도" "전혀 이상하게 생각하지 않는다." 이제는 비현실적인 것을 상상하기에 이른다. "수백 혹은 수천 마리의 개구리들이 집단으로 우는 소리"를 들으며 "수백 마리의 개구리들과 함께 부스 안에 갇힌 듯한 착각"도 한다. 그러면서 요양원 주차장에 있는 개구리 농장 비닐하우스에서 "통통하게 살이 올라 식용으로 적당한 개구리들이 비닐하우스를 찢고 탈출해" "리놀륨 장판을 깐 것처럼" "도로를

---

3 '환상적'(fantastic/fantastique)이라는 말은 라틴어의 '판타스티쿠스'(fantasticus)에서 온 말로 '나타나다', '드러나다', '착각을 주다'라는 뜻이 담겨 있다. '환상적'이라는 말에는 시각적 현상인 착시, 환영, 환각 등의 의미가 들어 있어서 어원상 본질적인 모호성을 지시한다. -최기숙, 『환상』, 연세대학교출판부, 2003, 7~8쪽.

온통 뒤덮고 있는" 광경도 상상한다.

읍산요금소는 불안하고 공포스러운 공간이다. 20분에 한 번씩 반복해서 나타나 우성실업 가는 길을 묻는, 11허로 시작하는 검은색 그랜저의 사내의 낯익은 얼굴은 그녀의 몸을 폭력적으로 요구한 사내이거나 요금소 소장의 얼굴일 수도 있다. 혹은 천 원을 덜 받았다며 항의를 멈추지 않은 운전자이거나 요금소 부스 안으로 쓰레기를 집어 던지고 다짜고짜 욕설을 날리는 운전자의 얼굴일 수도 있다. 요금소 안에서 바라보는 사람들의 "생김새는 다 다르지만 하나같이 적나라하고 극적인 표정을 짓고 있어서 그녀는 기괴한 그림을 들여다보는 기분이다." 그녀는 지금도 충분히 불안하다. 그런데 햇빛요양원에서 일하는 여자는 "따지고 보면 인간 말년이 가장 불행한 것 같"다는 말을 예언처럼 남기고 가버린다. 그렇다면 그녀의 말년이 지금보다 더 불안하고 공포스러울 수 있다는 말이다.

> "말도 마요. 그제는 마흔두 살이라더니 어제는 스물여섯 살이라지 뭐예요? 그저께는 글쎄 서른한 살이라더니. 똥오줌 받아내는 나보고 누구냐고 물어서, 지나가는 행인이라고 했어요. 하긴, 일 초 전에 한 일조차 까맣게 잊어버리는데 뭘 바라겠어요?"
> 여자가 도대체 무슨 말을 하는 것인지 그녀는 모르겠다.
> "치매 걸리면 그냥 확 죽어버려야지!"
> 여자가 그렇게 말해서 그녀는 놀랐지만 아무렇지 않은 척 중얼거린다.
> "정작 치매에 걸린 사람은 자신이 치매에 걸린 것도 모를 텐데요 뭘.(267)

"치매 걸리면 그냥 확 죽어버"리겠다는 요양보호사의 말이 "도대체 무슨 말을 하는 것인지 그녀는 모르겠다." "정작 치매에 걸린 사람은 자신이 치매에 걸린 것도 모를" 것이므로 그녀는 그것이 불안과 공포라 할지라도 자신의 삶을 이어나가기로 결심한다. "통통하게 살이 올라 식용으로 적당한 개구리들이 비닐하우스를 찢고 탈출해" "리놀륨 장판을 깐 것처럼" "도로 위로 올라"와 "집단으로 우는 소리"를 상상하며, 눈앞에 예정된 죽음의 고리를 끊고 탈출한 생명에 대한 환상으로 드러낸다. 환상이란 실재적인 것 옆에 열린 채 자리하는 찢김, 혹은 상처에 개입하여 이 세계의 이면이나 그림자를 비추는 숨은 거울이다. 환상적 매개를 통해 현실에서 억압되거나 은폐된 욕망을 표출하고 지나간 시간성을 복원하고자 하는 것이다.[4]

개구리의 환상에 이어 새빨간 원색의 립스틱을 꺼내 바르는 주인공은 폐쇄된 요금소 부스를 지키던 기억 속의 여자와 점점 닮아간다.

폐쇄된 요금소 부스를 지키던 여자를 그녀는 기억하고 있었다. 새빨간 립스틱을 칠해 입술이 닭 벼슬 같던 여자는 인간이 느낄 수 있는 감정을 일절 거세당한 듯 무표정했다. 그녀는 어쩐지 그 여자가 폐쇄된 요금소의 부스를 지키고 앉아 있을 것 같다. 멸치 눈알처럼 쪼그라든 검은 자위를 도로에 고정시키고 있을 것 같다. 옅어질 새 없이 새빨간 립스틱을 칠하고, 칠하고, 또 칠하면서.(250-251)

새빨간 립스틱을 발라 입술이 닭 벼슬 같은 여자가 부스를 지키고 앉아 있을 것 같다. 그 여자라면 열 번이고, 백 번이고, 천 번이고 지치지 않고 사내에게 우성실업의 위치를 알려주었을까. 얼굴 표정 하나 변하지 않고, 닭 벼슬 같은 입술을 찢듯 벌리고 벌려.(268)

---

4   로즈마리 잭슨, 서강여성연구회 옮김, 『환상성-전복의 문학』, 문학동네, 2001, 48쪽.

그녀는 의자 밑에 놓아둔 가방에서 은색 파우치를 꺼낸다. 화장품 가게에서 사은품으로 얻은 파우치이다. 파우치 지퍼를 열고 립스틱을 꺼내 든다. 립스틱을 바르자 입이 얼굴과 겉돌면서 붉게 떠오른다. 그녀는 립스틱을 덧바른 뒤 도로에 두 눈을 고정시킨다.

석양이 깔려와 부레처럼 부풀어 보이는 도로 위로 차가 한 대 나타난다. 차는 읍산요금소를 향해 느리지도, 빠르지도 않은 어중간한 속도로 달려온다. 차 종류와 색깔이 잘 분별이 안 된다. 검은색 그랜저가 아니기를 바랄 뿐이다.(272-273)

이 소설에서 "새빨간 립스틱"을 칠하는 여자의 이미지는 세 번 등장한다. 그녀가 기억하는 폐쇄된 요금소 부스를 지키던 모습, 지금도 앉아 있을 것만 같은 여자, 그리고 앞의 두 차례에 나타난 여자는 현재의 그녀가 "새빨간 립스틱"을 덧바르는 장면과 겹쳐진다. 그녀의 기억에 존재하는 폐쇄된 요금소와 부스를 지키는 여자가 과연 실재했던 것인지조차 의심이 들 만큼 기억 속의 여자와 현실의 주인공은 겹쳐 보인다. 그녀는 "도마 위에서 산 채로 살이 떠지는 물고기보다 인간의 말년이 더 끔찍할" 수도 있을 거라고 생각한다. "립스틱을 발랐다는 사실을 망각하고는 립스틱을 덧바르며" "인간이 느낄 수 있는 감정을 일절 거세당한 듯 무표정한 얼굴"로 살아갈지도 모른다며 불안한 감정을 드러내기도 한다. 그러나 현실에서 한발자국도 넘어서지 못한 채 뫼비우스의 띠처럼 무한 반복을 하더라도 그녀는 살아갈 것이다. "읍산요금소를 향해 느리지도, 빠르지도 않은 어중간한 속도로 달려"오는 차가 "검은색 그랜저가 아니기를" 바라며. 삶은 그렇게 계속되는 것이기에.

마치며

그녀가 들어 있는 읍산요금소 부스 "전체가 경기하듯 떠는" 직접적인 원인은 속도를 줄여야 되는 규정을 어기고 "달리던 속도 그대로 요금소를 통과"하는 차들 때문이다. 규정을 어기고 달리는 차들은 요금소 안에 있는 사람의 존재를 전혀 감안하지 않는다. 요금소를 통과하며 달리는 자동차 안의 사람들에게 요금소의 직원과 요금소는 별개로 인식되지 않는다. 이러한 차들에게 요금소는 자신들이 달려가는 방향을 확인시켜주는 이정표의 기능을 하며 '무사통과'의 의미를 부여한다. 영성기도원으로 가는 승합차 운전자의 사내가 통행권을 내밀 때, 그녀는 통행권이 아니라 다른 용도의 표 같아서 받기를 망설인다. 이 소설에서, '다른 용도'는 다음과 같은 것들로 추측할 수 있다. 얼마간의 통행료를 내며 갑질할 수 있는 권리, 값을 치뤘을 때는 통과할 수 있다는 것, 내가 가는 방향이 맞다는 인증, 차에 탄 사람들(영성기도원이나 양로원으로 가는)을 알 수 없는 환멸의 세계로 인도하는 통행증 등. 여기서의 '다른 용도'를 '무사통과'라는 말로 대체해도 될 듯하다. 그런데 문제는 이 자동차들이 "달리던 속도 그대로 통과"한다는 점이다. 자동차들이 규정을 어기는 이유는 규정을 어겨도 아무런 문제가 생기지 않기 때문이다. 자동차는 지나가면 그뿐, 요금소 안의 그녀만이 "통점"을 느끼며 규정 위반의 결과를 온몸으로 느끼고 있는 것이다.

일자리를 미끼로 그녀를 농락한 요금소 소장과 천 원을 덜 받았다며 지치지 않고 항의하는 민원인, 요금소 부스 안에 쓰레기를 던지고 욕설을 날리는 운전자들과 쇠갈비를 사 먹이고 폭력적으로 몸을 요구하는 사내들은 모두 '규정을 어기고' 있다. 그들에게 읍산요금소를 지키는 그녀의 존재는 자신들의 힘의 우위를 확인시켜주는 '무사통과'의 의미를 가진다. 주인공 역시 자신에게 전가된 폭력의 부당함과 삶의 고통에 던지

는 분노를 승용차 조수석에서 곤하게 잠들어 있는 여자에게 옮기고 싶어
한다. "조수석에서 끌어내려 부스에 앉히고, 자신이 조수석으로 가 앉고
싶"어 한다. "잠든 여자의 인생을 통째로 빼앗고 싶은 욕망이 너무 강렬
해, 도리어 여자에게 자신의 인생을 통째로 빼앗긴 것 같은" 착각에도 빠
진다. 감시의 시선이 없었기에 가능한 상상이다. 약자에게 흐르는 폭력과
고통을 감내해야 하는 현실에서 그녀는 환상을 통해 끝이 보이지 않는
일상의 반복을 견디고자 한다. 환상은 욕망의 대리 만족일 수 있다.

소설이 말하려는 것은 무엇일까. 현재 결핍되어 있는 것이나 존재하지
않는 것은 환상을 통해 충족시켜가며 삶을 살아내야 하지 않겠냐고 묻는
것은 아닐까. 또한 견고하고 안정적인 삶을 욕망하며 추구했던 것들이
불안과 공포로 돌아올 수도 있다는 것도 보여주고 있다. 그렇다면 이 부
분에서 우리는 자유로울 수 있겠는가.

우리는 어떤 얼굴로 읍산요금소 부스 안의 그녀를 응시하며 통행권을
내밀 것인가.

타인의 고통은 가려질 수 있는가
– 김애란, 「가리는 손」

시작하며

폭력은, 경제·사회적으로 우위에 있는 자들이 그들보다 약한 자들에게 행해지는 것만은 아니다. 전통이나 관습이라는 이름으로 언어·물리·제도적 폭력도 얼마든지 자행될 수 있다. 온갖 종류의 폭력이 난무하는 요즘, 타인의 고통에 공감하는 것이 우리의 삶에 얼마나 중요한 일인가를 깨닫게 된다. 우리 아니 나 역시도, 그런 폭력의 피해자가 되거나 가해자가 될 수도 있기 때문이다. 이에 김애란의 「가리는 손」[1]에 주목하지 않을 수 없다.

수전 손택에 따르면, 폭력이나 잔혹함을 보여주는 이미지들로 뒤덮인

---

1 김애란, 「가리는 손」, 『한정희와 나』, 다산책방, 2018. 김애란의 「가리는 손」은 『창작과비평』 2017년 봄호에 발표되었는데, 그 이후 제17회 황순원문학상 후보작으로 선정되어 수상작품집에 다시 실렸다. 여기서는 제17회 황순원문학상 수상작품집을 기준으로 하며, 작품을 인용할 때는 각주를 생략하고 쪽수만 적으며 서술에서 인용되는 것은 " "로만 표시하기로 한다.
이 소설을 읽으며 두 편의 영화가 떠올랐다. 음식 이야기와 귀향한 서술자의 삶이 그려지고 있어 〈리틀 포레스트〉가, 아이가 아무런 죄의식을 느끼지 못하고 무서운 사건에 연루되는 것에서는 〈시〉가 떠올랐다.

현대 사회에서는 사람들이 타인의 고통을 일종의 스펙터클로 소비해 버린다고 한다.[2] 타인의 고통이 이른바 '하룻밤의 유흥거리'가 되는 것이다. 이렇게 되면 우리들은 타인이 겪었던 고통을 직접 경험하지 않고도 그 참상에 대해 진지해질 수 있었던 가능성마저 잃게 된다.

사람들은 타인의 고통이 자신과 밀접하게 연결되어 있을 수도 있다는 사실을 받아들이려 하지 않는다. 오히려 타인의 고통은 내가 저지른 일이 아니며 나의 힘으로는 어쩔 수 없는 일이라며 연민으로 돌리려 한다. 그러나 고통받는 타인과 같은 시대 같은 공간에서 살아가고 있다는 사실을 인지하고 있다면, 우리가 누리는 물질적·정신적인 토대가 그들의 고통과 연결되어 있을 수 있다는 사실을 숙고해야 한다. 그러므로 고통받는 타인에게 연민을 보내기보다는 그 참상에 대해 진지해 보려는 자세가 필요하다. 그동안 우리는 한 개인의 역사와 무게, 맥락과 분투를 생략하는 너무 예쁜 합리성으로 타인을 이해하는 가장 쉬운 방법을 택해 왔다. 이제는 '가해자'로서의 반성적 성찰로 스스로의 정체성을 규정해 보아야 한다.

타자의 불행을 대하는 다양한 방식이 드러나는 이 소설은 피해자와 가해자의 정체성을 모두 갖고 있는 개인과 그의 어머니의 시선에 주목한다. 스스로를 '피해자'로 규정하는 관점에서 타인의 고통이란 과연 어떻게 받아들여지는가. 혹은 '피해자'와 '가해자'의 정체성이 뒤섞인 자아가 느끼는 타인의 고통에 대해 우리는 어떻게 받아들일 것인가. 우리가 살아가는 세계에서 절대적인 피해자와 가해자가 구분되기란 쉽지 않다. 권력은 한 가지가 아니며 이러한 권력들을 바탕으로 한 관계들 역시 다층적이고 다면적이기 때문이다. 살아가는 한 우리가 마주칠 수밖에 없을

---

2   수전 손택, 이재원 옮김, 『타인의 고통』, 이후, 2007, 3쪽.

타인의 고통은 우리와 어떤 관계를 맺고 있을까. 이 소설은 이러한 질문들에 대해 모성으로 풀어내고 있다.

먹이는 손 - 양육의 서사

이 소설은 '물'과 '불'이 만들어내는 이미지가 작품 전체를 관통하고 있다. 이에 그것에 먼저 주목해 보려 한다.

이야기는, 서술자인 재이 엄마가 재이를 먹이기 위해 생일상 차릴 음식을 조리하는 현재의 모습을 보여주며 시작된다. 여기에 재이를 키웠던 과정과 재이가 연루된 그 문제의 사건이 교차되며 서사가 서술된다. 재이 엄마는, "전공 서적이 잔뜩 꽂힌 책장 앞"에서 남편을 만나 공부를 접고 재이를 낳지만 남편과는 헤어진다. 그러면서 "혼자 살 길을 찾"느라 영양학과에 들어가게 되고, 몇 년간 시내 중학교에서 영양사로 일하기도 했다. 다른 안내문은 받자마자 쓰레기통에 버려도 "이달의 식단"만은 소중하게 간직하는 아이들을 보며 '먹이는 것'이 중요하다는 것을 확인한다. "일터에서건 집에서건 밥 짓는 건 말 그대로 노동이고 어느 땐 중노동"이지만, 이것은 서술자가 가진 양육자로서의 정체성과 책임감을 더욱 강화시킨다. 수돗물을 받아 쌀뜨물을 만들고 "밥물 잴 때마다 목숨 재는 기분"으로 짐짓 비장하기까지 한 마음가짐으로 자식을 먹이는 서술자에게 재이의 존재는 거의 절대적이라 할 수 있다.

자식을 '먹여 살리는' 엄마에게 양육은 물의 이미지로 구체화된다. 하늘에서 내리는 비는 수도관을 타고 수돗물로 흘러와 밥을 짓고 생선을 발라내 국을 끓여 자식에게 먹일 음식이 된다. 특히 작품에서 공을 들여 설명하고 있는 우럭의 배를 가르고 뼈와 살을 발라내어 미역 국물로 고아내는 과정은 아이를 잉태하고 출산하는 과정을 연상시킨다. 양수에서 태아는 엄마의 뼈와 살을 통해 몸을 만들고 마침내 세상으로 나오는 순간부터 "젖꼭지를 타고 흘러내리는 희뿌연 액체"를 갈구하며 울기를 시작한다. 처음 아이를 낳고 젖이 나오지 않아 고생하며 눈물을 흘리는 엄마와 나오지 않는 젖을 빨며 배고파 우는 아이의 눈물은 젖이라는 물의 이미지로 상징화된다. 수유(授乳), 곧 먹이기는 동일화의 과정이다. 산모가 먹은 음식이 그대로 젖이 되어 아이에게 전달되고 이들은 서로의 존재를 통해 자신의 정체성을 형성해 나간다.

아이가 성장하고 온전히 음식으로 영양분을 얻을 시기가 오면 양육자는 아이의 성장을 위해 젖을 끊어야 한다. 처음 젖을 물릴 때와 마찬가지로 젖을 요구하며 배고파 우는 아이와 그러한 아이를 보며 느끼는 미안함과 수유를 중단하면서 오는 통증으로 우는 엄마의 눈물이 재현된다. 그러나 전자의 눈물이 일체화를 지향하는 것이었다면 후자의 눈물은 앞으로의 삶에서 끊임없이 겪게 될 분리의 고통을 예고하는 것일 수 있다.

물론 이러한 분리는 이들에게 처음이 아니다. 출산에서부터 이미 산모와 태아는 죽음에 가까운 분리의 과정을 경험하기 때문이다. 자궁은 무덤과 바다의 이미지를 통해 죽음과 생명이라는 양면적 성격을 지닌다. 출산은 자궁 속의 태아와 산모 모두에게 삶과 죽음의 경계를 통과해야 하는 고통과 희열의 과정이다. 이러한 모순은 아이를 기르는 양육자에게 요구되는 양육의 태도이기도 하다. 아이에게 희열과 혐오를 배우게 하는 것, 애정을 주되 거절과 상실을 경험하게 하여 좌절을 겪게 만드는 것. 어쩌면 이런 것들은 양육에서 필수적으로 요구되는 것일 수도 있다.

아들 재이의 생일상은 '물'뿐만 아니라 '불'로도 차려진다. 가스레인지 불꽃을 켜는 것은 자식에게 따뜻한 음식을 해 먹이는 일의 시작이다. "가스불을 약하게 줄이고 육수가 우러나길 기다"려야 하며, "불에 달구어진 솥에 참기름을 두르고 미역"국도 끓인다. "무쇠솥에 쌀을 안"쳐 "가스레이지 불꽃"으로 밥을 짓고, "작은 프라이팬을 꺼내 불에 올"려 갈치도 굽는다. 서술자는 "시간 맞춰" 모든 것을 준비하다, "가스레인지 불꽃"을 바라본다.

> 태곳적 사람들도 저녁에 불을 피웠겠지, 춥거나, 허기지거나, 누군가에게 도움을 구하고 싶을 때. 지금은 그중 어느 때일까?(198)

하루의 마지막 식사를 준비하는 "저녁에", "허기지거나, 누군가에게 도움을 구하고 싶을 때" 인간은 불을 켤 것이라고 서술자는 담담하게 진술한다. 이는 "누군가에게 도움을 구하고 싶"은 자신의 심리를 우회적으로 고백한 것일 수도 있다. 그렇다면 서술자는 누구에게 어떤 도움을 구하고 싶어 불을 피웠을까.

수유기(授乳期)가 지나 아이에게 음식을 해 먹이기 위해서는 필연적으로 다른 존재를 희생시켜야 하는 과정이 뒤따른다. 내가 살기 위해 다른 누군가를 희생시켜야 하는 이 일은, 비단 수유기(授乳期)가 지난 아이에게만 해당되는 것은 아니다. 우리의 삶 자체가 그렇다. 살아남기 위해 누군가를 희생시켜야 하는 일들이 비일비재하다. 그러나 한편에서는 스스로 희생자가 되어 '살리는 일'에 매진하는 사람도 있다.

칼로 생선의 배를 가르고 살을 분리하고 뼈를 발라내어 끓는 물속에서 뽀얗게 우려내는 과정은 모유만을 연상시키는 것은 아니다. "금기이되 아주 오랫동안 어겨온 금기를 깨는" 살기 위해 다른 생명을 죽이고 그것을 먹는 포식자의 이미지를 함께 연상하게 한다. 바다에서 살던 물고기가 배가 갈리고 수돗물 속에서 불에 끓여지는 모습은 독자에게 "포식자의 고소함, 남의 살을 먹고 사는 생물의 깊은 고소함"보다는 죄책감과 혐오, 그리고 자식에 대한 애정이 뒤섞여 "가슴에 묘한 얼룩"을 남긴다. 음식 '맛'들을 하나하나 익혀가는 재이에게 서술자는 "사람 다 됐"다며 "짐 승 만지듯" 쓰다듬는다. 자식을 먹이기 위해 다른 생명을 희생시키는 일에 대해 또 그것을 먹는 자식에 대해 서술자는 부정적인 듯하다. 서술자의 이러한 의식은 사람이 짐승과는 다른 점이 있다는 것을 간과한 듯하다. 그것은 바로 욕망을 충족시키는 방법에 있어서의 차이이다. 욕망을 갖고 그것을 본능적으로 충족시키고자 할 때, 사람은 자유 의지에 따라 형식과 과정 그리고 그 절차를 중요하게 생각하는 반면 동물은 결과만을 중요시한다. 그러므로 음식 맛을 익혀가는 재이를 '짐승 만지듯' 할 것은 아니다.

감시와 소문으로 존재하는 타자의 형상화

'특별하다'는 말은 서술자인 엄마에게는 칭찬이지만, 아들인 재이에게는 아니다. 타자들에게 재이는 늘 '특별'한 사람으로 인식돼 왔을 것이다. 그들은 그 특별하다는 이유로 재이를 주변화시켰던 것이니 재이에게는 당연히 싫은 말이다. 엄마와 말이 통하지 않는다는 듯, 엄마는 '한국인'이라 모른다는 재이. 재이가 말하는 '한국인'이란 무엇일까. 스스로 한국인이 되는 것보다 타자들로부터 한국인이라고 인정받고 싶은 것은 아닐까.

재이의 아버지는 동남아시아 사람이다. 그래서 동네 사람들에게 재이는 "다문화"로 통한다. 다문화는 사회문화적 현상을 명명하는 것이지 인간 자체를 지칭하는 말은 아니다. 그런데도 이들이 가리키는 실제 인간은, 집단의 특징 가운데 하나를 일반화시켜 명명한다. 이들은 언어에서부터 주변화되고 있는 것이다.

—거 뭐라 그러지? 그런 애도 있던데. ……맞다, 다문화.

—응, 나도 봤어요. 확실히 눈에 띄더라.

—엄마가 아니라 아빠가 동남아라면서요.

—그래? ……뭐가 아쉬워서?

—걔도 한패라면서요?

—댓글 보니까 주동자라던데.

—아니, 걔는 목격자래요.

—그걸 어떻게 믿어. 원래 진짜 보스는 주먹 안 쓰잖아.

—그러게, 아무래도 그런 애들이 울분이 좀 많겠죠?

—그나저나 참 큰일이네.

—그렇죠?

—그죠.

—……

—사람이 죽었으니까……

—……

—……

—그죠.(196-197)

　동네 사람들의 대화 안에서 재이와 같은 "다문화"는 "울분"이 많은 아이로, 동남아시아에서 온 남자와 결혼한 재이 엄마는 "뭐가 아쉬워서" 그런 결혼을 한 여자이며, "혼자 살아서 예민한" 여자이고, 결국 "저래서 이혼"한 여자로 낙인찍힌다. 이러한 대화가 재생산하는 '소문' 안에서 재이는 "한패"이거나 "주동자"이며 "목격자" 혹은 "진짜 보스"로 규정된다. 지역사회의 소문과 인터넷 신문의 댓글 그리고 CCTV의 영상에 재이가 있기 때문이다.

　재이가 나오는 영상은 동네 아이들이 폐지 줍는 노인을 폭행하여 사망에 이르게 한 사건의 증거이다. 재이는 단지 길 건너편에서 구경만 한 것으로 보이는 이 영상은 보는 사람의 주관에 따라 "목격자"로도 "진짜 보스"로도 만들어진다. 대화가 반복되면서 어느 순간 이어지는 말줄임표는 소문을 재생산하는 사람들이 스스로 느낀 양심의 가책이 드러나는 순간으로 보인다. 사람이 죽은 사건을 앞에 두고 애도하거나 조의를 표하기보다는 자신들과 좀 달라 보이는 존재에 대한 추측과 비하로 끊임없이 배제시키고자 하는 스스로의 의식을 감지했기 때문일 것이다. 아이들이 노인을 폭행하여 사망에 이르게 한 무서운 사건 앞에서 이러한 공포와 고통은 '나'와는 '다른' 존재로부터 기인한 것이며 그렇기에 '나'는 어떻게 손을 써볼 수도, 책임을 질 수도 없는 일이라는 확인을 받고 싶은 것일 수도 있다. 이때 노인이 폭행을 당하는 영상은 이들에게 하나의 '스펙터클'로 소비되며 그것을 소비하는 사람들은 사건의 본질을 외면한 채 스스로에게 면죄부를 주고자 하는 것이다.

차별과 배제의 원리에는 '나'는 저들과 다르다는 인식이 깔려 있다. 자식이 자신의 피부색 나아가 아버지의 국적 때문에 위축되지 않게 하려고 서술자는 동남아시아 출신인 재이의 아버지가 "일하러 온 게 아닌 공부하러 온 사람"이며 "고향집에 하인"까지 두고 있는 지식·유산 계급이라는 사실을 주지시킨다. 이러한 접근 방식은 '나' 혹은 '우리'는 주변화될 이유가 없는 사람이라고 말함으로써 오히려 다른 주변인들과의 차별을 더욱 공고히 하는 결과를 낳는다. 이는 주변화를 피하고 중심부로 진입하기 위해 또 다른 주변을 끊임없이 만들어내려는 태도이다. 서술자는, 자신의 엄마와는 "다르게 사는 방식"을 추구하고 있다지만 "무례와 상스러움"을 위장한 것일 뿐이다. 서술자의 윤리적 감수성도 자식 앞에서는 무뎌지고 마는 것이다.

타자의 시선으로 이루어진 감시와 소문으로 사람들은 자신보다 '못한', 또는 자신과는 '다른' 사람들을 찾아내고 그들을 일반화시켜 배제하고자 한다. "틀딱", "급식충", "인성 쓰레기", "삼청교육대", "노인네도 노답" 등의 댓글에서 다양한 인간은 타자로 형상화된다. 차별의 구조에서는 나이가 어려도 또는 많아도 각각의 이유로 일반화되어 "신상 공개 널리 배포해주세요"와 같은 공격의 대상이 된다. 동영상의 원본, 복사본, 그리고 모자이크가 지워진 영상에서 사건은 반복되며 왜곡되고 재생산되어 끊임없이 소비되고 있다.

가리는 손 - 고통의 발견

사람들이 말하는 '소문'에 대해 "엄마, 나 아니에요"라고 대답하는 재이를 보며 "얼마나 안도했는지 하마터면 눈물을 쏟을 뻔"한 서술자는 "어느 땐 무언가를 한 사람이 아니라 무언가를 본 사람이 더 상처를 받"는다는 마음으로 아이를 다독인다. 노인을 폭행해 죽음에 이르게 한 아이들보다 그 장면을 본 재이가 더 상처받았을 수도 있다는 것이다. 자신과 마찬가지로 재이는 언제나 피해자에 가깝다고 의식하고 있기 때문이다. 그래서 자신은 만나지 못한 신의 보호를 어린 아들만은 받기 바랐다. 그러나 아들을 위한다는 미명 아래 단지 부모 세대와는 다른 간접적인 방식으로 타자를 주변화해왔다는 것을, 그러한 자신의 삶이 혹시 아들에게 어떤 영향을 미쳤던 것은 아닌지를 소설의 마지막으로 갈수록 서술자는 뼈아프게 되새긴다.

언제부터인가 비오는 날이나 깜깜한 밤에도 재이는 얼굴에 하얗게 선크림을 바른다. 이러한 재이의 행동은 동남아시아인이 아버지의 피부를 닮았을 것이라는 것을 독자는 충분히 짐작할 수 있다. 그것은 재이를 '특별하다'는 이유로 주변화시키는 타자들에게 충분한 요건이 될 수 있다.

아버지의 피부와 다르게 하고 싶은 재이는 아버지로부터 벗어나고 싶었을 것이다. 식탁에서 엄마 먼저 드시라는 아들에게 서술자는 "우리 재이, 사람 다 됐네"라고 말한다. 이때 재이는 '한국' 사람이 다 되었다고 볼 수 있다. 아니, '한국' 사람이 되고자 하는 것일지도 모른다. 한국 사회에서 살아가는 어른의 모습은 "비위를 맞추면 반말하고, 사무적으로 대하면 훈계하고", "새치기하고, '찬밥도 위아래가 있다'는 장유유서 정신을 강조하는 분들"로 형상화되어 나타난다. 타인과 다르지 않고자 하는 욕망과 다른 한쪽으로는 타인을 배제시켜 자신의 욕망을 성취하려는 욕망이 뒤엉킨 사회에서, 재이는 엄마의 바람처럼 "죽은 사람에게 절하는 법"을 알고 있는 누구도 무시하지 못할 '한국' 사람으로 성장해 나가고 있는 것이다.

불빛 아래서 우린 왜 조금씩 달라 보일까. 이제 정말 소원을 빌 시간이다. 초가 꺼지면 박수칠 준비를 하며 숨을 고른다. 재이가 눈을 감은 채 슬며시 미소 짓는다. 그런데 그걸 본 내 속에서 짧은 탄식이 터져 나온다. 웃음 고인 아이의 입가를 보니 목울대가 매캐해지며 얼굴에 피가 몰린다. 불현듯 저 손, 동영상에 나온 저 오른손으로 재이가 황급히 가린 게 비명이 아니라 웃음이었을지도 모른다는 생각 때문에. 당장 영상 속 장면을 돌려보고픈 욕망을 누르며 마른침을 삼킨다. 정말 그렇다면, 재이가 그렇게 자랐다면 그동안 내가 재이에게 준 것은 무엇이었을까.(222-223)

"어느 땐 무언가를 한 사람이 아니라 본 사람이 더 상처 입"을 수도 있다던 서술자의 말은 현실이 되었다. 다만, 폭행을 저지른 아이들이 아닌 그 장면을 목격한 재이가 더 상처받았을 수도 있다던 생각에서, 혐오스런 장면을 보며 "웃음 고인" 입가를 가리는 재이의 모습에 서술자가 더 상처받은 것으로 그 대상이 전환되어야 한다. 피해자로만 여겼던 재이가 가해자로 드러나는 충격적인 장면이다. 그동안 재이가 받아왔을 '혐오'를 다른 이에게 똑같이 보여주는 모습에서 서술자는 더 상처를 입게 되는 것이다. 가장 가까운 존재에게서 한 번도 본 적 없는 낯선 표정을 발견했을 때, 그것도 상상할 수 없는 표정이라면 얼마나 혐오스러운 일인가. 아마, 서술자는 그동안 자신과 아들을 주변화시켰던 많은 편견으로부터 지켜내려던 가치들이 속절없이 무너져 내리는 고통을 느꼈을 것이다. 그 가치들이 다른 이들을 주변화시켜 자신의 위치를 공고히 다지려고 했던 것이라 할지라도.

그렇다면, 여전히 "맑은 눈망울"로 존재하는 이 아이는 어디서 온 것일까. 그리고 '가리는 손'은 누구의 손이며 무엇을 가렸을까. 일차적으로 이 손은 재이가 자신의 입을 가린 손이다. 노인을 폭행한 장면을 목격한 재이가 실제로 놀라서 입을 막았는지 터져 나오려는 웃음을 막느라 입을 가렸는지는 정확하지 않다. 그러나 재이는 노인이 폭행당하는 현장에서 사건을 목격했지만 말리거나 도움을 요청하지 않았다. "잠자코 있던 아이 입가에 천진한 흥미랄까, 아는 체랄까 묘한 기운이 어린" 것으로 봐서, 노인에게 폭행을 저지른 그들과 이미 심리적으로 동화되어 심리적인 폭행 가해자가 되었던 것이다. 사건이 끝난 다음 다시 돌아가 자신이 뽑은 라이언 인형을 챙겨서 돌아올 정신이 있었지만 신고는 하지 않았다. 왜 신고하지 않았느냐는 경찰의 질문에 학원 핑계를 대지만 그것이 거짓말이라는 사실을 서술자는 이미 알고 있었다. 그나마 다행스러운 점은 아니 독자로서 희망을 버릴 수 없는 이유는, 노인은 향한 혐오 발언을 들은 재이가 새어나온 웃음을 손으로 가리기라도 했다는 사실이다. 터진 웃음으로 혐오를 드러냈다면 그걸 가린 손은 일말의 "죄책감과 부끄러

한국 현대문학 분석적 읽기

움"을 간직한 태도일 수 있다. 재이가 가린 그 '가리는 손'에는 아직 희망이 있어 보인다.

여기에서 '가리는 손'의 두 번째 의미가 생겨난다. 엄마로서의 서술자는 어쩌면 처음부터 재이가 공포에 질린 목격자만은 아니었을 수 있다는 사실을 알고 있었을지도 모른다. 동영상의 원본 파일을 찾아 지우고 모자이크 처리를 하며 복사본을 지워나가는 일로 자신과 재이를 보호하려 했지만 가슴에 남아있는 "얼룩"으로 미역 가장자리를 희끗하게 볶고 갈치를 태우고야 말았던 것이다. 이때 '가리는 손'은 자식의 낯선 모습을 가리고 허물을 덮고자 하는 엄마의 손이다. 그동안 타자인 재이가 당했던 무수한 웃음과 자신이 타자와 관계했다는 이유로 받았던 멸시와 동일한 어떤 미소를 보이는 아들의 모습을 가리고자 하는 것이다.

마치며

서술자는 최선을 다해 자식을 길렀지만 자신의 삶에서 알게 모르게 타자들을 배제해 왔다. 자식을 먹이기 위해 우럭의 배를 갈라 내장을 파내는 '손', 갈치를 구워 가시를 발라낸 '손'은 같은 동남아시아에서 왔을지라도 '일하러 온' 사람들이나 남편의 고향집에 있는 '하인들'로 대표되는 타인의 삶을 가림으로써 자신과 아이의 자존심을 지켰다고 합리화해왔을지도 모른다. 그러나 내가 낳은 자식이 타인의 고통에 개입했을 여지 앞에서 서술자는 비로소 가렸던 손을 떼고 자신이 배제시킨 타자를 떠올리게 되는 것이다.

자기 스스로가 주변화를 경험했기에 더욱 윤리적으로 살았다고 생각했던 서술자는 자신과 마찬가지로 피해자라고만 여겼던 아들이 타인의 고통을 방관하고 나아가 그 고통을 즐거움으로 삼았다는 사실을 깨닫는다. 그렇다면 재이의 현재는 어디에서 온 것일까. 재이가 단순한 목격자라고 생각했을 때 서술자는 재이에게 돌아가신 할아버지의 장례식에 참석할 것을 권유하며 "밥 먹는 손"을 "가리는" 것이 장례식장에서의 예의라며 "죽은 사람에게 절하는 법"을 가르친다. 밥을 먹는다는 것은, 생명을 유지하기 위한 인간의 본능 중의 하나이다. 즉 밥 먹는 손은 욕망 그 자체이다. 그 욕망을 잠시 가리라는 것이다. 그렇다면 예의란 무엇인가. 결국 살기 위한 위선이고 위장이라고 볼 수 있다. 서술자는 재이에게 살아남기 위해서 위장된 예의라도 지켜야 한다는 것을 가르치고자 했던 것이다. 그러나 재이가 단순한 목격자만은 아닐 수도 있다는 사실을 의심하게 된 상태에서 서술자는 재이를 데리고 장례식장에 갈 수 있을 것인가. "죽은 사람에게 절하는 법"으로 예의를 가르칠 수 있다고 믿은 자신의 확신을 의심할 필요가 있는 시점이 온 것이다.

이 작품의 마지막에서 읽어내야 하는 것은, 재이가 가해자였느냐 아니었느냐의 문제가 아니다. 실제 우리가 살아가는 세상과 마찬가지로 작품에서도 절대적인 가해자와 절대적인 피해자는 존재하지 않는다는 것이다. 왜 아이들이 늦은 시간에 편의점 앞에서 술을 마시고 담배를 피우고 있었는지, 엄마가 알지 못한 많은 차별을 재이는 어떻게 견뎌왔는지, 동남 아시아인으로서 끊임없이 주변화되었던 재이의 아버지가 "가져본 도덕"이 없다며 무시한 것은 어떤 의미를 가지는지, 영양사로서 내린 꼼꼼한 업무지시가 '설거지하는 아줌마들'에게는 어떤 고충으로 다가왔는지 우리는 알 수 없다. 아이들에게 폭행당해 결국 죽음에 이른 할아버지 역시 싸움이 났을 때, 한 명뿐인 여자애의 머리채를 먼저 잡는다. 중요한 것은 서로의 영역과 기준에서 구성한 타자의 조건들이 거미줄처럼 복잡하게 얽힌 사회에서 어떠한 가해와 피해도 나와 완전히 무관할 수는 없다는 사실이다.

"초가 꺼지자 순식간에 주위가 어두워진다. 그 어둠 속에서 잘 보이지도 않는 재이 얼굴을 찾으려 꼼짝 않는" 서술자가 "이제 정말 소원 빌 시간"이다. "태곳적 사람들도 저녁에 불을 피웠겠지. 춥거나, 허기지거나, 누군가에게 도움을 구하고 싶을 때"라는 서술이 다시 한 번 반복될 때 도움을 구하는 서술자의 간절한 요청에 독자는 응답해야 한다. 희망적인 것은 서술자가 재이를 키우며 타자를 배제시켰던 과거의 자신을 모성으로 합리화시킬 수 없다는 명백한 사실을 깨달은 듯 보인다는 점이다.

우리는 누군가에겐 철저한 타자이고 주변화되며 살아가고 있다. 그 차별에 대해 부당하거나 억울하다고 생각하며 그러한 것들이 그릇된 행위라는 것을 안다. 그러면서도 또 동시에 다른 누군가를 타자화시키고 배제시키며 살아간다. 타인의 고통에 대한 반성적인 성찰과 개입이 있다면 인간을 향한 차별과 배제로 결국 나 스스로가 가해자 혹은 피해자가 되는 것을 막을 수 있을지 모른다.

사람/시인으로 산다는 것은

- 이영광, 『끝없는 사람』

시작하며

이영광은 1998년 『문예중앙』으로 등단한 이래 동시대의 문학과 풍경, 사람과 사건을 견고하고 명징한 언어로 묘사해왔다. 그런 그가 다섯 번째 시집 『끝없는 사람』[1]을 출간했다. 시인 신경림이 "이 땅에 사는 평균적인 사람이라면 가질 수 있는 생각들을 섬뜩할 만큼 치열하고 날렵하게 형상화했다"([제11회 미당문학상 심사평])고 호평한 것처럼 참혹한 현실과 죽음의 경계에서 시적 언어로 생의 활로를 모색하고자 부단히 애써왔다.[2]

이 시집에서는 '사람'으로서 해야 할 합당한 일은 무엇인가. 그리고 그것을 깨달았다면, 깨달음 '이후'의 삶보다는 '지금'을 돌아보아야 한다고 말한다. 지금 느끼고 있는 그것은 '몸'을 통해 드러나는데, 그 드러남은 혼란스럽다. 반의어와 반어 그리고 부정어와 이중 부정이 등장하고 역설이 난무한다. 어찌 보면 그것이 옳은 것인지 아닌지도 분간하지 못하는

---

1   이영광, 『끝없는 사람』, 문학과지성사, 2018. 여기서는 작품을 인용할 때 각주를 생략하고 쪽수만 적으며 서술에서 인용되는 것은 " "로만 표시하기로 한다.

2   인터넷 서점 알라딘 책 소개에서 발췌. https://www.aladin.co.kr

듯하다가도 정신을 가다듬고 다시 일어서 맞서보리라 다짐도 한다. 즉, '사람'다워지려면 '지금' 감지한 그것이 자연스럽게 몸으로 드러나는데, 그것은 괴로움을 동반한다는 것이다. 이 고통과 상처를 잘 견뎌내야만 비로소 사람다운 사람의 형상을 할 수 있다고 이영광의 시는 말하고 있다.

우울은, 쓰게 한다

이영광은 세월호 사건과 박근혜 정부, 그리고 지역 차별 등 한국 사회의 문제들에 민감하게 반응한다. "한국인의 행복한 일상의 출발"이 "박근혜 만세"를 "인정하는 데 있"다며, "술이나 마"시고 "취해서 잠들 수밖에" 없는 자신을 한탄한다. 「진주 시외버스터미널-유령7」에서는 "경상도 사람들이 전라도 사람들을 미워하는 건" "안동시 옥동 오비호프집 화장실에 누가 들어가 똥을 눴는데 휴지가 없어서라는 것"이라며 "말도 안 되고 똥도 안 되는 짧은 봄날의 복통에 대해" 이야기한다. 여기에서 우리는 시인의 현실 인식을 엿볼 수 있다. 지역 차별과 같은 것은 "말도 안 되고 똥도 안 되는", 곧 "말"이 가지는 최소한의 논리와 이해가 부재하는 것이며, 그것은 우리가 소화해내서 거름으로라도 재활용할 수 있거나 하다못해 속이라도 편해지는 "똥"이 가지는 배설로서의 역할도 할 수 없는 "복통"과 같은 고통이라는 지적이다.

그러나 시인의 절망적인 현실 인식과 그로 인한 우울은 술이나 마시고 취해서 잠드는 데 머물지 않는다. 이 "복통"은 "짧은 봄날의 복통"이기 때문이다. 자신을 우울하게 만드는 현실의 문제들이 "짧은 봄날"과 같이 금세 사라지길 바라는 시인의 의식은 그를 "쓰게 한다." 따라서 그의 이 "쓰게 한다"와 "우울은"의 사이에는 묵직하게 느껴지는 쉼표가 자리하고 있다. 우울하지만 (한 번 숨을 쉬고) 쓴다고. 그 우울이 나를 쓰게 만든다고.

그리하여 이 문장에는 마침표가 찍힐 수 있다고 시인은 말한다. 그는 "단원고등학교 2학년 이수빈 군의 생일 모임에 부친 편지"에서 "모두 함께 의무적으로, 출석을 하자"고 말하며 시인으로서, 살아있는 사람으로서의 자세에 대해 이야기한다.

살 수도 죽을 수도 없는 환자의 밤

형제들이나 친구들은 다
잘들 늙어가는데,
나만 늙지 않는 것 같다
못 늙는 것 같다
시드는 몸 굽은 마음으로,
늙는 길은 어디 있지?
왜 길 밖은 없지?
두리번거리는 사람
집을 깨고 다시 집을 짓지 않자,
생은 문득 멈추었다
불 켜는 창 환한 골목들
네거리는 젖어 번뜩일 때,
늙음행 이정표는 빗길에 지워지고
젊음의 미라는 옛집에 자고 있다

- 「늙음행」 전문(78)

「늙음행」은, "형제들이나 친구들은 다 잘들 늙어가는데, 나만 늙지 않는 것 같다"는 화자의 고백으로 시작한다. 늙음의 이미지는 안락과 여유, 혹은 익숙함과 무뎌짐이라는 양면적 성격을 가진다. 화자는 자신이 "늙지 않는 것 같"으며 "못 늙는 것 같다"고 고백한다. 늙음이 가져오는 안정이 화자에게는 허락되지 않는다. 아마도 화자가 "집을 깨고 다시 집을 짓지 않"았기 때문이리라. 집을 잃은 화자는 비 오는 밤, 거리로 나간다. 골목들은 불을 켜 환하고, 네거리는 젖어 번뜩인다. 모두가 따뜻하고 밝은 창 안에 있을 때 화자는 비오는 밤거리에서 길을 잃는다. 네거리는 왜 젖었을까? 비가 내려 젖었을 수도 있겠지만, 집을 잃고 길을 잃은 화자의 눈물로 젖어 번뜩여 보일 수도 있다. "늙음행 이정표는 빗길에 지워"져 미아가 된 화자는 돌아갈 집이 없다. 화자는 길을 잃고 "잠깐, 울었다 그리고 오래, 그쳤다."

늙지 못하는 화자가 가진 젊음 역시 긍정적인 이미지는 아니다. 화자의 젊음은, 미라가 되어 "옛집에 자고 있다." 현실에서 만족하지 못하는 화자는 시간을 붙잡아 거꾸로 돌리고 스스로 미라가 되어 "옛집"에서 잠을 자게 하는 것이다. 늙지도 못하고 젊은 생명력을 뿜어내지도 못하는 화자는 "썩지 않는 비닐처럼 비닐에 싸인 정육처럼" "죽은 심장, 썩은 내장을 숨 쉬며 짊어지며 움직여가며" 살아가야 하는 아픈 존재이다. 살 수도 죽을 수도 없는 아픈 상황에서 화자는 우선 자신을 아프게 하는 상황과 맞서 싸워보기로 한다. 그가 동경하는 시인은 "괴력 정신 등반가"이며 "국내 망명자"이고 "시 중독자"이다. 아픈 세상에서 살기 위해 시인은 "괴력 정신 등반가"가 되었다가 집과 이정표를 모두 잃고 방랑하는 "국내 망명자"가 된다. 그럼에도 시가 없이는 그마저도 살아갈 수 없는 "시 중독자"가 되어 시를 쓸 수밖에 없게 된다. 이것이야말로 시인이 현실을 견뎌내는 방법이다.

화자는 밤거리를 헤매고 다니다가 "술이 엉망으로 취한 청년"을 만난다. 그 청년이 "골목길에서, 다 죽여 버릴 거야!"라고 외치며 "비틀비틀 인파 속으로" 사라지는 모습을 보며 "목 속에 손을 넣어, 칼을 뽑아낸다." 울컥, 목울대로 칼날 같은 통증이 올라오며 또 눈물이 난다. 세상에서 늙어가지 못하고 미라가 된 채 젊은 시절에 유폐되어 있는 화자는 청년들의 고통에 특히 민감하다. 이제는 "세븐일레븐"에서 일하는 아르바이트생들을 보고 "살 만큼 살아보고 죽을 만큼 죽어본 젊은 얼굴들이 늘어간다"며, "체계 말단의 알바들"이 "형광등처럼 하얗게 웃는 그늘들"이라며 아파한다. 햇빛을 보지 못하고 형광등 아래서 어두워가는 젊음들이 편의점에서 일하는 모습이 화자는 늙지도 젊지도 못하는 청춘으로 보인다. 그러나 이 시선의 바탕에는 동정과 연민이 자리한다. "칼이 올라오는 길로 밥을 벌러 가야"하는 젊은이들이 "살 만큼 살아보고 죽을 만큼 죽어본" 얼굴을 가지고 있는 것이 화자는 "제 살을 제가 베는 사람의 아픔"으로 느껴진다. "끝내 뽑히지 못한 아픈 칼"을 목안에 지니고 "꿰매려고 뒤집어놓은 누더기 같은" 삶을 헤매고 다니는 화자는 아프다.

화자는 술에 취해 비틀대는 청춘과 술을 파는 청춘들이 "형광등처럼 하얗게 웃는" "살 만큼 살아보고 죽을 만큼 죽어본 어린 어둠들"이 되어 "마시면 죽는 사람과 안 마시면 죽는 사람이 한자리에 앉아 있"는 광경을 본다. 화자에게 이들은 "사랑하는, 내 시체"이며 "전생"이자 "팔팔하고 팔팔한 죽음", 그리고 "포기를 모르는 포기"이다. 화자가 늙지 못하는 것은 청춘들이 이미 늙었기 때문이며 "삐거덕 삐거덕, 체계의 아가리"로 들어간 젊음들이 "만기출소" 날을 기다리며 미라가 되어가기 때문이다. "희망이란 좀체 입 밖에 내질 않는데도 아픈 시간들은 그걸 온통 썩게 하고 썩은 시간들은 다시 그걸 낱낱이 아프게 한다." "그걸 어떻게 삭이느냐고 아우성치니 나는 취해 잠들 수밖에" 없다고 고백하는 화자에게 "어쨌든 졸업장은 있어야 한다고" "다급한 건 생환"이라고 화자의 아버지는 강조한다. 삶의 어두움을 인식한 화자는, 미라가 된 젊음과 이정표를 잃은 늙음에게 "밤은 오지만 어떻게 살아"날 수 있냐고 묻는다. 화자에게 밤은 더 이상 재생의 시간이 되기는 어려울 듯하다.

이상한 곤경에서 잠깐 죽기/살기로 하자

젊음도 늙음도 없는 거리에서 길을 잃은 화자에게 세계는 온통 "이상한 것"뿐이다. "날 때부터 곤경인 것들"이며 "곤경 말고는 아무것도 아닌 티끌들" 그리고 "어떻게든 곤경을 벗어나고 싶은데 어떻게 해도 곤경을 벗어날 방법이 없는 최강의 곤경들"이다. "이상한 병원"에서 "이상한 너희들"을 만나고 "이상한 것에 맞고" "이상한 곤경"에 빠지는 것이다. 세상은 뒤죽박죽이다. 젊음은 "다 커서 더 자라지 않는다." 새해가 되어 나타나는 것은 "어제 떠난 사람의 혼령 같은 새 사람"뿐이다. "물속에서 오줌을 누듯 빗속에서 눈물을 훔치듯" 불만은 해소되지 않는다. 집 나간 아이들이 "아무도 돌아오지 않는" "뉴스에 뉴스가 나오지 않는" 이상한 세계에서 화자는 "어디에도 죽을 길이 없어서" "잠깐 살기로 하자"고 다짐한다. "어떻게든 살아남으려 하는 뼈아픈 궁리들"이 "그 모든 죽을 궁리"와 같다는 사실을 깨달으며 죽든 살든 미라가 아닌 "잠깐"이라도 "살기로" 한 것이다. 이상한 세계에서 죽기와 살기는 죽기살기로 어려운 것이며, 화자는 "그 이름"이 "죽음이지만 사람들은 이 구멍으로 숨을 쉬었"다고 고백한다.

> 이게 고통이야
> 여기선 끝이야, 하는 순간을
> 의심했다

이건 안 돼
죽어도 안 돼, 하는 안전을
고심했다
(중략)
이거 넘어가면 다시
못 돌아와를
괜찮아, 괜찮을지도 몰라
이 사선을 정말
괜찮을지도 몰라를 안전히
괴로워했지만,
(중략)
나는 이 환한 곳에
죽어 있고
나는 그 어두운 곳에
살고 있다

- 「안전」 부분(100-101)

살기로 마음먹은 화자는, "여기선 끝이야, 하는 순간을 의심"한다. "이건 안 되는 걸까 이 이상은 정말 안 될까"하며 "뼛속의 물음"을 던진다. "순장 노비"와 같이 죽음을 기다리는 "결말과 동숙하는 삶"으로 넘어가 버린다. 한 번 금을 넘어 다른 세계로 가버린 화자는 자신이 "이 환한 곳에 죽어 있고" "그 어두운 곳에 살고 있"음을 느낀다. 그러면서 "가장 확실한 살아 있다는 느낌이 사실은, 살아 있지 않다는 느낌이라는 것"을 깨닫는다. 따라서 살아있는 것은 자신이 살아있지 않은 상태라는 사실을 인식하는 데서 출발한다.

이제 의문이 세상을 덮었으니

의문이 답이구나

온 세상이 질문으로 가득 찼으니

질문만이 대답이구나

- 「사월」 부분(33)

이상한 세계에서 살기 위해 화자는 "으르렁거리며 강제로 결투 자세에 몰린다." 질문을 시작하고 그제서야 비로소 화자는 "나의 시체에 꺼진 불이 들어온다"고 한다. "한 번도 답을 본 적이 없는데 나는 왜 문제가 되어 있지? 왜 없어져야 하지?" 반대로 "나는 왜 늘 문제없이 해결돼 있지? 한 번도 문제가 돼 본 적 없는데 왜 다 풀려 있지?" 의심하고 질문하는 순간에 "관 뚜껑을 안에서 밀며 한 모금 또 한 모금 살아나고 있다"고 확신한다. 이에 "살기 위해 평생을 허비할 것"을 선언한다. "저렇게 아프게 부러지고도 저렇게 태연히 일어나 걷는" "무릎"을 보며 세상을 향해 결투하듯 질문하던 화자는, "질문만이" "의문만이" "대답"이 되는 세상임을 깨닫는다. 이제 화자는, 이 이상한 세계에서 자신이 살아있다는 것을 질문과 의문으로 보여주기를 다짐하는 것이다.

분별하고 연연하며 조심조심, 만지고 논다

분별하지 않았다

분별은 사랑의 적이었다

연연하지 않았다

연연은 사랑의 적이었다

범이성적인 분별이 밀려온다
사랑은 이런 것이 아니었는데
범인간적인 연연이 밀려온다
사랑은 이런 것이 아니었는데

분별하여 칼을 피하듯 사랑을 피하지만
한 번도 옳지 않았던 적 없는 옳음이 뭘 안다고?
연연하여 칼을 숨기듯 사랑을 숨기지만
한 번도 태어난 적 없는 짐승이 무슨 말을 한다고?

분별 속에 왜 연연이 들어 있지?
분별 속에 왜 아직 연연이라는 바이러스가
나가지 않고 있지?

연연 속에 왜 분별이 들어 있지?
연연 속에 왜 벌써 옳음이란
바이러스가 들어와 있지?

- 「사랑」 전문(102-103)

　"밥은 안 되지만 밥벌이하듯," "돈은 안 되지만 돈의 노예처럼," "이름은 없지만 정말 무명이 되어" 질문하던 화자는 어느새 "정성스레 혼자 노래하는 아이처럼" "사랑으로" 시를 쓴다. "그게 사랑인 줄 알고"도 쓰고 "그게 사랑인 줄도 모르고"도 쓴다. "분별"과 "연연"은 별개라고 생각했던 화자는 그것이 모두 "사랑"이 될 수 있음을 깨닫는다. "한 번도 옳지 않았던 적 없는 옳음"이 전부가 아니라는 것을, 다른 것들과 관계를 맺고 있다는 사실을 알아야 한다는 것을 그리하여 "연연" 속에서 "분별"과 "옳음"을 찾아낼 수 있음을 깨달았기 때문이다. 이러한 깨달음 속에서 "순장 노비"는 "해방 노비"가 된다. "바르게 살자"는 전언을 넘어 그 말을 새기느라 "돌에 입힌 상처"로 "아픈 돌"은 본다. "돌은, 아팠으리라"며 "연연"한다.

"연연"하는 마음은, "마음의 가슴팍"에 "분홍 얼룩"을 지게하고, "모세혈관들이 무수히 뻗어가"게 만든다. "물이 얼음이 되듯, 소스라친 눈물이 굳어 몸으로 바뀌는 것이라면 살 돋고 뼈 익는 무른 펄이, 겨울이 온상인 듯 마음을 덮어" "연두부"처럼 화자를 연하게 만든다.

> 갓 핀 사월 은행잎들은
> 살면 뭐 하나 하다가도
> 죽은들 또 무슨 소용 있나 하며
> 파랗게, 거리를 살려낸다, 파랗게
>
> - 「파랗게」 부분(57)

화자는 "살면 뭐 하나 하다가도 죽은들 또 무슨 소용 있나 하며" "갓 핀 사월 은행잎들"이 "파랗게, 거리를 살려"내는 것에 주목한다. 작고 곧 사라지는 것들이 가진 힘을 발견한 화자는 "난로 위에 떨어진 거웃", "조그만 것 조그만 것", 그리고 "너무 작아 무서운 태풍"을 "조심조심, 만지며 논다." 또 "채송화 무더기"와 "노랑나비 흰나비들"을 보며 감탄한다. 작은 생명에 대한 애착은 앞서 편의점 아르바이트생들을 보던 시선에도 나타나 있다. "이제 수염이 비치고 이제 가슴에 젖이 자리잡는" 청춘들을 보며 가슴 아파했던 정서는 이제 동정보다는 공감으로 나아가는 듯하다.

되어야 할 일이 있다면 네가 작아지는 일

네가 작아지고 작아져서 세상이 깜짝 놀라고

여기에, 생략처럼 아찔한 것이 있었구나

없는 줄 알았구나

하얗게 조심스러워지는 것

작아지고 작아져서 네가 부는 바람에도

아직 불어오지 않은 바람에도 철없이 흔들려

지워져버릴 것 같아서

용약勇躍 큰 걸음들이 그만 서버리고,

없음인 줄 알았구나

숨 멈추는 일

되어야 할 일이 있다면, 단 하나인 네가 막무가내로

여럿이 되는 일

황야의 연록 홑이불,

골목의 이글대는 거웃이 되는 일

없음이란 것이 무수히 생겨날 뻔했구나

없음을 목격할 뻔했던 가슴들이

도처에서 막힌 숨을 토하고

여기에, 생략처럼 무시무시한 것들이 있었구나

있음이란 것이 정말 있구나

종아리만 하고 장딴지만한 나무로 멈추는 일

더없이 작은 걸음으로 도처에서 커다랗게 활보하는 일

　　　　　　　　　　　-「새로 돋는 풀잎들에 부쳐」 전문(125-126)

　작은 것에 감탄하던 화자는 「새로 돋는 풀잎들에 부쳐」에 이르러 없어
지는 것에 주목한다. "되어야 할 일이 있다면 네가 작아지는 일"이라며

"새로 돋는 풀잎"을 바라보던 화자는 "생략"과 "없음"이 죽음이 아니고 "도처에서 막힌 숨을 토하고" "숨 멈추는 일"이며 "더없이 작은 걸음으로 도처에서 커다랗게 활보하는 일"을 준비하는 숨구멍임을 깨닫는다.

길 잃은 별에서 황금빛 누더기를 깁다

작은 생명들의 가치를 발견한 화자가 다시 돌아가고 싶은 세계는 어린 시절의 밤이다. "우연히 필연처럼 모여" "하룻강아지들처럼 왁자지껄, 웃다가 훌쩍이다" "지쳐 쿨쿨 잠이" 드는, "황금 똥을 누고, 구름을 뛰어넘으며 놀다가" "꿈 많은 우리 식구들은, 게을리 잠 깨느라 모른 체할" 바로 그 시절이다. "시인 지망생, 하지만 찜닭에 누그러진 열아홉"인 화자는 "졸업장"이 "너무 많아 탈인" 어른으로 성장하지만 "안동고등학교 일 학년 중퇴생 아버지"가 있는 집으로 회귀한다. "물김치를 놓고 막걸리를 마시며 구술 시대를 사는 노모와 깊어가는 겨울밤", 화자의 "횡설수설을" 노모는 "한 마디로 요약해준다." "노모는 나를 가장 오래 들어준 외계인이다. 나는 노모를 평생 말로만 사랑한 지구인이다."

우울한 세계를 뒤집기 위해 "외계인이 와야 한다"고 주장하던 화자는 이제 외계인이 아닌 "장발 거지"를 꿈꾼다. "전쟁 노예"이며 "사형수"와 같이 "전장과 형장"에서 "방랑"하며 "작은 곳 후미진 공중의 둥지에 연년이 똬리 틀고 앉아 갇히며 떠돌며 사십 년을 흘려보냈지만", 전쟁과 방랑을 마친 화자가 돌아가고자 하는 세계는 "안개 같은 이국의 문장을 탈출해 조선 천지 산골 아침에 예언질하듯, 내 어린 발치에서 흥얼대"던 "동구 다리 밑 봄볕에 나앉아 이 잡던 장발 거지"의 세계이다.

그의 전장 그의 형장 그의 움막 부러워라

돌아갈 수 있는 곳이라곤 없었으나
돌아갈 수 없는 곳이 있었을 그 거지 자식,
부러워라 아무도 가두지 않는 곳에 갇혀
생각느니, 이 별은 길 잃은 별

버드나무에 양말짝 널어놓고 종이떼기에 뭔가 끼적대던
그는 나였을까
그러나 내 별은 돌아갈 수 없는 곳이 없는 곳,
돌아갈 수 없는 곳이 없는 곳
최후엔 껍질을 벗기듯 누가 벗겨냈을 그
황금빛 누더기 그리워라

- 「황금빛 누더기」 부분(139)

　　이정표도 없이 길을 잃고 차가운 밤거리에서 울던 늙지 못하는 젊은
미라는 지금의 현실이 "길 잃은 별"이라는 것을 부인하지 않는다. 의심하
고 질문하던 세계를 넘어 작고 가벼운 것들이 반짝이는 세계를 지나 이
윽고 당도한 곳은 "버드나무에 양말짝 널어놓고 종이떼기에 뭔가 끼적대
던" "장발 거지"의 앞이다. 돌아갈 수 없는 곳이기에 돌아갈 수 있는 "황
금빛 누더기" 앞, 곧 시의 앞이다. 시인의 끝없는 몸부림은 사람다운 사
람이 되어가는 시적 증거이다.

원형(圓形)의 원형(原型), '관계 맺기'의 시학
- 문태준, 『내가 사모하는 일에 무슨 끝이 있나요』

시작하며

문태준의 시 세계는 불교적 정서가 짙게 깔려 있다. 시인 역시 자신의 종교관이 시에 미친 영향을 인정한다.[1] 이에 시인의 생애와 종교를 전기적으로 연결시킨 많은 분석들이 있다. 여기서는 문태준의 시집 『내가 사모하는 일에 무슨 끝이 있나요』[2]를 대상으로, 시인의 세계관이 그의 작품 안에서 구체적으로 어떤 양식을 통해 드러나고 있는지 살펴보려고 한다.

우선 시집 속에서 산견되는 몇 가지의 특징들을 소박한 방식으로 따라

---

[1] 문태준의 시에 나타난 유년의 경험, 불교적 세계관, 원형(圓形) 이미지는 이미 선행 연구에서도 언급된 바 있다.(이홍섭, "숨결의 시, 숨결의 삶", 문태준, 『내가 사모하는 일에 무슨 끝이 있나요』, 문학동네, 2018, 85~105쪽) 또한 불교신문에 '문태준의 시심'을 연재하는 한편, 불교방송 PD로 일하는 문태준의 시세계는 불교적 정서가 짙게 깔려 있다. 시인 역시 매체와의 인터뷰를 통해 "(불교 관련)일이 시를 쓸 수 있는 시심(詩心)을 많이 만들어 줘요. 제가 만난 스님, 법문이나 경전이 새로운 시 세계로 이끌어주기도 하고요. 더 깊은 곳으로 데려가는 느낌이 있어요."라고 하며 자신의 종교관이 시에 미친 영향을 인정한다.([시인 특집] 문태준 "자연에 마음을 입히면 표정이 생긴다" : YES24 문화웹진 〈채널예스〉, 2018년 3월 20일 정의정 기자 작성 기사)

[2] 문태준, 『내가 사모하는 일에 무슨 끝이 있나요』, 문학동네시인선 101, 2018. 여기서는 작품을 인용할 때 각주를 생략하고 쪽수만 적으며 서술에서 인용되는 것은 " "로만 표시하기로 한다.

가 보기로 한다.

첫 번째로 문태준 시의 화자는 여전히 그 어조가 나직하고 조용하다는 점이다. 관점에 따라서는 이러한 화자의 태도는 시의 감정과 사유를 한결 높거나 깊은 지점에 각자의 시의 언술들을 이르게 하는 장점으로 가동되고 있어 보인다. 사물을 바라보거나 시적 대상에게 말을 건넬 때뿐 아니라 지나쳐 버린 경험을 소환할 때도 이러한 어조는 지속적으로 발휘되어 있다. 또한 경어체를 적절하게 대유하는 자세 역시 그의 시의 특징으로 보인다. 대상에 관한 경외심을 드러내거나 간절히 바라는 마음을 전달하기도 한다. 하지만 화자의 현실을 직접 드러내는 부분에서는 위의 특징들과는 다른 어조를 분출하기도 한다. 고통스런 현실을 드러내며 그곳에서 벗어나고자 하는 감정을 직접 발설하기도 하는데, 이러한 감정은 현대를 살아가는 이들의 처연한 모습이기도 하다. 두 번째로는, 무생물에 생명을 불어넣는 활유의 인식인데 더 나아가 의인화되고 있다는 점이다. 그의 시에서는 많은 사물들이 등장하는데, 이것들은 때로 적절한 지점에서 인격화되고 있다. 여기에는 물론 여러 과정들과 개념들이 동반되고 있다. 바라보거나 기다린다거나 반복되거나 하는 것들의 이후의 산물들인 셈이다. 세 번째로는 감각적인 시어들을 연속해서 늘어놓는다는 것이다. 공감각적인 심상과는 다르게 청각, 시각, 촉각 등의 이미지를 미루어 연상할 수 있도록 연결된 시상을 전개한다. 이러한 작법은 우리의 감각을 환기시켜 이미지를 더욱 구체화할 수 있도록 도와주기도 한다. 마지막으로는 시에 등장하는 사물이나 사유가 원형(圓形)으로 귀결된다는 점이다. 원형으로 귀결되는 대상들은 불가분의 사유과정을 지나가는데, 원형이 아닌 사물은 외형적으로나마 원형이 되게 하거나 혹은 순환의 접경들을 통과하여 결국 원형의 궁극을 취하는 자세를 보이고 있다.

그의 시적인 사유 역시 그러한 모습이다. 느긋한 마음과 따뜻한 눈길로 대상을 바라보며 흐르는 시간과 함께하다 보면, 결국 순환의 구조로 써 원형에게로 다가선다. 이것은 시인의 종교관과 깊은 관련이 있어 보인다.

원(圓)이란, 평면 위의 한 정점으로부터 같은 거리에 있는 점들의 모임을 뜻한다. 그렇지만, 고정되어 있는 한 점으로부터의 공평한 거리가 갖는 팽팽한 긴장감은 어느 한 곳의 모서리나 꼭짓점을 갖지 않는 원리를 간직하고 있다.

시집『내가 사모하는 일에 무슨 끝이 있나요』에는 동그라미, 곧 원형(圓形)의 이미지가 곳곳에서 출몰한다. 이에 시에서 보여주는 시어들이 어떻게 원형이미지를 구축하고 있으며, 이러한 것들은 어떻게 우리의 삶 속으로 들어와 시적 언어로서 순환하고 있는지 그 내면과 내용을 살피려고 한다. 원형(圓形)의 이미지와 순환의 구조 속에서 문태준의 이번 시집은 어떤 행보를 취하며 왔을까.

원형(圓形) 이미지와 일상의 의미

내가 매일 몇 번을 손바닥으로 차근히게 만지는 배와 옆구리
생활은 그처럼 만져진다.

구름이며 둥지이며 보조개이며 빵이며 고깃덩어리이며 악몽이며 무
덤인

나는 야채를 사러간다
나는 목욕탕에 간다

나는 자전거를 타러 간다
나는 장례식장에 간다

오전엔 장바구니 속 얌전한 감자들처럼
목욕탕에선 열탕과 냉탕을 오가며
오후엔 석양 쪽으로 바퀴를 굴리며
밤의 눈물을 뭉쳐놓고서

그리고 목이 긴 양말을 벗으며
선풍기를 회전시키며
모래밭처럼 탄식한다

- 「휴일」 전문(26)

시적 화자에게 "생활"이란 "매일 몇 번을 손바닥으로 차근하게 만지
는 배와 옆구리"처럼 느껴지는 살갗으로 존재한다. 화자의 육신이자 화
자 자신으로 통합된 "생활"은 다시 "구름"으로 변용되어 일상과 분리된
추상성을 담보해 내고 있다. 그러나 곧 "구름"은 다시 "둥지"가 되어 일
상의 터전으로, "보조개"라는 신체로, 다시 "빵"과 "고깃덩어리"라는 삶
의 가장 기본적인 전제로, "악몽"으로 끊임없이 변용되어 오다가 결국엔
"무덤"이라는 죽음의 입구에 이른다. 유동적이고 가변적인 "구름"은 안
정적인 "둥지"로, 둥지처럼 안이 비어 있는 입과 입 주위에 인접한 영역
인 "보조개"로 옮겨오며, 보조개가 패는 곳은 얼굴의 입 주변일 것이어
서, 입으로는 웃을 수도, 먹을 수도 시를 읊을 수도 있다. 마치 "둥지"이
며 "악몽", 그리고 "무덤"과 같이 텅 비어 있음으로 존재의 이유가 되는
것, 무엇이든 다시 그 안을 채우는 것으로 자신의 정체성을 삼는 것이 바

로 "생활"인 것이다. "생활"은 다시 입에 대한 관심을 확장시켜 "빵"과 "고깃덩어리"라는 육체적 생존 욕구로 이어진다. 하지만 생존으로 나타나는 "생활"이란 "악몽"이며 "무덤"이다. 그렇게 "생활"은 "무덤"에까지 연결되는 것이다.

이렇게 2연의 "구름이며 둥지이며 보조개이며 빵이며 고깃덩어리이며 악몽이며 무덤인" 대상은 "생활"의 구체적 은유로 읽을 수 있다.

그러나 2연 전체가 한 줄로 이루어진 하나의 행이라는 점에서, 2연은 그 자체로 길게 이어진 밑줄과 같은 시각화의 작용을 건설한다. "배와 옆구리"로 존재하는 생활에 대한 소개 이후 한 줄로 죽 그어진 생활의 은유들은 다시 아랫줄의 "나"를 수식하는 구절로 기능하고 있다. "구름이며 둥지이며 보조개이며 빵이며 고깃덩어리이며 악몽이며 무덤인" 생활은 곧 "나"이며 나는 "야채를 사러" 가고, "목욕탕에"도 가고, "자전거를 타러" 가기도 하며 마침내 "장례식장에" 간다. 길게 이어진 하나의 행으로 만들어진 2연 이후, 3연은 '나는 ~ 간다'의 형식이 반복되는 문장이 네 개의 행을 이루어 구성된다. 각각의 행에 나타난 "나"의 행위는 "장바구니 속 얌전한 감자들"과 "열탕과 냉탕을 오가며", "석양 쪽으로" 굴러가는 "바퀴", 그리고 마침내 "밤의 눈물"로 대응된다. 일상과 죽음, 오전과 오후로 이어지는 삶의 이미지들은 노드롭 프라이[3]의 원형적 심상을 떠오르게 한다. 사계절과 하루에 나타나는 시간의 흐름 그리고 인간의 일생을 은유한 노드롭 프라이의 신화적 상징에 관한 분류는 시에 흐르는 순환적 시간 인식을 더 잘 이해할 수 있게 해준다.

---

3 노드롭 프라이, 임철규 옮김, 『비평의 해부』, 한길사, 2000, 202~429쪽. 프라이는 여기서 신화적 비평의 원형 개념을 소개하며 사계절의 순환과 인간의 일생, 식물의 생장 등에 비유되는 생성과 성장, 소멸의 과정을 자세히 설명하고 있다.

"나"	"간다"	~하며/~하고서
봄/아침/소년	야채를 사러	오전엔 장바구니 속 얌전한 감자들
여름/점심/청년	목욕탕에	목욕탕에선 열탕과 냉탕을 오가며
가을/저녁/장년	자전거를 타러	오후엔 석양 쪽으로 바퀴를 굴리며
겨울/밤/노년	장례식장에	밤의 눈물을 뭉쳐놓고서

이 시의 제목은 「휴일」이다. 바쁜 평일의 일과가 아닌 쉬는 날의 하루가 이 시 안에서 나타나는 시간의 흐름이다. 그 안에서 화자는 "오전"부터 "밤"까지의 하루를 보낸다. "오전"의 시간은 "장바구니 속 얌전한 감자들"처럼 어리고 순진한 소년의 시간이다. 싹이 나기를 기다리는 알감자처럼 "얌전히" 꿈꾸는 감자들이 담긴 "장바구니"는 "둥지"처럼 안온하다. 대낮에 "열탕과 온탕을 오가며" 뜨거움과 차가움을 맨살로 느끼는 화자는 목욕이 끝난 "오후", "자전거를 타러 간다." 화자의 자전거 "바퀴"는 "석양 쪽으로" 굴러간다. "석양 쪽"은 하루의 해가 지는 방향, 한 인간의 일생이 흘러가는 방향이다. 여기서 "석양"의 이미지는 앞의 "구름"과 연결되어 석양의 붉은 하늘 아래를 굴러가는 자전거의 바퀴를 연상시킨다. 이윽고 밤이 되어 화자의 "바퀴"는 "장례식장에" 이른다. 그가 흘리는 "밤의 눈물"은 떨어지지 않고 "뭉쳐"져 "무덤"처럼 무게감을 갖는다. 집에 와서 그가 벗는 "목이 긴 양말"은 아마도 돌돌 말려 "눈물"처럼, "무덤"처럼, "빵"이며 "고깃덩어리"처럼 뭉쳐질 것이다. 종일 시장과 "목욕탕"을 다니다 "자전거를 타"고 "장례식장"에 다녀온 그의 발은 "눈물"처럼 축축할지도 모른다. 휴일의 밤, 화자는 선풍기를 회전시킨다. 여름인가보다. 모래밭처럼 탄식한다. "눈물"을 흘리지 않고 가슴 속에 뭉쳐진 "목이 긴 양말"처럼, "무덤처럼" 뭉쳐두어서인가 보다.

「휴일」에서 "생활"은 "구름", "둥지", "보조개", "빵", "고깃덩어리", "악몽", "무덤"이라는 구체적 시어로 드러나고 있었는데, 이는 "악몽"을 제외한 시어들 사이의 공통점은 그 외연이 둥근 형태를 지닌다는 점이다. 원형(圓形)의 이미지는 "장바구니 속 얌전한 감자들"과 "바퀴", "밤의 눈물", 벗겨져 돌돌 말린 "목이 긴 양말", "선풍기", 그리고 "모래" 등의 시어에까지 연결되기에 이르면서 원의 이미지는 시각적 심상만으로 고정되지 않고 있었다. 나아가 "구름"이 "무덤"으로, "둥지"가 "악몽"으로 "보조개"가 "빵"과 "고깃덩어리"로 "생활"이 바뀔 수 있는 것은, 결국 자연 속에서 순환하는 인식을 확인시켜 주고 있다.

그에게는 그렇게 원형(圓形)이란 삶의 시점에서 모두 일정한 거리를 가지는 순간의 궤적이며 흔적이고 그러한 모든 순간의 집합으로 보인다.

"모래밭"처럼 탄식하는 화자에게 "모래밭"은 작은 돌들의 집합이다. 오랜 시간 "굴리며" 닳아진 돌들은 "석양"을 지나 "밤"으로 가는 "무덤" 앞에서 화자가 발견한 "생활"의 모습이자 방편이었던 것이다. 그러나 화자는 "생활"을 "악몽"으로만 여기지는 않는다. 지금 생에서의 삶이 거대한 바퀴 속에서 굴러가는 반복의 여정일지언정 그것은 거대한 우주의 궤와 질서 속에서 받아든 "휴일"이기 때문이다.

환생 모티프와 백색 이미지

오늘 한 사람이 세상을 떠났으니
이 외롭고 깊고 모진 골짜기를 떠나 저 푸른 골짜기로

그는 다시 골짜기에 맑은 샘처럼 생겨나겠지
백일홍을 심고 석등을 세우고 산새를 따라 골안개의 은둔 속으로 들어가겠지

작은 산이 되었다가 더 큰 산이 되겠지

언젠가 그의 산호(山戸)에 들르면

햇밤을 내놓듯

쏟아져 떨어진 별들을 하얀 쟁반 위에 내놓겠지

-「골짜기」 전문(23)

죽음이 끝이 아니며 새로운 시작이라는 시인의 의식은 위의 작품에서
도 찾아볼 수 있다. 화자에게 죽음은 "이 외롭고 깊고 모진 골짜기를 떠
나 저 푸른 골짜기로" 가는 길이다. "그는 다시 골짜기에 맑은 샘처럼 생
겨나" "백일홍", "석등", "산새", "골안개의 은둔 속"을 거쳐 "작은 산이
되었다가 더 큰 산이 되"는 과정을 추수한다. 골짜기의 푸른 이미지와 백
일홍의 붉은 이미지를 거쳐 만나는 것은 "햇밤"처럼 단단하고 둥근, 속이
꽉 찬 "별들"이 "하얀 쟁반 위에" "쏟아져 떨어"져 있는 회화적 이미지의
추수인 것이다.

화자는 아마도 어느 날, 먼 곳에서 골짜기 사이로 떨어지는 별똥별을
보았을 것만 같다. 유성을 보며 한 사람의 외롭고 깊고 모진 죽음을 떠올
리다가, 그의 다음 생, 또 다음 생을 상상해보는 것이다. 한 사람이 죽자
별이 "쏟아져 떨어"진다. "백일홍"과 "석등"과 "산새"와 영향을 주고받다
마침내 화자에까지 인연이 미쳐 "그의 산호(山戸)에 들르면" 화자는 자신
이 최초로 보았던 "쏟아져 떨어진 별들"을 "하얀 쟁반 위에 내놓"아진 모
습으로 다시 만난다. 시에 활용된 환생 모티프는 불교적 의미를 차치하더
라도 시의 전체 의미에 기여한다. 하나의 죽음은 지상에서는 한 인간의
죽음으로, 하늘에서는 별똥별로 각각 자기가 있던 자리를 비워낸다. 그러
므로 이어지는 환생은 "다시 골짜기에 맑은 샘처럼 생겨나"는, 비워낸 자
리에서 솟아나는 가혹한 풍경이다. 하나의 탄생은 그 앞의 비움을 전제로

일어나는 것이고, 죽음과 탄생이 반복되는 순환 속에서 생명은 "햇밤"처럼 더욱 단단하게 여물어간다. 우연한 목격에서 출발해 오랜 시간을 거쳐 화자 앞의 생으로 다시 만나는 유전하는 서사로써의 구조이다.

시에 나타난 "골안개"는 희뿌연 백색의 이미지이다. "골짜기"의 "골안개"는 환생한 누군가가 다시 소멸로 들어가는 공간이자 재생할 공간이다. "골안개" 속에서의 규정할 수 없는 불분명함의 혼돈 속에서 "한 사람"은 다시 소생하여 자르르 빛나는 "햇밤"의 윤기로, "햇밤"의 속살이 가진 꽉 찬 순백의 이미지로 재생된다. "햇밤"은 다시 "별들"이 되어 백색의 "쟁반" 위에 놓인다. "하얀 쟁반"은 새로운 시작을 알리는 순백의 이미지인 동시에 환생 이전의 모든 역사를 포함하는 빛의 집합이며 무한히 순환하는 궤도이다.

돌 이미지의 변용과 인연에 대한 고찰

돌을 놓고 본다
초면인 돌을
사흘 걸러 한 번
같은 말을 낮게
반복해
돌 속에 넣어본다
처음으로
오늘에
웃으시네
소금 같은

싸락눈도 흩날리게
조금
돌 속에 넣어본다

　　　　　　　　　　　　　　　- 「사귀게 된 돌」 전문(34)

　시적 화자는 "초면인" "돌을 놓고 본다." 보는 데서 그치는 것이 아니
다. "사흘 걸러 한 번 같은 말을 낮게 반복해 돌 속에 넣어본다." 움직이
지 않고 살아 있지 않았던 돌은 화자가 보고, 말하고, 모든 정성을 "돌 속
에 넣어"주자 "처음으로 오늘에 웃으"신다. 무생물이 생명을 가지는 순
간이다. 화자는 여기에 만족하지 않는다. "싸락눈도 흩날리게 조금 돌 속
에 넣어본다." 인간의 손에 닿으면 바로 녹아 형체가 없어지고 말 싸락눈
은 돌 위에서 사뿐히 흩날리고 있었나보다. 화자가 돌 속에 싸락눈을 넣
어보는 행위는 화자의 노력에 응답한 돌이 마침내 "웃으시"기에 가능했
던 일이다. 화자와 돌이 '보기'와 '말하기'를 통해 '웃기'를 거쳐 '싸락눈
을 넣어보기'로 가는 과정을 시각화해보면 다음과 같다.

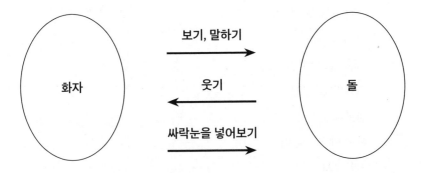

　화자의 노력은 부동성을 가진 존재가 웃게 만드는데 성공하고 나아가
완벽한 광물질의 표면에 "싸락눈"이라는 가장 작고 연약한 존재를 집어
넣는다. 유동적이고 가변적인 "싸락눈"은 돌속으로 들어가 돌의 일부가

된다. 그런데 이 "싸락눈"는 "소금 같은" 것이다. "싸락눈"과 "소금"의 공통항은 작고 둥글며 온도에 따라 그 형체가 변한다는 것이다. "싸락눈"이 돌 위에서 녹을 때 화자의 눈에는 눈이 돌 속으로 들어간 것으로 보인다. 화자의 '보기'와 '말 걸기'의 과정을 통해 돌은 생명을 얻어 '웃음'으로써 화자와 비로소 관계를 맺는다. 나아가 "싸락눈"을 자신의 몸속에 받아들임으로써 "보조개"에서 "빵"으로 "고깃덩어리"로 무언가를 먹는 생명의 속성을 가지게 되는 것이다.

"싸락눈"에 비유된 "소금"은 생명의 상징이자 순환의 결과물이다. "소금"기를 가진 짠 맛의 "싸락눈"은 바닷가 "모래밭"을 연상시키고 다시 "눈물"의 결정으로 환원된다. 작은 원형의 이미지를 통해 "돌", "싸락눈", "소금", "모래밭"이 연결되어 앞의 시 「휴일」에 등장하는 "눈물"에까지 이어지는 것이다. 인간과 자연이 인연을 맺게 되는 과정을 통해 화자와 돌은 "사귀게" 된다. 화자는 첫 행에서 그저 눈으로 "본다"는 시각적 이미지에서 출발해 마지막 행에서는 "돌 속에 넣어본다"는 촉각적인 이미지로 대상과의 거리를 점점 좁히는 한편, 돌이라는 대상에게 생명을 불어넣는다. 그러나 이 "돌"에게 화자는 결코 우월한 존재가 아니다. 화자는 돌에게 "웃으시네"라고 표현하며 경외심을 드러낸다. 이들의 관계는 인연을 통해 깨달음을 주고받는 관계이며 인연은 노력을 동반할 때 이루어지는 것이다.

시인의 다른 시 「여름날의 마지막 바닷가」에 등장하는 "모래"의 이미지는 앞선 시들에 나타나는 돌의 이미지를 좀 더 구체적으로 알아볼 수 있게 해준다.

바닷가는 밀려와 춤추는 파도들로 흥겨워요

나는 모래밭에 당신의 이름과 나의 질문을 묻었어요

나는 모래성을 하나 더 쌓아놓고 바닷새보다 멀리서 올라올 밀물을 기다려요

모래알에는 보리처럼 뿌린 별이 가득한데

모래알에는 초승의 달빛이 일렁이는데

우린 이 바닷가에서 다시 볼 수 있을까요

우린 이 바닷가에서 다시 알아볼 수 있을까요

- 「여름날의 마지막 바닷가」 전문(35)

화자는 "여름날의 마지막 바닷가"에서 이별한다. "당신의 이름과 나의 질문을 묻"은 "모래밭"에 있는 "모래알에는 보리처럼 뿌린 별이 가득"하고 "초승의 달빛이 일렁"인다. 별빛과 달빛을 받아 반짝이는 모래밭은 밤의 바닷가이다. 화자는 "모래성을 하나 더 쌓아놓고 바닷새보다 멀리서 올라올 밀물을 기다"린다. 밀물이 올라오면 모래성은 무너진다. 모래밭에 묻은 이름은 지워진다. 그러나 그것이 끝은 아니다. 모래알에 가득한 별은 "보리처럼 뿌린" 별이다. 초승의 달빛은 여름 보리밭에 패인 보리이삭처럼 "일렁"인다. 화자가 모래밭에 묻은 "당신의 이름과 나의 질문"들은 씨를 뿌리면 자라나 결국 열매를 맺는 보리알처럼 언젠가 다시 돌아올 것이다. 화자는 마지막 연에서 이러한 소망을 담아 보리밭에 묻은 자신의 질문들을 "우린 이 바닷가에서 다시 볼 수 있을까요/ 우린 이 바닷가에서 다시 알아볼 수 있을까요"라며 구체적으로 밝힌다. 비어있는 자리에 재생하여 언젠가 만날 인연에 대해 기대하며 여름날의 마지막 바닷가에서 화자는 모래밭에 질문의 씨를 뿌리는 것이다. 이때 한알 한알의

모래는 "싸락눈" 같은 소금기가 스민 "눈물"같은 바닷물에 씻기고 씻겨 "열탕과 온탕을 오가며" 단련된 돌이다.

돌이 모래 알갱이가 되어 눈앞에서 별빛에 반짝이는 바닷가의 풍경에 대한 묘사는 돌과 바다에 대한 시인의 지속적인 관심이 압축적으로 드러난 풍경이다. 그에게 바다는 "모든 것"이자 "입구"이며 "출구"인 세계이다.

> 물고기들의 입이 바다의 입구예요
> 해초들의 입이 바다의 입구예요
> 선창가의 갈매기들이 바다의 출구예요
> 저 모래밭의 조가비들이 바다의 출구예요
>
> - 「바다의 모든 것」 전문(59)

눈으로 확인 가능한 바다에서 가장 작은 동그라미 중 하나가 "물고기들의 입"일 것이다. 그 작은 입을 통해 물고기는 생존한다. 물고기가 먹고, 자라고, 서식하는 해초는 물고기의 "둥지"이자 "빵"이며 "고깃덩어리"이다. 이 작은 생명들의 삶이 시작하는 곳에서 화자는 거대한 "바다의 입구"를 찾는다. 생존한 물고기를 먹은 "갈매기"들이 "선창가"에서 날 때 이 갈매기들은 "바다의 출구"가 된다. 갈매기 혼자서는 출구가 될 수 없다. 갈매기가 있게 한 물고기들과 물고기가 살게 한 해초들이 "바다의 입구" 역할을 해줄 때 갈매기는 비로소 "바다의 출구"가 될 수 있다. 마지막 바다의 출구는 "저 모래밭의 조가비들"이다. 모래밭에 누워 인간의 눈에 띄는 조가비들은 거의가 죽은 껍데기이다. "바다의 출구"인 갈매기들에게 혹은 인간에게, 아니면 무엇에라도 뜯어 먹혀 입을 벌리고 누운 조가비는 바다의 출구와 입구가 연결되는 하나의 문이다. 조가비의 입은 다른 생명의 입과 맞닿아 바다 전체의 생존을 가능하게 해주기 때문이다.

이렇게 해서 "바다의 모든 것"을 담은 생명은 바닷속에서 헤엄치는 "물고기"로 바다 밖에서 날아다니는 "갈매기"로, 바닷속에 고정되어 그러나 부드럽게 물살을 따라 너울대는 "해초"로, 다시 바다 아래를 자유롭게 돌아다니다가 결국 단단한 껍데기로 세상에 나온 바다의 출구인 "조가비"로 변용되어 우리의 눈앞에 나타난다.

"물고기들"과 "해초들의 입"에서 출발한 원형의 이미지는 "조가비"에서 완성된다. 꼬물거리는 유동적인 동그라미는 "바퀴"처럼 굴러 "돌"처럼 단단한 "조가비"로 알알이 빛나는 모래밭에 나와 있다. 보이지 않는 "물고기"와 "해초"와 "갈매기"의 흔적을 품은 "조가비"는 "바다의 모든 것"들이 서로 영향을 미치는 순환 관계에 있다는 것을, 언젠가는 "조가비" 역시 잘게 부수어져 "모래밭"의 일부가 될 것임을 보여준다. 이때, 조가비는 그 안이 비어있음으로 온 바다의 모든 것을 먹여 살린 실체의 현현을 증명하고 있다.

마치며

꽉 채워진 입으로는 "빵"도 "고깃덩어리"도 "감자"도 먹을 수 없다. 이는 "입"이 가진 속성이기도 하다. 오직 비어있는 입에서 "질문"이 나오고 말을 걸고, "보조개"가 패도록 웃을 수 있다. 비어있는 "둥지"에 새가 새끼를 낳는다. 기체로 증발해 분자의 거리가 멀어져 빈 공간이 많은 물 분자만이 "구름"이 될 수 있다. 안이 꽉 찬 "선풍기"의 날개는 돌아갈 수 없고, 입구가 막힌 "목이 긴 양말"에는 발을 넣을 수 없다. "목욕탕"의 안에 담긴 물의 온도가 "열탕과 냉탕"을 결정하며 비어있는 탕 안에서만 우리는 "열탕과 냉탕을 오"갈 수 있다. "자전거의 바퀴"에 빈 사이로 공기가 들어가고 "석양"에 해가 져야만 죽음처럼 검은 밤이 밤을 건축할 수 있다.

이렇듯 문태준의 시에서는 차라리 비어있는 세계에서부터 시적 의미가 생성된다. 끝이 없는 순환과 재생의 체계가 시작되는 것이다. 시인은 이 세계를 "사모하는 일에 무슨 끝이 있"겠냐는 반문을 짐짓 꺼내들어 보이며 자리한다. 이 세계를 "사모하는" 시인의 노래는 "끝이" 없어서 한편으로 한결 우원하고도 아득하여져 보이는지도 모르겠다.

참고문헌

게오르그 루카치, 변성완 역, 『소설 이론』, 심성당, 1985.

곽윤경, 「박화성 소설에 나타난 여성수난담적 성격과 의미 고찰」, 『국제어문』 제82집, 국제어문학회, 2019.

김성중, 「상속」, 『2018 제63회 현대문학상 수상소설집』, 현대문학, 2017.

김숨, 「읍산요금소」, 『선릉 산책』, 문예중앙, 2016.

김숨, 「이혼」, 『제 11회 김유정문학상 수상작품집』, 은행나무, 2017.

김승옥, 「서울, 1964년 겨울」, 『무진기행』, 민음사, 2007.

김애란, 「가리는 손」, 『한정희와 나』, 다산책방, 2018.

김애란, 「건너편」, 『체스의 모든 것』, 현대문학, 2016.

김장미, 「강경애·박화성 소설의 동반자적 성격에 대한 비교 연구」, 서울대학교 석사논문, 2004.

김정한, 「모래톱 이야기」, 『김정한 소설선집』, 창작과비평사, 1974.

노드롭 프라이, 임철규 옮김, 『비평의 해부』, 한길사, 2000.

로즈마리 잭슨, 서강여성연구회 옮김, 『환상성-전복의 문학』, 문학동네, 2001.

르네 지라르, 김치수 옮김, 『낭만적 거짓과 소설적 진실』, 한길사, 2001.

리몬 캐년, 최상규 역, 『소설의 현대 시학』, 예림기획, 1997.

리먼 캐년, 최상규 역, 『소설의 시학』, 문학과지성사, 2003.

리베카 솔닛, 김명남 옮김, 『여자들은 자꾸 같은 질문을 받는다』, 창비, 2017.

문태준, 『내가 사모하는 일에 무슨 끝이 있나요』, 문학동네, 2018.

미하일 바흐찐, 전승희·서경희·박유미 옮김, 『장편소설과 민중언어』, 창비, 1998.

박화성, 「여류 작가가 되기까지의 고심담」, 『신가정』, 1935, 12.

박화성, 서정자 편, 『박화성 문학 전집 16』, 푸른사상, 2004.

서종문, 「금기민속의 문학적 형상화:시신 및 장의설화를 중심으로」, 『인문과
　　　학』 3, 경북대학교 인문과학연구소, 1987.

수전 손택, 이재원 옮김, 『타인의 고통』, 이후, 2007.

알라이다 아스만, 변학수·백설자·채연숙 옮김, 『기억의 공간』, 경북대학교출
　　　판부, 2003.

엘리아데, 시몬느 비에른느, 이재실 옮김, 『통과 제의와 문학』, 문학동네,
　　　1996.

우리소리연구소, 「작은 것이 아름답다」, 『녹색연합』, 2002, 8.

유동식, 『한국 무교의 역사와 구조』, 연세대학교출판부, 1975.

이상섭, 『문학비평 용어사전』, 민음사, 2004.

이순원, 「시간을 걷는 소년 2」, 『작가세계』, 2014, 겨울.

이승아, 「1930년대 여성작가의 공간의식 연구-강경애, 박화성, 백신애를 중
　　　심으로」, 이화여자대학교 석사논문, 2001.

이어령, 『공간의 기호학』, 민음사, 2000.

이영광, 『끝없는 사람』, 문학과지성사, 2018.

장석주, 「어머니-고향, 그 항상성의 상실과 무늬」, 『첫사랑』(작품해설), 세계사,
　　　2000.

정진홍, 『M.엘리아데 종교와 신화』, 살림, 2015.

정혜경, 「딜레마의 미학」, 『작가세계』, 2005, 여름.

제라르 즈네뜨, 권택영 역, 『서사담론』, 교보문고, 1992.

조해진, 「사물과의 작별」, 『2016 현대문학상 수상소설집』, 현대문학, 2015.

조현일, 「자유주의자의 욕망과 우울」, 『한국 현대소설이 걸어온 길』, 문학동
　　　네, 2013.

지그문트 프로이드, 이환 역, 『꿈의 해석』, 돋을새김, 2014.

최기숙, 『환상』, 연세대학교출판부, 2003.

최시한, 『소설 어떻게 읽을 것인가』, 문학과지성사, 2015.

편혜영, 「심사평」, 『2018 제63회 현대문학상수상소설집』, 현대문학, 2017.

허정주, 「전북 김제농요 '외에밋들노래'의 지역적 위상과 가치」, 『한국민요학』 47, 한국민요학회, 2016.

M.엘리아데, 이은봉 옮김, 『성과 속』, 한길사, 2005.

〈기타〉

가스펠 서브, 『라이프 성경사전』, 생명의 말씀사, 2007.

YES24 문화웹진 〈채널예스〉(2018년 3월 20일 정의정 기자 작성 기사)

https://www.aladin.co.kr(인터넷 서점 알라딘 책 소개에서 발췌)

http://encykorea.aks.ac.kr/노량진[鷺梁津](한국민족문화대백과사전, 한국학중앙연구원)

http://www.police.go.kr/(경찰청 홈페이지)

https://ko.wikipedia.org

곽윤경

목포대학교 국어국문학과에서 문학 석·박사 학위를 취득했으며, 대학교에서 글쓰기와
문학을 가르치고 있다.

한국 현대문학 분석적 읽기
-문학 분석 입문 실습서

초판1쇄 인쇄 2022년 6월 10일
초판1쇄 발행 2022년 6월 20일

지은이   곽윤경
펴낸이   이대현

편집   이태곤 권분옥 문선희 임애정 강윤경
디자인   안혜진 최선주 이경진
마케팅   박태훈 안현진

펴낸곳   도서출판 역락
출판등록 1999년 4월 19일 제303-2002-000014호
주소   서울시 서초구 동광로 46길 6-6 문창빌딩 2층 (우06589)
전화   02-3409-2060   팩스   02-3409-2059
이메일   youkrack@hanmail.net
홈페이지 www.youkrackbooks.com

ISBN   979-11-6742-327-6 93810